杂忆
皇城脚下

贾英华　著

新世界出版社
NEW WORLD PRESS

图书在版编目（CIP）数据

杂忆皇城脚下/贾英华著．—北京：新世界出版社，2016. 6

ISBN 978 - 7 - 5104 - 5639 - 8

Ⅰ．①杂…　Ⅱ．①贾…　Ⅲ．①散文集 - 中国 - 当代　Ⅳ．①I267

中国版本图书馆 CIP 数据核字（2016）第 062604 号

作　　者：贾英华
责任编辑：张世林
责任印制：李一鸣　黄厚清
出版发行：新世界出版社
社　　址：北京西城区百万庄大街 24 号（100037）
发 行 部：（010）6899 5968　（010）6899 8705（传真）
总 编 室：（010）6899 5424　（010）6832 6679（传真）
http：//www. nwp. cn
http：//www. newworld-press. com
版权部：+8610 6899 6306
版权部电子信箱：frank@ nwp. com. cn
印　　刷：北京天宇万达印刷有限公司
经　　销：新华书店
开　　本：710 × 1000　1/16
字　　数：160 千字　　印　　张：20
版　　次：2016 年 6 月第 1 版　2016 年 6 月第 1 次印刷
印　　数：1—6000 册
书　　号：ISBN 978 - 7 - 5104 - 5639 - 8
定　　价：45 元

目　　录

紫禁城篇

游记篇

诗文篇

皇城往事

杂忆皇城脚下

——几条长街短巷，半部晚清民国史

每逢京城飘落晶莹的雪花，总使我不禁追忆起童年时街头的美妙雪景，俨然一幅惟妙惟肖的立体油画。

一

自幼，我生长在北京东四九条东口。后来，那儿通常被称作“东四南小街”。稍大些才知，“东四”乃“东四牌楼”的简称，尔后牌楼被拆掉，惟剩东四这个地名。

也不知是否童年的梦幻，遥想往事，总依稀忆起门前的青石板路上，每天清晨吱吱响起的送水木车。拉车的是一对品貌端正的老年夫妇，打我记事起，老两口就居住在十二条胡同口水井旁。据说，早年那儿有一眼清泉，渐渐演变成了自来水站。两位老人姗姗而行的脚步以及两鬓染霜的白发，大多伴着凄美的雪花，悄然进入我童话般的梦境。

最热闹的地方，算是东四十条东口的“瑞兴成”油盐铺。门前的石阶上，总斜身坐卧着几个老太监，眯缝着双眼，兴趣盎然地聊着宫内“老佛爷”和“光绪”的轶事。周围倒也少不了围着几个瞧热闹的闲人，街上车往人来，阳光斜映，仿佛不可多得的生动的民俗画卷。

若遇雨雪，几位“老公公”便不来闲卧，改在十一条胡同口路北的一座小庙内，喝酒猜拳，“侃大山”。我虽素与众老太监熟稔，却只在庙门探头探脑，从来没敢入庙半步。

若依老辈儿的说法，“南贫北贱，西富东贵”，也许并非无稽之谈。从东四头条数起，一直到十四条的瓦岔胡同，着实居住着不少达官贵人，以及王爷的“外室”——现如今所谓“二奶”。皇亲国戚，在东四附近如过江之鲫，难以尽数，彼此互不张狂，见面鞠躬拱手，成了坊间无分贵贱的天然礼仪。

及至历史车轮驶入共和国，街头巷尾依然并不罕见身穿旗袍大褂的男女之流。自幼，我被灌输长幼尊卑、知书达礼为高尚，否则，便被视为“混混儿”，成了流氓地痞之类的“下九流”。这似乎是约定俗成的街规。

少不更事。直到长大成人之后，才知居家附近住了一圈近现代名人。

我家所居住的九条胡同西口有一座四进院的旧王府，就是人们常说的贝子奕谟的府第，民国时期成了中国银行总裁冯耿光的寓所。前几年，我竟偶然买到了民国期间这座王府的拍卖公告，似乎触摸到了昔日旧王府败落的最后“体温”。著名京剧大师梅兰芳因与冯耿光是多年挚友，深为院内优雅的花园游廊所深深吸引，排练京剧《黛玉葬花》的戏装剧照便是在此园亭前拍摄的。如今，这儿成了东四九条小学，据说正由于梅先生的这幅剧照，花园的小亭在修葺中才侥幸得以保存下来。从小就听说，发生在民国期间的“梅兰芳绑架案”的“绑匪”，其实是一个大学生——李志刚，被砍掉的血淋淋人头，曾悬挂在九条胡同西口的电线杆上示众。

走进九条胡同西口不远，路北一个黑漆门的院落，便是臭名昭著的日本女谍——川岛芳子的旧居。十几年前，我在民族学院的弟妹的大姐家曾邂逅其胞妹，还调侃地聊起其姐金璧辉——十

京城东四九条胡同的奕谟贝子府旧址

四格格，曾与我家为邻。自然，余生也晚，未能与之谋面，然而，却亲耳听到过川岛芳子的不少神秘传说。连我的母亲亦曾对我和街坊谈起过，川岛芳子的畸形装束以及与附近几个理发师的风流韵事。自然，议论起这个风流女汉奸的卖国贼行径，老街坊无不嗤之以鼻。

八条胡同内，更是名人济济。一进胡同，路南就是溥仪的婶子——载润福晋和帝师朱益藩后人的住家，其长子朱益鋆与我堪称忘年挚友，当我弟弟结婚时，他亲笔所书的一副楷书对联，贴在我家街门上，居然使敝舍成了小街人流驻步不前的热闹一景。往西走不了几步，即著名教育家、语言学家叶圣陶的宅第。其长孙叶永和与我乃小学同班同学，当班级黑板报刊登到一百期时，叶老曾挥毫写下一首长诗，勉励我们这些小朋友——“出到一百期，百尺竿头再努力……”

再往西隔不远，便是民国总统曹锟（其住宅后门开在九条胡同五十号）、代总理朱启钤及其子朱海北、张学良之弟张学铭等人的寓所，著名学者章士钊来京后也在此暂居多年。这些历史人物及后裔，曾在八条胡同进进出出，居然与我家尔后同属一个居委会。

略略数点一下，七条胡同里，乃有张彪之子张挺（溥仪所寓居天津张园，即其家产）、著名作家冯德英（《苦菜花》的作者）、饰演胡汉三的著名演员刘江。六条胡同内，路北一座深宅大院是载涛福晋的娘家，五条的铁匠营胡同里有民国大总统徐世昌旧宅，我的母校一二八中学（原贝满女子学校）便是其后花园改造而成的。不远处，北大教授周绍良的小庭院至今犹在。西侧斜对面的什锦花园胡同，曾居住过民国直系大帅吴佩孚，东边斜对面的胡同里，昔日是民国总统段祺瑞的旧宅，人称老段府。

再往南历数过去，四条胡同的中间地段乃纪晓岚外宅，大太监李莲英、奉系军阀张学良等也曾在此寓居。三条胡同内，不仅是康熙十三子允祥府第，也是蒙古王车林巴布的旧宅——曾轰动一时的蒙文版《红楼梦》，便源出于此。这条胡同里，还居住过末代皇后婉容的大姨以及欲嫁溥仪未成的“王大姑娘”——王敏彤，婉容母亲和一代京剧名伶孟小冬及娘家……

南边的二条胡同内，则是清朝重臣福康安后裔、吏部尚书福第的旧宅。头条胡同路北，即赫赫有名的孚王府，人称“九爷府”，其主人是清朝道光皇帝第九子奕譓。末代孚王乃溥字辈，特别逗乐，也可以说是一位段子大王。当初义和团围攻东交民巷和西什库教堂，他能即时编出一个个段子：吃面不搁酱，围攻交民巷，吃面不搁醋，炮打西什库，遂成为指挥义和团的口号……

若往东盘点，烧酒胡同内便是赫赫有名的惇亲王府，是我写的《末代皇帝立嗣纪实》主人公毓喦的先人府第。著名作家夏衍、王蒙也曾经落户附近。往北不远的东城根底下，居住过晚清名士康有为的女公子康同璧，相隔不远就是溥仪的七妹金志坚。若再往北数，我家紧邻十条胡同斜对面则住着著名作家浩然——最近读过其自传，才知他时任《中苏友好报》记者。

前边已交代过，十一条胡同的小庙内久居几位清末老太监，十二条胡同则住着溥仪始终最信任的帝师朱益藩。再往北的菊儿胡同据说隐居过清末重臣荣禄。一次我应邀晚清讲座，其直系后裔前来并亲赠我史料，证实了坊间传闻并非空穴来风……

有趣的是，我们这些街坊多年同在一个油盐店买油盐酱醋，起初是“瑞兴成”，尔后，对面马路东边建了一个没有铺名、人称“新铺子”的油盐店，再后来，又有了一个至今犹在的油盐店——“大庆”。“新铺子”曾经有过一位肤白如玉、鸭蛋脸的长辫子漂亮姑娘，听说没考上大学才当上售货员，这成了坊间热议许久的话题。直到后来，“油盐西施”被一名军人娶走，听说反倒成了浩然小说笔下的素材。

从此，这条街上少了一副年轻靓女甜蜜的笑脸，也消失了那时常响起的银铃般笑声。记得，那是一个大雪纷飞的深冬。油盐店前堆起的皑皑雪人，悄然替代了那个漂亮姑娘的倩影。

或许潜移默化的影响，我从小崇尚文化，崇拜作家，还曾在傍晚悄悄偷窥过浩然，但直到如今也不知在夜幕下瞧见的黑糊糊人影儿，是否大作家本人。然而，我终生不舍文学，却与素无往来的浩然并非没有半点儿潜在关系。

街坊四邻，实在无法一一历数，只能点缀一二，算是耳濡目染皇城历史文化的一个注脚罢。

细忖之，对我一生影响最大的街坊有两位，偏巧都住在八条胡同内。一位是书法大家王遐举，虽对我人生道路无实质影响，却对我人生感悟多了一层启示。

京城东四地区人称：几条长街短巷、半部晚清民国史。图为八条胡同

另一位倒是对我人生轨迹产生了重大影响，这就是溥仪最后的妻子李淑贤。

二

一个鹅毛大雪的夜晚，街上寂无人影。酷爱读书的母亲，从东四六条胡同东口的小书铺借来一本慈禧女官裕容龄所写的《清宫琐记》。

在夜晚的灯光下，全家人轮番传看，还引发了对周围皇亲国戚的不少议论话题。父亲提起，往日皇上当朝，无论谁若没有一笔好字，甭说仕途，连混碗饭亦难矣。由此，又提及胡同附近的几个文人，自然少不了八条胡同的王遐举老先生。数年后，我的中学同班学兄刘伟恰与裕容龄同居一院，偶与“慈禧女官”交谈成了我的一大享乐。为习书法，我曾拜“章草书圣”郑诵先为师，却连“半瓶醋”都没达到。此乃后话。

先说王遐举。为人善良且在四邻有良好口碑的母亲，素与王遐举夫人是好友。她俩时常一道买菜，一起街道开会，自然免不了家长里短。闲暇之际提起自家的孩子，母亲向她说起，我从小对写字感兴趣，时常在家里照着碑帖胡乱临摹一气。

一双半大脚的王夫人为此事，颠颠儿地专程登门，三番五次找我母亲。于是乎，母亲屡次向我提起，让我拜王大爷为师。然而，我这个井底幼蛙，误以为王遐举属无名之辈，竟断然拒绝。我冒失的一句话，气得母亲够呛：

“我要学书法，就要投名师。王大爷不行！”

直到最后，我也不知母亲如何回复王大妈的，见面总躲着老太太就是了。八十年代末期，我陪同曾任毛泽东和周恩来秘书的孙岳老人，出席中央文史馆举办的书画展，见到一幅笔法遒劲的隶书，才醒悟当年有眼无珠。原来，误以为一位普通街坊的王大爷竟是中央文史馆馆员、当代著名书法大家。

徜徉在展厅，我羞愧地向孙岳提起当年的往事，老人拍着我的肩膀，哈哈大笑：

> 你小子眼高手低，总想当名师之徒，名师在眼前，你都竟然不识，以后长记性吧。

此后，我每见不少店铺悬挂着王遐举题写的匾额，屡生敬悔之意。敬的是，名师原来就在身旁，却始终那么谦逊无声，这给予我一生的无言教诲。悔的是，有眼不识泰山，于是我悄悄买来王遐举的隶书字帖，没事儿独自瞎琢磨，却再也不敢从王大爷门前走过。

就在那次，母亲听说我参观中央文史馆书画展归来，嘲笑地对我说：

怎么说你呢，你呀，就是“狗眼看人低”。你如果跟着王大爷学字，早有出息啦。那两口子人多好呀。

其实，母亲与王大爷相邻多年，也压根儿不知他是中央文史馆馆员，更不晓他是著名书法大家。只道那是一个见人微笑、厚道的爱读书写字的善良老头儿。

“文革”之前，街道上几条胡同的邻居，很少串门，只是静静地过自家日子，从不彼此打听街坊的闲事，更没什么是非。即使京城名流，也是默默度日，不事张扬，这也许就是“老北京”的做派。

只是到了“文革”之际，居委会改成了“革委会”，几个居委会合并，经常一起开会传达“最新指示”、挖防空洞，邻里间往来才显得密切了一些。直到王大爷病逝许久，母亲才对我叨唠此事。王大妈偶来我家闲坐时，不禁又聊起“拜师”的往事，母亲自然又是一阵唏嘘感叹。

无独有偶。“有眼无珠”之事，发生在我身上，岂止一桩？早在我没拜王大爷为师前后，有一位朋友为我介绍了一名故宫“专家”，让我追随其习字绘画。我去过故宫筒子河畔的西北角楼的平房两三趟，便死活再也不肯去了。原因是，我听说这位儒雅端庄的专家只是故宫临摹古画的，虽然待人和蔼可亲，我却不屑为其门下之徒。说来这位专家就是后来的当代隶书大家、中国书法家协会副主席刘炳森。

故，成年之后，我一直怯与炳森先生相见，怕无言以对。因研究晚清史，我历来与故宫人士熟稔，但若到紫禁城研究室院内，定要打听清楚，刘炳森不在时，才敢前去。直至他英年早逝，我才放胆去那个院内访友。待我去看望新调至故宫的陶瓷方家华莎姐，心中又是一跳，原来，她就在炳森先生走后的办公室办公。

这没准儿就是上苍的安排，让我切记，看人绝不可有眼无珠——尤其在皇城脚下。

紫禁城角楼

三

似乎也与晶莹剔透的白雪有关。

一个零飘碎雪之夜。我第一次兴趣盎然地捧起溥仪的《我的前半生》，读毕，已是启明星高悬的凌晨，由此对“末代皇帝”产生了兴趣。那是在“文革”之中。

再说，结识八条胡同的街坊李淑贤也纯出于偶然。何况世上的缘分，本来就说不清楚。然而，缘分的碰撞，却使我历经坎坷。回想起来，偶撰《末代皇帝的后半生》而续补了溥仪的《我的前半生》，倒也算是一段“奇缘”罢。

说来也怪，七十年代初，溥仪病逝之后，李淑贤从东四前厂胡同搬来东四八条东口路南的一座旧宅院，与我家同属一个居委会。没准儿此乃夙缘，更或许是我的母亲人缘好的因由，不爱串门的“皇娘”独独成了我家的常客，竟然与我母亲成了无话不谈的好友。

我一度身患重病。李淑贤经常凌晨四点多起床，陪我坐头班公共汽车赴广安门医院，去找曾给溥仪看病的已故名医蒲辅周的弟子为我诊病。投桃报李——依照母亲嘱咐，1976 年地震中我们弟兄三人先为李淑贤搭建了地震棚，但她偏不敢独宿，而愿与我全家人同睡一张大床，平时更是不分彼此。

由于酷爱文史，我遍读溥仪遗下的所有手稿和旧书籍。当周总理逝世后，《人物》杂志和《八小时以外》杂志前来约稿，我利用全部业余时间，对溥仪的全部资料亲手粘补、整理并作了编号，先后撰写了溥仪后半生编年，写作线索、提纲，还去医院摘抄了溥仪病历，又通过每天用纸条留下提纲与李淑贤艰苦交谈，撰写了数万字李淑贤回忆溥仪“后半生”的初稿，这遂成了撰写

《末代皇帝的后半生》的启端。

不久，我亲笔撰写的《阳光春风溥仪与我》以我与李淑贤联合署名，在人民日报《战地》发表，并被《新华文摘》转载，成为“文革”之后第一篇记述溥仪后半生的长文。

或许，命运注定要历经坎坷。

由于一场突然“变故”，我手中寸纸皆无。我本想就此放弃，然而，却被反诬不具撰著《末代皇帝的后半生》的水准，这使我“破釜沉舟”，横下一条心——续补溥仪的“后半生”。

当我从头勉以十年拙功而舍弃一切娱乐，业余自费采访三百多人，搜集数以千万字资料和大量历史照片，撰成《末代皇帝的后半生》之际，忘年挚交溥杰与《我的前半生》执笔人李文达分别题写书名并作序，以示鼎力支持。此书出版后，引起轰动，国内外上百家权威媒体作了评介，李文达先生亲笔撰文在《人民日报》发表评论——《成功的续补》。不久，此书获中国图书金钥匙奖。

贾英华收藏的爱新觉罗皇族原版祖谱

然而，喝彩声未停，“约稿”者联名李淑贤谓我侵权，一纸诉状将我告上法庭。经过两年多审理，真相大白，人民法院最终判决我胜诉。这桩国内外轰动一时的《末代皇帝的后半生》著作权案，遂被写入了大学和中学教科书。

最使我感到欣慰的是，老街坊李淑贤临病逝前，对一位友人孟洪先生表示了由衷悔意：

我真后悔……我真的很对不起英华，更对不起待我亲如姐妹的刘大姐。我让他们都蒙冤受屈了……——引自《中华读书报》2008 年 2 月 13 日报道。

然而，一波未平，一波又起。2001 年，当我那部《末代皇帝最后一次婚姻解密》出版后，再次在国内外引起轰动，败诉者又出一本《再解密》，公然侮辱我的人格，攻击我“欺世盗名、编史造假”，且试图推翻人民法院最初的判决。这引起众多当事人愤慨，纷纷写出了亲历证明。人民法院经过调查取证，再次判决其败诉并公开赔礼道歉并赔偿十万元精神损失，强制执行。此外，还在《人民日报》和《北京晚报》以及新浪网发布了公告。

尘埃落定。中国新闻社等众多海内外媒体发布消息，《中国法制报》和《中华读书报》等媒体纷纷发表数版长篇报道，使我感动的是，东四街道办事处人员见到报纸的报道，打来热情的电话，而且捎来了工委书记的问候。这些老街坊的关心，使我感到心里格外热乎。实际上，这也是我提笔撰写这篇杂忆的由来。

又是一场小雪过后，细雨沥沥。我偶然途经八条胡同，有意放缓脚步，漫步在旧日的街道上，一种怀旧感慨，油然而生。

也许并不夸张，东四街道——皇城脚下的古老胡同，俨然收藏着晚清、民国以来的半部历史……

在漫无边际的思绪中，蓦然回想起，1980 年 6 月 2 日，国家召开溥仪追悼会后，溥杰和李淑贤商议，由我在溥仪的骨灰盒上捉刀题写了墓志。

继之而来的是，九十年代末，忘年挚友末代太监孙耀庭逝世前，又嘱我为其撰写墓志并“书丹”。我在为其题写的墓志中，感慨系之：“余曾为末代皇帝溥仪捉刀题写墓志，今又幸为末代太监孙老人撰题碑文，莫非天意乎？忆相识于暮春，临青冢而涕泗。黯然销魂者，悠悠余情也……”屡经两年多周折，末代太监墓碑终于竖立于其天津静海老家。其间坎坷，堪称一言难尽。

殊料，这两个“偶然”——为末代皇帝墓志和末代太监墓碑“书丹”，使我成了国内外书法收藏者的关注对象。近年来，不少书画展邀我参加，甚至，外地陌不相识的朋友也不远千里奔赴京城，欲以不菲之价讨我一幅书法，倒令我颇感意外。在一次慈善拍卖会上，我的一幅书法作品价格拍至逾万，我当即将此款捐给了打工子弟小学。

聊以自慰的是，历经数十年艰辛寻觅，我遍寻大江南北和国内外，收藏了溥仪登基邮票、理藩部印制的原版宣统逊位诏书、溥仪病历、溥仪病逝前所使用的两副眼镜、镜子以及溥仪的九封实寄封（含信件）等珍贵文物，还积攒下数百小时晚清以来人物录音及录像，收藏了数千幅晚清以来的珍罕照片、数百部外国学者上百年前记述晚清以来历史的外文专著……然而，其中最使我难忘的是，同院的邻居赵老师当我十几岁时见我酷爱读书而赠我一幅清末学者吴蓉的书法：麟角凤毛期造诣，寸金尺

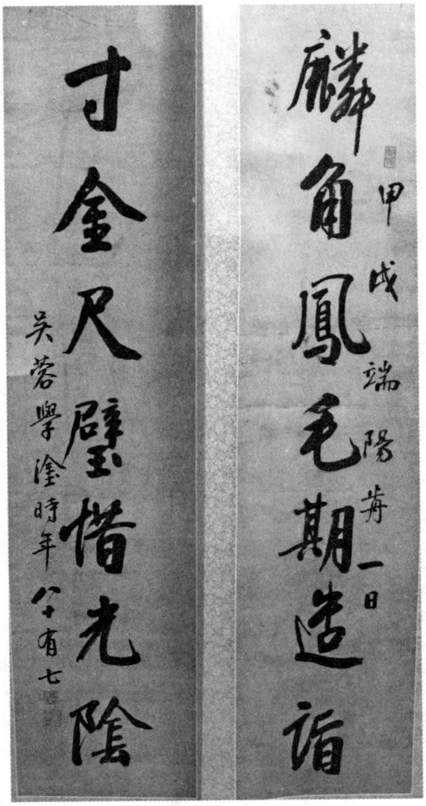

作者作为座右铭的吴蓉书法：麟角凤毛期造诣，寸金尺璧惜光阴

璧惜光阴……这成了激励我终生的无形的精神力量。

“雪泥雀爪”——若无东四九条口居住的经历，我或许无由结识溥仪遗孀李淑贤，也可能无缘使“末代皇帝系列”十部书问世，更难以想象末代皇帝墓志和末代太监墓碑竟由我捉刀题写，我人生中不少的有趣故事就不可能发生了。真是世事难料啊！

倏忽，光阴荏苒，白驹过隙。九条口的古槐，枝头绽绿。青石板路已经拓宽成了沥青路，眼见附近大厦拔地而起，古老的四合院日渐减少，十条胡同已改造成了“平安大道”，路上川流不息，车水马龙。

此时，我的脑海里，仍不时浮现出当年那对年迈夫妇肩挽纤绳，弯腰拉木车送水的那幅风景画。

瞬间，我又仿佛回到了童年。天地皆白，雪花飞舞，童年的我，静静伫立在家门前，双眼一眨不眨地瞧着老夫妇俩头上飘洒着一缕缕白发。嘎嘎作响的木车轮，在小街的青石板上缓缓碾过……

写于丁亥年七月八日

北京炸丸子·御膳·末代太监

老北京人，谁不知京城菜肴的风味跟各地迥然不同？可细细琢磨起来，又大多离不开烹、炸、溜、炖这几手——大概这就是所谓共性。一道京菜往往讲究一种别出心裁的做法，却偏偏就有几样做法都大致贯通的菜肴，这便是老北京的“丸子”。

它既可以烹，又可以炸，还可以溜、炖……总而言之，它是老北京餐桌上一道饶有风味的“风景线”。昔日京城的红白喜事，差不多都离不开它。

戏法人人会变，各有巧妙不同。炸丸子，无外乎分为荤素两类。烹饪技法，也大抵分南北两派。南派以淮扬菜系的“狮子头”最具盛名；北派则是红白“喜”事的餐桌上少不了的“四喜丸子”。是不是可以这么说，任你有千般烹饪技艺，也只能在这一小圈儿里转悠。如果再细分一点儿，最多饶上“海鲜”，像近年盛行的鱼丸子——若加菜多一些，则算素丸子；如果多掺一些肉，便应归入“荤”菜了罢。

倘若追溯起来，上迄“皇上”，下至民间，无论达官贵人或草民百姓，大多都有过这道荤素“口福”。

回想以往，幼时印象最深的食“素”丸子一事，至今念及仍令人酸楚楚的。六十年代初，即“三年自然灾害”中的一年，我居然受益于素丸子，而留下了一辈子难忘的人生追忆。那几年，缺食少粮，肚里也没多少油水，清汤寡水的稀粥居然能喝上几大碗，足以使大人瞠目结舌。一天清晨，我和小我一岁的弟弟不知怎么就是软绵绵起不来床，连上学都耽误了。既不发冷也不发烧，只是感觉四肢无力，也不知患了什么怪病，溜溜儿躺到中午仍不见好。

老母亲焦急万分，索性拿出家里仅剩的油票打来几两蓖麻油，又买了几根胡萝卜擦成丝，炸了一盘素丸子。我们哥俩缩在被窝里一顿猛撮过后，不多会儿就欢蹦乱跳下了床。哪儿有什么病呵？分明是饿倒的。如今，时光已过了几十年，依然难以忘怀那盘倍儿香的素炸丸子。

往后接触的“荤”炸丸子的故事，似乎便跟皇上和宫廷有关了。您甭不信，愣说丸子上过皇帝的餐桌，这倒绝非瞎侃，而我确曾在晚清宫廷的御膳单上查到过。据说，在光绪皇帝和慈禧太后的宴席上，这是时不时便有的一道菜，充其量不过变换了花样而已。当我二三十岁之后撰写《末代皇帝的后半生》和《末代太监孙耀庭》等书时，考证过不少皇室典故，其中不乏宫廷菜肴。

至今清晰记得，九十年代初，我患重病在家。忽然有人敲门，开门一看，竟然是最后一个太监——忘年挚友孙耀庭的佣人崔师傅悄然走了进来。他说，是孙老先生让他来的，特意看望患病的我，他还拎来一个小竹篮儿，上边盖着几层干净的布。掀开一瞧，里边是用青花瓷碗盛着的腌鸭蛋，另一边的青花瓷碗里搁着刚刚炸好的丸子，黄里泛红，洋溢着喷香喷香的一股肉鲜味儿。

“英华，尝尝吧，这是孙老让我送来的。”

静静躺在病床上，我感到挺纳闷儿：年近九十的孙老居住京城北边的广化寺，而我住在西城三里河。这么老远，孙老让他怎么找来的？……

哪知，崔师傅一席河北乡音，揭开了谜底。原来，孙老怕他找不到，事先写了一个地址，让他来“踩”了一趟“点”——按崔师傅的话说，找了大半个京城才踅摸到这儿。此前，孙老亲自动手腌制了鸭蛋、炸好丸子，嘱他立马趁热送来我家。

“孙老让我捎话，这两样儿，都是按宫里的法子做的……”

实在令我感动不已。老人一生历经坎坷，何等人物没见过？当得知我患病，他始终挂念不忘，且亲自下厨又让人送来了“宫廷风味”。我先请老母亲品尝表达老人心意的炸丸子，她吃过之后，连声称好！眼前的荤炸丸子，散发着一种淡淡的香味。据事后请教老太监才知，里面放了少许五香面和胡椒粉，吃起来确实外焦里嫩，异常可口。

待病稍见好，我即去广化寺看望老太监。谈笑间，老人微笑着告诉了我炸丸子的宫廷诀窍儿，说是在宫里跟御膳房偷学的手艺。

“你知道吗？我给你做炸丸子的肉，是买的纯瘦肉和不肥不瘦两种肉，我眼瞧着崔师傅让他亲手剁的，不是买的现成肉馅……”

品茗着茉莉花茶，孙老人慢条斯理地说：宫里一般都是自制肉馅，有肥有瘦搭配而成。再将葱、姜、蒜切成细末放入，撒上胡椒面腌过，等入了味才能炸。待炸丸子之前，要放上五香粉再点上稍许香油，然后下锅。忒重要的是火候，必须等锅热油沸再炸，不然，难免功亏一篑。

那么，荤炸丸子怎么格外显得外焦里嫩？见我纳闷儿，老人娓娓对我交代说：荤炸丸子还需添一些馒头渣儿，这要事先将馒头晾干，再将馒头揉成屑，尔后再掺入一些面包末——这是外人不知的诀窍。他还特别叮嘱说，荤炸丸子可一定要趁热吃……

此时，我又有了疑问，当年宫里何来西洋面包？老人微笑着告诉我，这你就不知道了吧？当年逊清宫廷不仅有面包，还能做西点。因为溥仪深受英国洋师傅庄士敦以及皇后婉容那位英文女教师任萨姆的影响，喜欢上了西餐，特意让宫内的御膳房学着做开了。在天津时，溥仪还经常偕皇后婉容等人跑出去到“起士林”吃西餐。

曾多年伺候过皇上和皇后的老太监，总爱琢磨事儿，多年来养成了极为细心的习惯。为了让我吃上热炸丸子，他特意让崔师傅事先摸清了道儿，还空手试走了一趟，连多长时间能到达都弄得一清二楚。等荤丸子刚刚捞出油锅，老太监吩咐仆人立即乘公共汽车送到了我家。等我和母亲大吃大嚼时，青花瓷碗内那些宫廷做法的“御膳丸子”还热乎着呢。

人世倏忽，情缘仍在。将近三十年逝去，老太监久已辞世，每当忆及他亲手烹炸的御膳丸子，仍然时时暖在我心头。

前些年，老人去世前夕，嘱托我恳请溥杰先生为其题写墓志，溥杰听后，满口应允——在忘年挚友溥杰家里，我偶然提起了老太监为我亲手炸的“御膳丸子”。对美食颇有心得的溥杰笑了，随手拿起一本妻子嵯峨浩所撰写的《食在宫廷》，说：“小时候，我在宫里头吃过御膳房做的丸子，可没你说得那么好吃，挺硬哟……印象最深的反倒是一种点心——‘萨琪玛’”。

作者与忘年挚友——末代太监孙耀庭

因为，那是溥杰自称唯一印象最深的满文单词。临出门前，我又叮咛溥杰可千万别忘了为老太监题写碑文之事。溥杰握着我的手，调侃地说，你放心好了，这事儿我算应下了，孙老太监那是我家奴才呵。

殊料，溥杰竟先于孙老人而逝。继而，孙老人临终又嘱我为其撰题碑文，理由是我曾为末代皇帝捉刀题写过墓志。当末代太监孙耀庭无疾而终之后，我按照其遗嘱为之撰题了碑文，又费尽周折按照他的嘱托为其竖立墓碑于家乡——天津静海县。无意间，这通末代太监墓碑竟为中国封建社会的太监历史画下了一个小小的句号。

清风徐来。竖碑那天，我伫立于老太监墓前，默然许久。不禁回想起老人亲手炸的宫廷风味的丸子，似乎重又闻到了那久久仍未散去的淡淡香味……

辛巳年四月十五日于京

百年争议今未休
——写在《慈禧外传》出版之际

这部《慈禧外传》，译自我多年收藏的世界上第一部关于慈禧生平的原版英文传记。

一

这是一部出版自一百多年前，且至今仍颇有争议的书籍。

无论以哪一个角度而言，即使从当年西方的轰动乃至延续至今的国内外论争来看，也是一部耐人寻味的人物传记。因为，这毕竟是世界上第一部全面记述慈禧的著作，且出自于两名英国人之手——濮兰德（J. O. Bland）和巴克斯（E. Backhouse）。

颇值得引起注意的是，此书于1910年在伦敦出版后十八个月内，竟然再版了八次，美国《纽约时报》，对此书专门作了评论，足见此书在西方影响之大。这部原名为《西太后统治下的中国——慈禧生平和年代的历史》（*China Under the Empress Dowager——Being the History of the Life and Times of Tzŭ Hsi*），成书于慈禧去世后两年之内。显而易见，作者当慈禧在世时，便已苦心孤诣搜集了大量历史资料。

诚然，书中的一些史实和观点确值得探讨或商榷。然而，正是借助这部书，西方人士才第一次了解慈禧和那个逝去的慈禧时代，却是不争的事实。此外，两位相对超脱的英国人，始作俑为慈禧立传，摆脱了某些传统顾忌和束缚，使此书无疑具有重要的历史参考价值。英文版原书所辑录的清晰的晚清历史照片，至今仍有珍贵的史料价值。

这部传记的主人公——慈禧太后，历来颇存争议。但任何人都不得不承认，她是“数千年未有之变局”（李鸿章语）的晚清历史上一位重要人物。可以说，慈禧从出生到逝世，一生充满了谜一样的悬念。她享年七十四岁，在位统治中国四十八年，俨然晚清历史的轴心人物。其间，国内外矛盾交织，风云变幻无常，探究这位特殊的历史人物，不止囿于她个人的经历，无疑是对于那一酿变时代的剖析。

不言而喻，此书梳理慈禧一生的基本脉络，不仅为后世提供了借鉴，实际此后关于慈禧的不少著述尽管史料剪裁或观点上不尽相同，但也大体未离此窠臼。作者勉力搜集大量史料，连诏书和上谕也凿凿有据，着实不易。书中所引用的“野史”，诸如慈禧身世、安德海事件等，作者直言系“流传”，倒也的确留有余地。总之，如何全面评价《慈禧外传》，尚待进一步考证和商榷，亦非本《序》所能涵括的。

作者收藏的一百年前英文原版《慈禧外传》各种版本

至于书中对于太平天国、义和团的贬义之析，倒是代表了西方人士的一种普遍观点，确需读者自甄良莠。

二

有趣的是，一位极富争议的晚清历史人物——慈禧，恰恰由两位有争议的西方人士撰写成书。

这里，不能回避的是两位外国作者的传奇经历。巴克斯出生于英国一个金融世家，据说长期患有精神抑郁症，而在语言方面却颇具才华，不仅精通汉语，甚至在文学方面也崭露头角。1898 年年初，当他二十五岁时，为逃避债务和同性恋的困惑，从牛津大学中途辍学，只身来到中国闯荡。在北京期间，他有意结交了不少中国要人，也偶然结识了英国《泰晤士报》驻沪记者濮兰德。

偏巧，当年慈禧镇压"戊戌变法"，康有为被迫流亡日本前夕途经上海，濮兰德为其充当了重要掩护，因而获知一部分外界不知的慈禧"秘事"。也就是当慈禧刚刚去世之际，这两位新闻伙伴便形成共识，撰写完成了《慈禧外传》。岂料，此书在伦敦出版之后，竟意外轰动英美等国家，在西方畅销一时。

故事远未结束。巴克斯归国之后，向牛津大学捐献数万卷中文古籍以及一些珍贵手稿，试图谋求一个教授的头衔，却始终未能如愿。当"一战"爆发之际，他从中国运来二十万支来福枪军火，以致卷入英国官员酝酿的高层政变阴谋而惨遭失败。虽然，嗣后他承袭父亲的爵位而成为爵士，却以精通汉语的外籍身份始终客居京城，一直到 1943 年逝世为止。

不能不提到，对于此书史实的真实性，一些历史学者提出过质疑，且不止一人——所谓《景善日记》，纯属巴克斯编造，因为连濮兰德也从未见过这本日记的中文原稿。但溥仪的帝师庄士敦等人，却认定此日记并非"赝品"。对于濮兰德和巴克斯所著《慈禧外传》，至今毁誉参半，有人称誉两位作者尤其巴克斯是著名的汉学家，也有人认为，巴克斯"对传闻热衷"，是一个"学术小人"，更有甚者，索性直称其为"骗子"。对于这部传记和引证的日记，以致对于两位英国作者的非议，百年来纷争不已，延宕至今。

三

一场争议再次爆发。

这源起于美国作家斯特林·西格雷夫（Sterling Seagrave）近年出版的一部《慈禧的故事》。此书则更一步声称全部推翻了《慈禧外传》的真实性，遂在西方和学术界引起轩然大波，迄今未息。

因斯特林·西格雷夫并非无名之辈，而以著名汉学家和历史学家兼作家的身份闻名于世，其代表作《宋氏王朝》在西方极具影响。他不仅对《慈禧外传》两位作者的学术道德作了猛烈抨击，也对书中不少内容作了大量批驳，乃至全盘否定《慈禧外传》。

然而，笔者秉灯夜读斯特林·西格雷夫的四十万字巨著之后，感到他确实不负盛名，此书渊博浩瀚，文字活泼，嬉笑怒骂皆成文章。但对于研究慈禧来说，此书却只能算一家之言，因其并没拿出所谓能够“全部”驳倒《慈禧外传》的第一手确凿证据。

坦言之，即使《景善日记》纯系伪造（书中仅第十七章据此撰写），也不能证明书中洋洋数十万字全部归为“谎言”。况且，《慈禧外传》第十七章即关于义和团的内容，大体亦未背离当时的历史背景和状况。仅此一点便欲证实斯特林·西格雷夫的观点，即“骗子已经被揭露，但他伪造的材料至今还在充当学术的基石”，尚嫌缺乏有力的史料佐证。

细品之，斯特林·西格雷夫所著之书游离于慈禧之外的描述及分析似乎更多一些。据说，他所引用的史料，“既有正经史家的著述，也有普通读者无缘得见的私人档案，其中最引人注目的，是赫德爵士小心翼翼留下来的七十七本日记，以及莫理循和巴克斯从未公开过的日记。这几个人，都是在晚清史上有过重要影响的西方人”。遗憾的是，在斯特林·西格雷夫的书中，对于直接叙述慈禧经历而引用的原始史料却不算太多，或许是没加注释的原故，也未可知。

坦率而言，斯特林·西格雷夫在其书中，直接质疑慈禧“是紫禁城的总设计师”，认为巴克斯的《慈禧外传》“让她成为了大清帝国事实上的统治者”；甚至还认为，“巴克斯关于皇帝和太后之间的紧张关系一直持续到了最后”，“以及关于皇帝长期被囚禁的暗示”是“彻头彻尾的谎言”。至少在这些基本史实评价问题上，对于斯特林·西格雷夫的观点，笔者是不敢苟同的。皆因以上已被史实证明，且真实存在的历史。

窃以为，对于历史人物的评价，见仁见智，无可厚非，而对于重大历史结论，我倒主张宜拿出历史依据或佐证。从历史研究角度而言，真实确凿的史料往往比分析更为重要。

或许出于个人对于晚清史的偏好。多年来，我一直关注并收藏国外关于晚清历史的著述及照片辑，至少集纳了数百部上百年前乃至更久远的关于中国暨北京，尤其事涉晚清宫廷的英、日、德文等珍罕的外文版原著，至今，仍在不断搜集之中。近来，我首次尝试将手中收藏的世上关于慈禧的第一部英文原著译成中文荐予读者，以期借“他山之石”，并就教于方家。

草成此《序》之际，我再次翻阅了斯特林·西格雷夫的《慈禧的故事》。归途，狂风大作，暴雨如注，我只得以此书背面遮头。大雨未停，书背已湿。静坐稍憩时，顿感一页页历史似乎就是在风风雨雨中印记下来的。

夜阑。遥望窗外，狂风已住，细雨淅淅。

是为序。

丁亥年五月一日，急就于京

读书·写书·藏书

读书，乃雅事

读书之雅趣，最初并无体味，只是源自于原始的好奇心。自幼，我生长在北京东城一带。从东四一条至十三条每个胡同，差不多都残留着晚清王公或达官贵人的各种遗迹。附近那些街坊，既有皇帝的婶子，也有皇上的堂弟、“皇上”师傅的家人，还有古老的小庙中栖居的几位晚清太监。耳濡目染，使我自幼便对事涉晚清人物的书籍格外入迷。

记得多年前，老母亲从附近的小书铺租来一本书——裕容龄的《清宫琐记》。上世纪六十年代，我曾在霞光街的同学家院里，见到过这位颇具传奇且步入暮年的中央文史馆馆员，尔后才知裕容龄系晚清驻法公使裕庚的二女儿，当过慈禧的两年贴身女官，不仅是舞蹈大师邓肯的弟子，还是中国第一个跳芭蕾舞“蝴蝶仙子”的传奇女子。陆续，我饶有兴趣地浏览且收藏了容龄和德龄这两姊妹撰写的八部中英文各种原版——记述晚清宫廷的“纪实”。

最终使笔者与晚清史结缘的，是溥仪的《我的前半生》。当年以浓郁兴致看完这部奇书时，已是零飘碎雪的凌晨，彼时竟然忽发奇想：溥仪的后半生究竟如何？尔后才知，这是一部尚未问世的书籍。

写书，是乐事

其实，是苦中寓乐。始料未及，续补溥仪的《我的前半生》这一历史使命，居然偶然且幸运地落在我的肩上。上世纪七十年代初，溥仪的妻子李淑贤迁至东四八条胡同内，遂与我一家成了近邻和挚友。1976 年闹地震时，她搬来与我家人暂居同一个地震棚。由于我是第一个整理溥仪遗物，尤其是溥仪所遗全部手稿和日记者，对于溥仪第一手资料耳熟能详，这居然成了创作溥仪“后半生”的契机。

当我亲笔撰写百余页初稿，寻访线索、写作提纲、编年，摘抄溥仪病历并作采访之后，“突发变故”。我在手中字纸皆无，而合作者又发生变化的情形下，用十年业余时间，重新自费采访三百多人，足迹北至长春，南到云南，东到蓬莱，搜集了数以千万字独家史料及大量珍罕历史照片。

及至人民文学出版社出版了我撰写的《末代皇帝的后半生》《末代皇弟溥杰》《末代太监孙耀庭》等十部末代皇帝系列纪实书籍，先后被中、美、英、法、德、日及港、澳、台等国内外数百家权威媒体评介。连远在美、英等素昧平生的外国人，也通过各种途径来信交流并邀我去讲学。想来，这些可能就是缘分。

藏书，系趣事

或许，难以尽述的藏书过程更为有趣。

多年来，我收藏了溥仪逊位当年的蒙、汉文《宣统逊位诏书暨清室优待条件》、世界上第一部上百年前伦敦出版的英文各种版本的《慈禧外传》、1901 年德国出版的《大清帝国百科全书》、溥仪的《我的前半生》各种“未定稿”和版本。还收藏有嘉庆年记述中国宫廷规矩和紫禁城风俗的日文版《皇城图汇》《清俗纪闻》等数十卷图文并茂的清代珍贵史籍，日本版光绪三十二年辑有近百张珂罗版老北京人物、景物的照片集，已逾百年的整套世界第一版英文《一千零一夜》，数百部近百年来记述旧中国和老北京的英文原版配图珍本，以及自幼喜爱的容龄、德龄写于清末以来的各种中外文原版著作，乃至收藏了原版《爱新觉罗宗谱》。经过多年艰辛搜集，我还收藏了上千张晚清以来历史人物照片。想来，多年前笔者自费拍摄的《末代太监游故宫》《末代太监忆生平》《末代皇族生活实录》等晚清以来历史人物纪实片和数百小时录音，也成了收藏晚清历史的孤版“立体书”。尤其是末代太监的纪录片，引起了美国“探索”频道暨英、日等国以及国内外晚清爱好者的密切“关注”。①

其间自然也发生过不少趣事。一次，为收藏一本罕见的民国初年的《咸同遗事》，我居然夜半拽着妻子来到京城潘家园桥下，按照卖主的请求，当场赠其一部笔者撰写并签名的“末代”书，才算完成了“交割”。

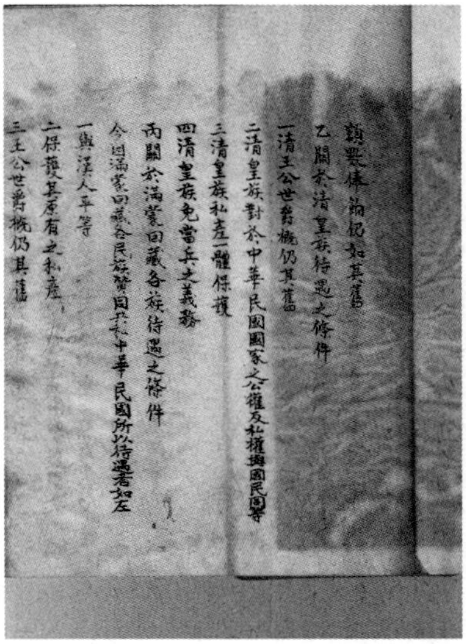
額數俸餉仍如其舊
乙關於清皇族待遇之條件
一清王公世爵概仍其舊
二清皇族對於中華民國國家之公權及私權與國民同等
三清皇族私產一體保護
四清皇族免當兵之義務
丙關於滿蒙回藏各族待遇之條件
今因滿蒙回藏各民族贊同共和中華民國所以待遇者如左
一與漢人平等
二保護其原有之私產
三王公世爵概仍其舊

作者收藏的蒙、汉两种文字的宣统“逊位诏书及清室优待条件”（理藩院印制的原件）

读书、写书和藏书，成了我多年以来难以弃舍的业余爱好——痴迷于“雅、乐、趣”之中，或称“书痴”，也许不为之过矣。

聊以自慰。溥仪生父——末代摄政王载沣所留下的一副扇面上意义隽远的一句题辞，成了我的又一座右铭：有书真富贵，无事小神仙。

甲申年腊月于京

① 美国“探索”频道等电视台，多年以来屡次到国内与作者洽谈欲买断末代太监纪录片版权事宜，始终未蒙同意。

刍议金丝楠

凡事皆缘而来。偶因小事，忽至建伟兄的茶座品茗。闻其近来切琢“金丝楠”，且恭行践之，购之巨量，独有心得，诚邀众友始纂成书，执邀愚弟撰一小序。却之不恭，遂净手匆匆草就。①

世间事偏有奇巧。适才三天之前，余踏勘隆裕皇太后诞生地，意外发现紫禁城外一处罕见“金丝楠”遗迹，即地处东城芳嘉园的桂公府。此乃慈禧太后胞弟桂祥府第——一座幽深大殿，栋梁皆“金丝楠”，木料之巨，令人震撼，堪称桂公府一“绝”。

余生也晚，见识有限，素来只知“金丝楠”乃昔日皇帝御用之材，民间鲜见。即令皇戚显爵亦不敢擅用，稍有不慎，便涉逾制，即令嘉庆皇帝“吃饱”的和珅——和大人，钦定楠木殿梁亦犯“僭侈”大罪。自打晚清以来，“金丝楠”似成绝响，从未听说巨量栋材问世。

查典籍本无金丝楠属科，惟桢楠老料。鉴于木纹隐现金丝，百姓多冠之以“金丝楠”美称。

所谓金丝楠，当属樟科。若论楠木，故国数十门类，岂止百种，大多植于南国，这倒应了南方有嘉木一说。但“金丝楠”堪称其中珍罕，乃尘世不可多得之神木。

毫不讳言，并非所有楠木乃至桢楠，均可称之“金丝楠”。若此，遍地皆是，岂不成了笑话？进而言之，也绝非所有含金丝的桢楠，皆可谓“金丝楠”，倘此，神木亦成了“俗木”。

---

① 此文为《天道轮回金丝楠》一书所作序。

惟罕见桢楠老料，历经漫长岁月浸蚀，仍存不枯精华之液，遂渐氧化结晶——此“晶”，夸张点儿说，宛汲天地日月精华而成。天造地合的结晶程度逾大半始成“金丝”，天然而成的古色古香的淡淡味道，经久不散。若灯光映照之下，古典文学典籍所描绘“步换景移”的奇观，大抵并非虚构才对。

倘套用一句俗话，人中吕布、马中赤兔。那么，“金丝楠”即自然界木中极品。国色天香，世间罕得。

据闻，明清宫内亦曾于“造办处”特置专门机构，采买“金丝楠”，直至无料可采，乃告裁撤。史上“金丝楠”，设若不充紫禁城宫殿之栋材，其用途则多用于皇家寿材。及至晚清，极少能见到大量“金丝楠”面世。若今人一生幸见真正“金丝楠”，且又能雕琢为家用木器，何止幸运，只能堪称三生之缘。

而今，偶见文论将“金丝楠”称之“阴沉木”，此谬之千里。素知“阴沉木”可入药，唐代诗圣杜甫虽留《高楠》一诗——“近根开药圃。”若世人将此误作金丝楠，却差了十万八千里，实乃截然不同的两码事儿。

世俗倘遇正经八百“金丝楠”，无疑令人惊诧不已。前两年，一位文物木器商从东四牌楼一个胡同的大宅门偶购“金丝楠木”寿材，但又心存疑惑，私下与我探讨。得知确切地址，余猜度那极可能是一位清末王爷的“二奶”所寓外宅。由此揣测，此物或许贴谱儿。皆因“金丝楠”乃世间稀罕物儿，寻常人家本不可能在晚清或民国年间买得起。楠木大抵不差，是否货真价实“金丝楠木”，仍堪商榷。

恐非妄语——若非缘分，对于货真价实之“金丝楠”家具，以往平头百姓不仅无由使之，连得识真颜亦非易事。当今，虽说没了皇上，“金丝楠”亦远非“御用”概念，但也绝非普通百姓玩儿得起的，这也不算妄自菲薄罢。

金丝楠翘头案

或许并非完全题外话。“雅贿”之说，并非今人发明，古已有之，若“官道”冷清，文物市场骤然暴跌，自是情理之中。冷眼静观近年收藏界，举凡古玩文物，无不轮流爆炒一番。然而，说句玩笑话，若具市场炒作空间的物件儿，无外乎以下两大特点：一曰跟“皇上”沾边，即令宫廷夜壶也并不排除。二曰国际空间，蒙外国人其实颇难，倒是倒流“回归”者多矣，甚至有的物件上镌刻莫名其妙的出境“火漆”。究其深处，甚者或已涉嫌金融炒作——阿弥陀佛。

书归正传。检点史籍记载，鲜见“金丝楠”专著。细忖之，建伟兄此举，善莫大焉。于今至少留下了一笔当下之识。无论以何角度而言，皆可作他山之石——攻玉不敢说，于正于反，攻“木”倒颇可引作借鉴。

算来，或许系前世之缘。无论其匮集“金丝楠”真赝或良莠，数量堪称奇观，韦编一绝，纂以成书，亦足弥文史空白一页，兹供后人观赏借鉴，倒也功德无量。

纸上得来终觉浅，须知此事要躬行。愚弟以行外人妄议，只当闲侃，万不可假充行家。若非经年研究，业内摸爬滚打，断不能辨识真赝。杂七杂八，奉兄之命，姑妄言之。无以成序，只作絮语。

壬辰龙年正月十九，草就于京

艺　锥　篇

梦悟呓语

——夜览捷兄诗辑杂感

夜梦松童飘然去，醒来忽闻兄邀序。

随手拈语，或属辞不达意，颇似信马由缰，却乃真情思绪。

何谓人生乐事？尽管难以漫应，然，皆以己身参悟题意。

皆为红尘匆匆客，人生无常来复去。回首蓦然骤临世间，惟觉荏苒遽遽。

纵悟天尽头，奈已人事俱老——凭汝随心所欲，恁不逾矩？……

掩卷暇思——眼前倏现，已逾“耳顺”且活力四射之西北彪汉，纵情恣意。

倘寻根问源，溯兄祖籍，乃三晋洪洞，辗转于八百里秦川谋业，浪漫多情，蜕却世俗杂絮。岂料，收之桑榆——反刍百草之历练，锻就凝练人生之诗句。

文章千古事，得失惟心趣。冷眼观其柔情挟野性双眸，难掩七情六欲，豪迈奔放侠骨情怀，隐逸细腻文思才绪。

颇难忖，曾执印一业之长，年届甲子之际，忽尔心血来潮，始舞文弄墨不已，殊料文辑多有妙语联珠诗句。问世百篇诗文，且播布秦地，遍野皆绿……

俱往矣，且休说笔蘸阳光书人生，漫云夙夜匪懈筹纂辑——揽岳托日，飞虹逐梦，大漠阅海，长河舞风……俨然不似逾六旬老翁，挥毫抒怀之诗文，亦显青春洋溢。岂止激扬文字，人亦神采奕奕。

俨然醉卧百年人生之诗吟，笑观达摩十年无语之面壁。

若非浪迹尘间侠踪萍影，怎奈觅得斗酒诗百篇矣？史书岂非空载文字，人世千恣铸就诗意，怎堪用现代时髦用语——酷毙？

展卷随性文章，尤窥字里行间，难掩透溢之才气。

仿佛感受生命琴弦之震拂，绝非临摹内心诗情之灵动。试问君前世，必定五味杂陈，或许乃本色诗人重生再续。

若人生尚存轮回，当演化残阙青铜之鼎鬲——不啻北国诗人，亦融炼江南诗情画意。

尽吐侪辈心声——或许难以飘然逝去，不老的文字，必演绎生命之延续，青鸟越古，自会探看牵手而眠的不朽之笔，一如千年古玉？

诗无达诂，辞无定义。纵食五谷，惟世情难弃，当超凡脱俗，孰以为继？依稀梦忆松间事，仙童遥逝无遗迹……纵千般搔首思邃，欲难传情达意，惟借古诗一句——

推松曰：去！

癸巳年三月十六日凌晨。久已无诗，聊以为序，匆匆涂于京。

应“片儿白”邀序

以白明夫妇挚友，为其处女作《白门三代》提笔作序，感慨系之。①

白门三代，百年回声。其曾祖自同治年起，闯荡京城，背靠“四王府”成就家业。其祖父习洋文，历“庚子”，赏玩古董，首创京城导游社。其父乃一进步青年，投笔从戎，历经民国之乱、大军南下，文革风云。而至白明这一代——简言之，不仅历练解放后风风雨雨，且铸博为约，竟成京城一位“玩家”。

秉卷读来，白明这部书，颇多考证，不仅留下“白门三代”迄晚清以来家世记述，也摄录京城百年历史一页缩影。其中不乏京城风俗变迁，亦对人情世故的嬗演，颇多映现时代印痕的描述。应该说，白门三代，事虽各殊——一代人自有一代人的故事，情志则一——乃所处时代人文的典型反映。可谓缩龙成寸，勾勒出了晚清以来错综复杂的市井万象、以一家一史为题材的迭进侧影。确凿的历史和背景细节的相对真实性，或许正是此书独特的文史价值所在。

不言而喻，此书亦独具浓郁的京城文化价值。所谓北京文化，无非指京城独具地域特点的文化内涵，说到底，其本质乃皇城文化。若细探究，京城文化所具传承价值之一，显然是京味文化本身固有的语言特色。白先生乃性情中人，笔下亦庄亦谐，融史为谑，守望太公，耽文不舍。读至妙处，抚掌击节。其自幼生长于

① 此文为白明著《白门三代》所作序。

皇城，一直浸淫于醇厚的皇城文化之中，故形成此书浓重的京味口语风格，实可谓反映了京城文化的特色。

鲜见之京城文物价值，或可谓此书另一特点。历史的传承，无外乎两方面：一曰物质，似乎无须过多诠释。二曰精神，包括思想、艺术、政治、文化等。而文物，恰是二者结晶。它不仅反映时代的经济发展，也是文化艺术的极致荟萃。对于文物的渐次认知，映现了人类文明的迭然进化。

难得的是，白明避人所阙，厚积薄发。其历经艰辛，不啻为首善之区乃至后人存藏一笔宝贵文物遗产——汝瓷标本，故京城人呼之“片儿白”。

固然，囿于体裁所限，此书内容，既无惊涛拍岸横扫千军如卷席，亦无携雷挟电震憾天地泣鬼神。然而，细细品味：娓娓倾诉白门三代人悲欢离合，喁喁述史皇城真性情荡气回肠，使人不禁掩卷深思。追溯探究历史上的繁华朝代，乃至史前文化的探讨，总有不尽之言。

仰观宇宙之大，俯瞰史海之博，寰球之渺，叹麻姑不在，世事沧桑。倏忽，世上已然数千年，实乃有文字可佐证的人类史迹。从幽燕演至北京，千年史载，翻天覆地，千帆樯动，万类竞奔。细检之，京城历史暨文化，殊有其独特而不可替代的历史地位。百年迄今，是京城古貌变化称巨时期，抑或辉映了神洲之嬗变。白明这部书，恰以一个家族的百年兴衰际遇，客观再现了京城这一段历史的演绎。

许是缘分，余与白明同为溥杰先生挚友，神交已久。于溥老寓所，总憾接踵来去，却始终未得一闲攀谈。倏忽忆起，晋人嵇康之存世雅句，曰：“目送归鸿，手挥五弦。俯仰自得，游心太玄。嘉彼钓叟，得鱼忘筌。郢人逝矣，谁与尽言……”①

引言未必及意，或可作为友人间共勉。吾友著书立说，自当竭绵力。正为此，余献芹于珍藏原版光绪三十二年日文珂罗版照片辑，暨一百年前德文版《大清帝国》（内中收录近千张历史旧照），为其择图配书，聊表鼎力持勉之意。“片儿白”在文物研究方面，颇有“见识”。不仅经多见广，且识知颇深，吾企追不及。亦，希冀白明文物研讨之大作能早日问世矣。

是为序。

乙酉年十一月二十一日于京

贾英华收藏的马家窑和至少六千年前的高古陶
（此罐左右两耳略沾水便显现一对舞蹈小人）

① 引自晋人嵇康：《四言赠兄秀才入军诗》。

水流云在
——读《水火集》有感

禅如般若。

“不雨花犹落，无风絮自飞。”人生本来无草稿。更况，尘世生灭无常，前世今生乃至未来，没法算命。认识外在与自我，当是永恒的主题。

然而，探讨人生真谛，须弃颓废态势，否则定将归入虚无。

足令人惊诧，瑞坚前一部书，墨迹未干。仅隔数月，又一部新著陡现案头，阅罢想来，无异又一部新版《世说新语》①。

此书调侃的笔法，幽默的语言，且杂以人生自嘲，庄谐并济，不乏愤世，亦多讥俗，足以启迪人生思考。

一

水流云在。

人类历劫而余生的，似是道德。

这或许乃社会赖以演进的规范使然。书中引述《论语》：“君子之德风，小人之德草，草上之风必偃。”颇引人共鸣暨反思。

倏忽，阴阳激荡，尘世万年。世间进化，须平衡人类之间暨自然的关系，遂催生不少自我约束的有形框框，即曰：法律。无形者，曰道德。前者乃后者的最低底线。结绳纪事的嬗进，使文

① 《世说新语》，是我国南朝诞生的一部记述魏晋轶事的笔记体著作。由南朝宗室临川王刘义庆召集文人编撰。对于保留当时社会和思想、文学、语言等史料，具有重要历史价值。

字一步步演化为文化，亦渐成导引尊卑高下的分水岭。

诚然，“思想者”纵令铁马金戈的冷兵器时代，亦为寰宇主导。超越简单贫富概念的所谓高贵，亦以文化品位为基础。迄今，虽则衍为外化的“优则仕”的度量衡，也仅沦为一种说法——最多，称之“而已”。无论何时，卖官鬻爵大行其道，显然玷污了吏治文化。

针对世上种种诱惑，敢于直面人生，且勇于秉笔直言者，日渐稀疏。此书中，竟挥笔戳破腐败的买官卖官丑图，无异鲁迅式的匕首投枪，颇令人兴叹不已。

此书搜罗广泛，妙论丛生，旁征博引，横亘古今。往往，有益不见得有趣。而妙趣横生又有益的故事，在书内不乏其例。譬如，李立三在东北讲授党史，主动提出剖析立三路线错误的内在原因，有人当面质问，阁下怎能知道李立三的心理活动呢？李立三随即站起，回答：我就是李立三。读此，令人击掌称快。

最值得称道的是，作者将“读书”引为终生快事——“读书应成为终身的爱好”，“渴望知识、拥有知识、崇拜知识皆是有情人的桥梁”。古时既使负薪挂角、砍樵渔猎之村夫，一卷在手，也不乏“儒雅”，且不是佯装出来的。细琢磨起来，仕途是彼时百无一用的儒生的唯一出路。由此看来，古人所谓樵儒之说确非空穴来风。

“修炼”须终生。绝非天下本无事，杞人自忧天。肉眼凡胎，食五谷杂粮，不堕青云之志，修成尘世高士者，终为罕见。书涉汉代杨震，引出一个久已被人忘却的理念——“慎独”。实际，此乃古人修身之境界。说起容易，做起来难矣。其实古老话题的重提，便已功德无量。

以入世之状观出世，无疑是一种人生视野。而以出世态度入世，则又是另一番境界。

姑共勉之。

二

上善若水。

人类薪尽火传的承继内因，是智慧。

水无常形。读《水火集》尤感，水火本不可相容，而人生却总在矛盾中度过。如何应对，遂成人生智慧的抉择。细忖之，书中所披露种种人生百态，不过成了历练中的五味杂陈。

无疑，包容是一种心境，也是一种智慧。决绝，亦是另一种迫不得已的处世（或称避世亦避事）方式。设问，对于在下这种多年来已与世无争者，是否也有处于包容与决绝的抉择？

鉴于友人不时问起，只好作答。前不久，偶见大学者季羡林病逝前，竟发一句警世之语，令人惊诧不已。他说：坏人是改不了的。当然，缺点可以克服。我颇有同感。君子与小人，并不以有无文化及官阶大小而论。君子可偶染小人之恙，而小人断无君子之仁，此乃常理。君子坦荡荡，小人常戚戚，亦司空见惯。古人云，司空见惯浑间事，但届于两难之间，也非罕见。

“自作自受”，这一篇题首，使我顿发感慨而自责。历数一生可圈点之处，乏善可陈。曾遇一属下小人，屡作昧心事被发现，未及吾言，遂跪地紧抱敝人大腿不放，大有痛不欲生之状。我见其可怜，好言抚慰。虽，皆曰此人人品低劣，我仍拟以善意暖其心，化恶向善。岂知，度人不自量，反遭恩将仇报，只落得宋襄公之妇人之仁，遂自谓“东郭”，使人啼笑皆非。

扪心自问，恐上天意在昭示人性复杂。遇人“不淑”，本非怪事，怪的倒是良莠不分。惟余皆不作任何解释。当今利益驱动纵使黑白颠倒，绝非个例。欺下者，必媚上。这似乎是一条铁律。

上善——若水，既不可同流，亦不可合污。否则，弃正大光明而同堕阿鼻地狱，则大可不必。

包容——断不可不辨是非，滥包容则易使善恶难分，亦非向善之举。

焉知悖论？

三

得大自在。

余生也晚。自幼尝观大雄宝殿上，巨匾横空，大书如上四字。初，始终不解。及近耳顺之年，方才顿悟。人与佛，竟亦情同此理。

书中第三篇，题名：“自我解脱”。堪与“得大自在”，似有异曲同工之妙。同者，皆为超脱。异者，倒要多说两句——佛所谓“自在”，强调的是“得大”。仁兄旨在强调自我，并非唯心而是唯物的“解脱”。

跳出三界外，绝非摒弃“五行”，乃看破红尘的一种超脱。冷眼观世界，是否即谓此？或许纯属在下之曲解，倒也不一定。

书中辑录不少锦言妙语，奇人异事，雅然成趣。作者尤倡简洁，内中枚举凡例：国民参议会议案，仅十字，即“敌未出国前言和，即汉奸”。再譬如，刻画邓小平一向言简意赅，其一，著名题词仅四字：“太极拳好”，纯粹大白话。其二，女儿毛毛询问父亲对长征的体验，也只答三字：“跟着走。”何等凝炼传神！

偶见书中记述超然世外的翻译家杨绛的风骨，倒引起我些许追忆。九十年代初，忘年挚友去其家串门，提及将看望我于病榻。出乎意料，钱锺书和杨绛竟称，读过贾先生的《末代皇帝的后半生》，居然主动提出赠吾大作各一部且题签钤印。据说，彼为罕事——至今收藏鄙处。此乃题外之语，赶紧拽回话头。

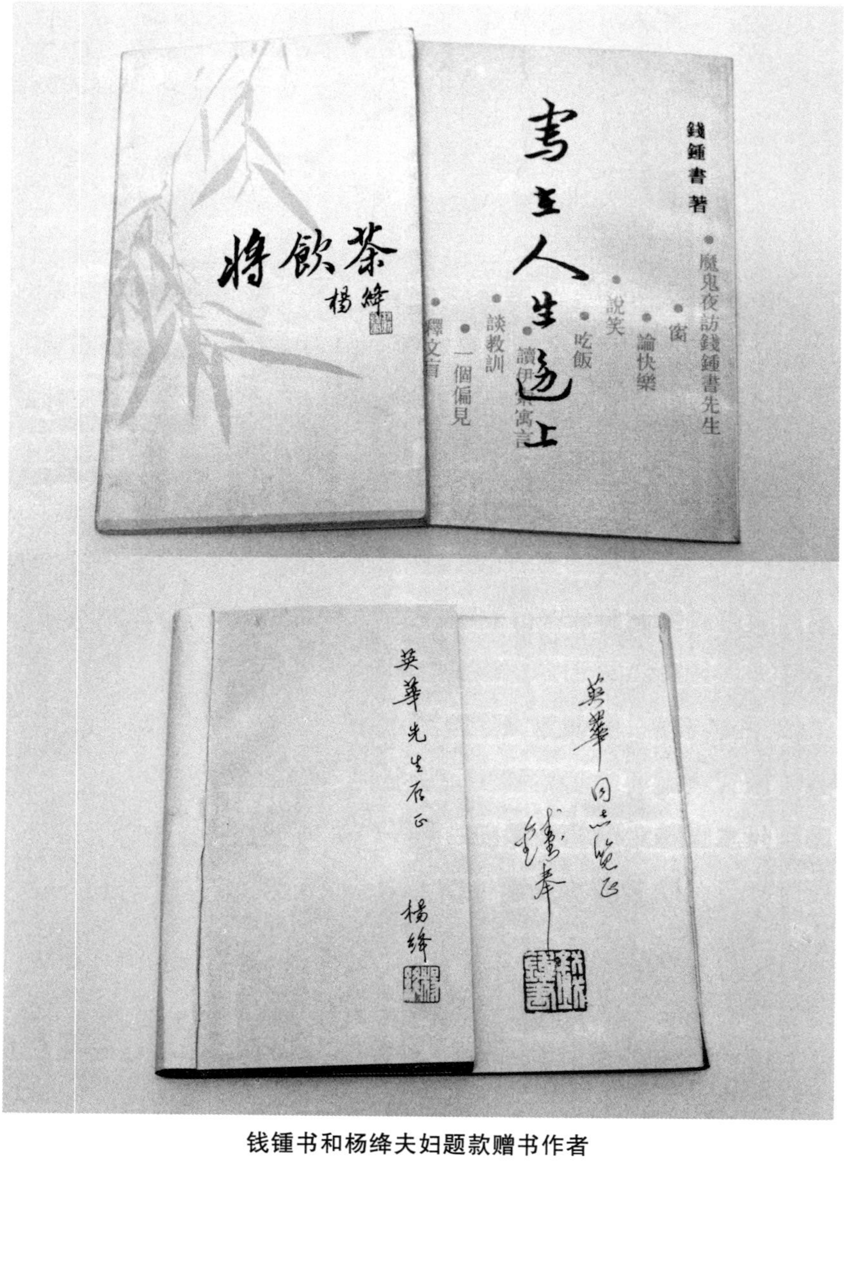

钱锺书和杨绛夫妇题款赠书作者

就此打住之前，且比较一下古今版《世说新语》异同。古人之书，辑魏晋名士之玄言清谈，录彼时故事集锦。不仅记述德行、言语、政事、文学、雅量、识鉴、赏誉、品藻、夙慧，也详阐自新、企羡、伤逝、轻诋、假谲、黜免、俭啬、仇狷、谗险。鉴此，以典籍反映彼时风貌，堪称遗留历史记载，鲁迅先生将其概括为“记言则玄远冷隽，记行则高简瑰奇”。

殊为不同的是，《世说新语》大多以故事为主，杂以清谈。而此书，则以杂侃为主，辅以趣闻。然而，书中瑕疵无法掩瑜，倒足证骨鲠之言，行文朴拙之所在。《水火集》或为当今“雪泥”留下真切“鸿爪”的笔记，倒也真说不准。

古往今来，雪夜读书当是趣事。搁笔之际，恰遇京城漫天飞雪，凌空飘舞。阅罢《水火集》，藉此聊发些微感慨，倒也颇觉惬意。

由此，忽发断想，中华历史人文底蕴厚重，俨如尘封经年的陈酒，伴随时代演进，定能溢放醉人的醇香。侪辈果能随风附骥，则幸甚。

序此，似有前言不搭后语之嫌，偶发随感，拉杂三阙。说大了：只当残断偈语。

藉此共勉，聊以为序。

己丑年十一月十二日雪夜　匆匆改于京城月坛南街社会路

山海诗韵塑大千

——试析吴秋明[①]画作

“行到水穷处，坐看云起时。”近年，以山海景象为创作主旨的吴秋明，在油画艺术探索上，穷其心智且求变，颇受业界内外注视。

山海情怀——无疑寄托着对于生命本源的追溯。画家以八闽之子情怀创作当代《山海经》，定力执着。大凡艺术家的作品，无一不带有人生历练的痕迹。其自幼生长于海边，骨子里注定透出对大海不可磨灭的深刻理解和印记，进而引发对于大自然的感悟。说透了，画家手中所持画笔，不过是镜映世界，表达内心的自我。其油画《定海湾之晨》，以渔乡特有的大小岛屿，以及远近停泊的远洋捕捞船，象征满载而归的海上丰收，足显画家对家乡的挚爱之情。

作者所收藏吴秋明油画作品《定海湾之晨》

功夫在画外。秋明先生非“三门”画家，早年务农，当过工人，丰富的生活实践使艺术家的敏感及张力得以延伸而深化，遂将内心波

① 吴秋明，职业艺术家。生于福建，研修于中央美院徐悲鸿画室高级班。近年在北京设立工作室。

涛汹涌的激情，幻化作宁静的风景线。纵观人类史，绘画艺术无疑是一种“奢侈品”，只有满足生存及物质基本需求，才可能诞生和发展。亦惟有融入人类安危的关键时刻，才可能获得生命力。他表现汶川地震中母亲被困废墟而哺子的油画题材——《大爱无疆》，岂止限于艺术价值和母爱伟大的印证，也留下了人类与自然抗争的历史记载。

蕴含无形诗韵——乃其山海画卷观后的突出感觉。世人可从高雅的灰色调的油画，读出虚无缥缈的意象情感——空灵、寂静、悠远……殊于众多画家，他不仅画过国画，画过水粉，尤攻过雕塑。他在油画色彩叠加时采用雕塑的独特刀法，突显了作品远观挺拔的立体感。宛如礼佛悟禅之际，静颐之中透出内心涌动的一种无声沸腾。

大千世界是“平”的，当代艺术创作尽可一览无余。人类的地域分布，虽笃定文化和思维方式的差异，亦存相通且超越国界的绘画和音乐。我冒昧断言，未来的伟大画作，必是东西方文化交融碰撞后产生的奇葩。传承与创新，特色与交融，乃艺术发展的永久课题。从根本上说，对于世界及文化认识之高下，决定了艺术家的成就和品位。我是题材和技法决定论者。谁能透视自然和人类规律，并确定系列主题加以艺术地表现，这是提升艺术价值的关键所在。而善于发现和捕捉，那便不止运气和悟性了。

创新“飞白”技法——其油画创作中采用一种类似国画“飞白”的表现形式。这源于书法创作中挥毫不经意间所遗“墨枯”痕迹，却不期彰显苍劲书道。尤应指出，在其油画中或可视为“留白”，乃画家刻意为之且形成的独有艺术特色。

创新，无疑是绘画艺术的唯一动力。一个民族如此，绘画亦如此。一个民族失去本源，即丧失了生命。倘过分强调民族文化，拒绝汲取全人类的营养，无疑将陷入枯竭——失去创造力。绘画又何尝不是如此？

博采众长——他究悉中外画史，继中求变。国画的水墨色韵——墨分五色并非人人皆悉，百年来始终与西方油画彼此博弈、汲取。若说西方宗教和天朝帝制，从某种意义上制约了画作的题材，却也意外地使绘画艺术迎来了辉煌。唐宋以降，中国画渐次形成宫廷画和文人画两大体系。清代宫廷“如意馆”犹如双面戟，秉承古代宫廷画派精萃的同时，亦囿于世代临摹的局限，禁锢了个性张扬。

若说西方透视学对于油画具有不可估量的影响，如意馆则对于传统画技有着不可忽视的提炼与传承。对此，画家似有感悟借鉴，其创作的油画《雪松》便融入了东洋画派的技法。大凡中国画家似有两条出路，其一乃固守传统国画，其二则汲取世界各流派营养而兼收并蓄。难能可贵的是，如何将西方油画技法融入传统的国画山水，始终是他勤于思考且践行的。

不言而喻，即使意境高于现实，亦须经精湛画技展现。他始终行走于不懈求索和努力提高之中。祈愿吴秋明的油画艺术创作，能探索出一条融通中西且兼具民族特色的成功之路。

甲午年冬于北京

一叶一菩提

——《如歌》荐语

一花一世界，一叶一菩提。

世间万物皆缘。唯一人便堪称一个世界，其尽可汲天下精华修炼己身，亦可积毕生智慧造化大千寰宇。无疑，此皆可称得上“精彩”二字。

然而，妙笔生花，更是一种独特的精彩。这使绝大多数人，无法望其项背。

言喻心声。细品玉萍这部《如歌》，确非简单词藻堆砌，乃以其宕行万里路，数度寒窗秉笔的结晶，饱含对人世百态之析。我亦不禁感慨，作者于公务繁忙之余，以大千世界的描绘暨试图对人性的洞彻，使其笔下幡然再现缤纷世界。篇篇珠玑，无不蕴含她对于生活的挚爱。

鉴此，欣然命笔，为其作序。

一

菩提本无树。

一句佛家偈语，道出了尘世的禅机。

究其竟，所谓世间的烦恼，都不过是人类的自我命题。

天地混沌，宇宙洪荒。自人类结绳记事，文字肇始，充其量不过万把年的事儿。地球究竟有无史前社会，迄无定论。然而，内心境界的超然决定思维的高下，却毫无争议。

“文以载道”。为文能传世者，实难矣。一曰独有的经历或内容，二曰独到见解，三曰独特的行文。至少三者居其一，才似可纳入备选佳作。

倒过来，先看“后记”。作者慨然而叹：人生在世，总应该留下些许东西。感觉值得给后人留下的，是精神的东西。而能将这些感悟、思想和灵感，永久保留下来的，惟有文字。话似乎说透了。我无以复加。

以笔代言，讴歌生活，讴歌生命，讴歌人性之美，显然是其惟美心灵的再现。作者直面生活，并未置然世外而作壁上观，且有可圈点之事迹，足彰显做文先做人之道。

不舍昼夜，她鏖战于黔山秀水第一线。如若不然，偌多感人的散文岂能问世？众人皆知，散文好看不好写，贵在形散而神聚。看似走笔散淡，而情浓神凝，文韵启于笔端。显然，她亦注意到了这一精妙之处。

她还以细腻笔触描述病中慈母的晶莹泪花，实录千里冰封的抢险会战，记述冰雪茫茫中的伟岸身影，栩栩如生，俨然一幅幅冰雕英姿的剪影……

诗言情。她寄语汶川地震中痛失怙恃的三岁稚童，题赠救助孩子的老师的诗句，真实而激情：“让我做你的妈妈吧。”“老师真的愿意，摘下翅膀送给你飞翔。”一颗赤子之心，跃然纸上。

在而今传统道德滑坡的时代，常规伦理颇被一些人看轻。具高尚情操，并为之“生能舍己”的人，任何时代都注定是少数，但进化的历史道德恰恰真实地体现在其身上，实属不易。若以一名业余作家投身其间且侧记历史的一页，则更是难能可贵。

“一盎司的忠诚，大于一磅能力。”物欲横流的今日，伏身献于文学，即使是业余作者，也可能是时代真正的作家。这一信念，无疑最具价值——

摘一叶，植参天菩提。

二

明镜亦非台。

此即六祖慧能的第二句偈语。

世人皆知，六祖慧能反其旨而行之，透出哲人思考的深邃。

世间佛道千年之争，论来辩去，似乎忽略了一点：佛道一理。

显见，佛家信奉万物在心，追求修世。大道无形——而道家讲究无牵无挂，寻求避世。

佛家欲超脱今世，道家则修行今世，究其原理，同是一种境界的“修行”。譬如道家所言：道可道，非常道。其道与理显然趋于一致。若再追问下去，一句话或可开宗明义：主旨在心。

文如其人。作者洞悉世间变化妙理，以入世之心细察万物，才撰就沁人心脾的感人美文。祖籍山东的豪情，黔山碧水的灵秀，孕育了其散文诗的优雅笔韵。作者在《秋天的韵律》中如此描写：“秋风乍起，叶片纷纷扬扬从枝头飘下，如只只彩蝶，翩然落地，在午后的宁静里，轻舞飞飏；在泥土的芬芳里，沉入生命轮回的梦想……也许，这只是秋叶的一个梦，在行将离去的刹那，却没有丝毫感伤。”常人大抵慨叹秋风瑟瑟的伤感，她却反其调而描绘其美丽和恬静。似乎可以从中窥见，她与泰戈尔所喻“生如春花之灿烂，死如秋叶之静美”的心境的异曲同工。

在《解读秋天》这两篇散文中，作者抒发了对人生嬗变的感慨，漫笔挥洒——“做了母亲的女人，就像窖中的陈年美酒，不经意间便流溢出生命的醇香。此时的女人更像秋天，一颦一笑中流露出一种风韵和静美。生活的磨砺在她脸上留下沧桑，只是改变了少女时代的少不更事，却留下了成熟和优雅。若再加上一份文化底蕴，更会在她的魅力天空增加一片湛蓝高远，让相遇的人如沐春风。”而她给人的感觉，亦大抵如此。

所谓“见识”，无非见多而识广。她遍览欧洲七国，游历文莱、马来西亚、新加坡等地，远离城市喧嚣，“轻触泸钴湖”，“梦幻九寨沟”，在“油画里穿行”，迷失于丽江“古镇的韵律”，沉醉在“美丽的千户苗寨”之中……她不仅记述历览名山大川的所见所闻，书中许多精彩美景，竟也摄自这位才女之手。

大千世界聚焦小小镜头。一个快乐的天鹅之家

往往有人发问，评判一个人的价值最重要的依据是什么？是权势？金钱？是学识？……我答曰：皆不是。

人俱愕然。我的答案出人意料——这是超然的，看似无形，却超越权力、胜过金钱，甚至超乎学识之上。此乃“影响力”。

听起来，似近于虚幻，或曰不着边际。然而，这却是评判诸多人物或事物最重要的标准。兹标新立异，欲就教于识者。

书籍之传播，以及世代传承的特性，决定了它具有传世的影响力。虽然，亦因人而异，但它比一般物质“经久耐磨”倒是真的，至今，仍不可否认此乃历史承继的重要工具之一。作者在“后记”中阐明了其写作动因，恕不赘述。

心灵高尚，大抵与贫富无关，也与行业无关，更与职位无关。这也许源自一种超然的境界。

嗜书如命，无疑是一种福分。自幼尝闻，“兰鲍”之交，天壤之别。世人曰：若与君子相交，如入芝兰之室，久而不闻其香。

倘与恶人相交，如入鲍鱼之肆，久而不闻其臭。美，是永衡的——美文，美人，美心，无不是人类素喜且追求的。欣赏美，是人性陶冶的过程。阅读美文，是一种享受。欣赏美人，亦是一种愉悦。阅读美人所著美文，欣赏至善美心，则更有助于身心愉悦，抑或有益于长寿，倒不完全是一句玩笑话。或许，这已超出了著者意料。

果如此？则幸甚至哉。

三

仁者心动。

此亦六祖脱口而出的一句偈语。

道理似乎简单，却不免使人回味再三。据传说，六祖慧能始获祖传衣钵返粤，为避防加害，竟匿世十五年之久，直至唐高宗仪凤元年正月初八，才在广州法胜寺初露佛面。

此时，恰逢两个小僧论争寺前迎风扬起的旗幡，究竟是“风动”还是“幡动”？孰知，慧能淡然曰：

“既非风动，亦非幡动。仁者心动耳。”

众僧大为惊叹。

万法归心，实乃千古一理。

《如歌》之所以打动人，在于一颗仁厚而细腻的平常心。

文以抒怀。诚然，她以平常心为文，娓娓而道来，始终有一种从容的感触，既陶冶心境，亦以和风细雨的真情“熏染”外界。殊料，纤秀的女作家竟酷爱足球，尤擅长于足球评论，实出意外。书中《足球情愫》辑录其三十八篇足球评论。彼时发表报端，大多读者竟然以为她是“专业”评论家。读罢，不禁深深为其评述所动。

她将足球喻作战争。在她看来，足球场宛如战场，是一场场没有硝烟的战争，演幻出万千奇妙的变化。足球场上的万人欢呼，流露出人类对生活的热爱和追求，不仅对球场上输赢双方的鼓与呼，更是人类生命本质的渲泄和呐喊。

当观赏世界杯决赛，她喜爱的巴西队痛失大力神杯时，她叹道："尽管我知道足球竞技充满玄机和偶然，从来就演绎'醉卧沙场君莫笑，古来征战几人回'的悲壮，但我难以接受欧洲劲旅对南美艺术足球的扼杀——没有了强大的巴西和阿根廷，没有了娴熟的桑巴舞步，没有了攻势艺术的魅力，我不可能从王者的笑脸里感受到艺术足球与胜利完美结合的快乐。"

难以想象，作者擅写纤秀精致的散文，竟还能精于近似专业的足球评论。

若依佛道而论，慧根和灵性皆与生俱来。一说，女子若水。又有古人曰，上善若水。而水无常形，至柔者，至刚。若依我看，临到最终，则淋漓尽致显现出了一个字——"韧"。

她的"韧"，不仅体现于文章，也反映在摄影作品中。摄影，无外乎两类内容，一是景物（包括山水虫鸟和花卉等），二是人物。大千世界，聚焦小小镜头之前，万千神态，凝于缩微方寸之间。抓住瞬间的变化，自然是关键所在。但真实再现景物的本质和人物复杂的内心世界，给人以震撼和感悟，却是难中之难。

从诸多美轮美奂的镜头里，无疑可以感受到，她是一个惟美的多才女子，追求尽善尽美，显露出其性格中纯真优雅的一面，甚至多少有些偏执而激情。

"清风明月本无价，近山遥水皆有情。"寄情山水，对于成功者来说，无异于娱乐。人生如意无一二，不如意者十八九。寄情于山水，寓情于文字，大多是一种潇洒的解脱。当今，若活得精彩不容易，活得洒脱超然更属不易。活得心安理得，活得逍遥自在，活得有品位，亦尤为难得。

“洞则无善也，化则无常矣。”这是孔夫子的一句名言。是否可以这样理解？——若洞悉大道，便无简单的善恶之说。若与万物随之变化，也就不会拘泥于常理。同吃五谷杂粮，食人间烟火，却能以超然之态看待世间万物的变化。这往往需要一种定力。

定力，也许是人生修炼的一叶“菩提”。这往往来源于淡定。或许，内中蕴含着恬静而达观的“禅”道。

序文至此，再“絮”似已成多余之墨。文德与修养，虽是题中应有之意，扯得远了，似乎倒跑了题。无奈，只得识相而止笔，惟聊作“热眼”罢了。

切勿当序。

己丑年三月二十九日于北京月坛南街社会路

意境

——《数码摄影艺术解析》序

弱水三千，惟饮一瓢。

思来想去，作为序言开篇，遂写下连出处也忘却似又毫不搭界的这么两句话。想表示的是对此书作者并非直观的概括及钦敬之意。

摄影作为艺术而言，诞生不过一百多年历史。然而，记载大千世界的优秀摄影作品层出不穷，摄影技术日新月异。客观地看，当今传统摄影虽仍占据统治地位，但随着数码摄影者日渐增多，数码摄影技术的飞速发展，实可谓独领风骚。

数码摄影作品《竹韵》。作者王晓军

近年来，世界各国的数码电子产品，如雨后春笋般涌现。数码相机款式，多得不胜枚举。鉴于数码摄影技术诞生尚短，迄无更多理论专著面世，解析从理论到实践的专业书籍，更是寥若晨星。对于摄影爱好者来说，这部《数码摄影艺术解析》的出版，可以说是应运而生。

坦言之，这部专业摄影书籍出自于多年同事晓军之手，既使我为之惊诧，又绝非意外。使我殊感惊诧的是，他进步如此之快，因其涉猎数码摄影才不过六年左右。而我不感到意外的是，早在十几年前，我便和他的直接上司打过一个赌——一个偶然机会，我见到他的风景摄影作品之际，曾当众预言：

"依我看，他早晚能小有成就，没准儿就是摄影。"

"你怎见得?"那位上司将信将疑。

"就冲他这股执着钻研劲儿，就很可能。"彼时，我的话似乎还留有点儿余地。

一晃儿，十几年弹指而过。预言成了现实——晓军成功了，不仅成了业余摄影高手，连专业摄影人员也没琢磨透的数码摄影技术，亦由他始撰专著而获业内外人士首肯。

溯至1839年，法国画家达盖尔发明摄影技术之后，胶片摄影一直是照相的主流技艺。尤其在彩色照片发明之前，黑白胶片，始终是专业摄影人才驰骋的天地。世界各国在摄影速度、感光及后期制作诸方面竞相角逐，诞生过不少惊世骇俗的摄影佳作。悄然记录的世界风云变化，遂成了人类社会进化的形象见证。

数字化的世界，必然带来摄影技术的革命。数码摄影技术的出现，即是明证。虽然，仅就线性颗粒而言，数码摄影目前仍无法与胶片摄影相比，然而，仅以后期制作以及计算机应用技艺来说，确是传统的胶片摄影无法望其项背的。

在下不揣冒昧地预测，即令将来胶片摄影成了稀有文物，也不可能完全消失。然而，数码摄影必将取代其成为摄影世界的主流，却可以完全断定。概因数码摄影变革了传统的诸如胶片洗印、后期处理、储存等复杂工艺，可直接与正在成为主潮流的数字世界接轨，使摄影技术变得日趋简单、快捷。高科技含量的简单，必然取代低含量的复杂，这或许正是世界进化的规律。

作者邀我这么一个摄影门外汉作序，想来无非两个原因，一是，我与作者同事多年，知其人；二是，我虽摄影外行，但喜爱艺术，自诩稍懂点儿欣赏。

世人谁不知，人生短促，若能在任何领域有那么一点儿真正建树，皆属不易。人各有志，具有不同的价值观和追求，无可厚非。说句题外的话，倘无经天纬地之才，亦无治国济民之能，大可不必挤在为“宦”的一条独木桥上彳亍，而踏踏实实作一件哪怕再小也能益世修善之事，岂非不亦乐乎？若果真能成功一二，也算没白来世上走一遭。或许对比鸿鹄之志低了些许，倒也确乎发自肺腑之言。

然而，谈何容易？世上聪明人实在太多了，成功的秘诀，显然是扬长避短。晓军做到了，他成功了。

若以世俗观点来看，他年近六旬，仍不过一名普通处级小吏，算不上成功。而在我看来，他比不少尸位素餐者却强得多。皆因他毕竟留下了不少益人心智的摄影作品，还撰写出了苦心孤诣的益世专著。

人生贵在取舍。二十多年前，他以一名普通工人身份步入机关，后来作过领导秘书。他长我几岁，若依我冷眼观察，其缺点是固执，优点也是固执。然而，在艺术上这通常被称作“执着”，也是艺术上取得成就者的“通病”。若无此“病”，也许不能成功，这确乎是一个规律。

“文章千古在，宦途一时荣。”此话听起来，于当今的权钱社会似乎有些格格不入，也好像有点儿酸葡萄味儿，而细忖起来，倒也不无道理。纵观古往今来的官宦权贵，乃不过历史舞台的匆匆过客，再设若贪官或庸官且无一技之长，只知媚上而欺下，颐指气使，倒真是让人骨子里瞧不起的。

相形之下，“千古文章”倒是留下了身后之名——美文专著，使后代千秋诵读，益世启智。自然，依我观点，“文章”的概念大抵亦应包括“摄影”在内。大千世界，熙熙攘攘，名利皆空，惟留下启迪心灵的典籍倒是真的。

一个人的成功，刻苦与悟性缺一不可。古今中外，概莫能外。似应说明，尽管其摄影佳作远超专业工作者，至今仍属业余摄影爱好者。正为此，多年来，在他的日历上，焉有节假日概念？他身背相机，寒来暑往，跋山涉水，信马由缰，徜徉天下。这部书，是他人生修炼的结集，也可以说，他的数载人生并无虚度。

摄影，即是练“眼”功。这需炼就一双正直的明辨是非的眼，一双善良的眼，一双平和的眼。“火眼金睛”炼就，也就达到了一种境界。而选景取材以及光圈、速度，乃至揿动快门的瞬间，直到后期处理使用等，无外乎是简单的外化技艺而已。

倘若扯得远一点儿，以哲学角度而言，低级的，大多是相辅相成，高级的，则相反相成。恰似古来以往的艺术设计结构，大多属对称结构，而真正高乘且巧夺天工者，则非偏正结构莫属。任何事物总归有内在规律，摄影亦大抵如此。标新立异，不流于俗套，可能是不成规律的规律。

至于摄影选题，宛如世界五彩缤纷，尽可不必拘泥。大江东去，惊涛拍岸，固然如洪钟大吕，醒世屏俗，然而，小桥流水，江南丝竹，燕啭莺啼，也未必不能出彩。关键在于挖掘昭示其内在的美以及巧妙的表现形式，这却不是单纯技艺所能解决的了。

一动一静，大体反映了世上的万物状态，寓动于静，观似白描。矛盾碰撞的结果，往往也会激发出写意的火花。无论主题多么复杂，也无外乎人物（动物）和景物这两大类。然而，有一点我是认定的，世上任何独特事物，都有其固有价值，任何重复的，似乎都毫无价值可言。此乃缤纷世界包括摄影艺术世界的一个“定律”。

窃以为，摄影艺术题材不宜设置任何禁区。依我看来，世间最美丽的，莫过于人体，自然，人体艺术摄影也不应该有什么禁忌，艺术与色情本来风马牛不相及，相反，艺术往往为人类带来美的享受。也可能出于顾虑，本书的人体摄影作品极少，其实这恰是摄影功力不可忽视的角逐点。

至于如何认识艺术作品的生命力，我确曾有感而发。在一次全国作家代表大会上，新华社记者来采访我，问我如何判断文学艺术作品的优劣，需要几条什么样的标准。我口无遮拦地说，每个时代乃至统治者的标准都是不一样的，若真正从历史上的大浪淘沙来看，判断文学艺术作品生命力的标准只有两个字，即能否“传世”。至今，我仍这样认为，不知然否。

就在前不久，作者欣然为我的新作“末代皇族系列”的一部书精心设计了封面。也算是投桃报李，观赏过他美轮美奂的照片之后，我兴之所至，遂为之一一起名为《大雪有痕》、《慈母》、《水天一色》……对于摄影画面表现秋风瑟瑟，孤山落叶，微露塔尖，我即题名《山僧不解》，内中含意无外是，山僧不解数甲子，一叶落知天下秋。假若题以一叶之秋，倒仿佛浅了。

夜灯下，阅读着他的一厚叠书稿，又细细品赏过他一幅幅数码摄影作品，我遂为其书起名曰《数码摄影艺术解析》。

就一般而言，山有多高，水有多长。文化含量，是摄影艺术的基础。无法想象，一个毫无文化素质的摄影者，焉能拍摄出传世杰作？智慧和修养的最高境界，乃是摄影艺术的巅峰。

功夫在“诗”外，摄影亦如此。镜头感，便是一个人眼中的世界。将大千世界，浓缩于小小镜头，需要一种心境，需要一种境界。

境由心生。也许，平和超然的做人心态，能够拍摄出超凡脱俗的境界。

内心境界的高尚，会拍摄出高尚的境界。或许，这就是摄影艺术的真谛所在。

拉拉杂杂，似乎离题万里。好在摄影艺术题材无所不涉，功夫在其外。余所谈无非事涉世俗之感受，勉以成文，与同道交流，倒也坦然。

兹作絮语。

丁亥年十二月二十三日，匆匆于北京月坛南街

妙趣横生解世态[①]

非澹泊无以明志，非宁静无以致远。

在恣欲横流的当下，能以澹泊之态析世撰书，实为少数。而以宁静之心思考人生，更属难得。

读毕老友瑞坚新作，不由感慨系之。通观此书，可谓新《世说新语》。其洋洋洒洒数十万言，不难看出确乎为心路历程的娓娓自叙，亦可称颇具心得的“随感录”——岂止殚精竭虑的杂陈，更况，内中隐含笔者深邃思考的诸多妙论，亦足以为之敬然。细忖之，若非有人生历练者，不可得也。

余尚忆及，清代学者赵翼有名句留世：

“知我者，谓我心忧。不知我者，谓我何求?”

若依在下拙见，须细咀品之，方能初解个中三昧。对于此书，切不可视作者囿于一人一事谨“防肠断”之语，而误解青灯下熬夜，秉笔疾书者的苦心孤诣。

且休议其立论高下，亦不褒其文学功力何如，仅以作者不饰非诿过，敢于说真话且秉持真性情这一点，亦属知己。鉴此，余倒愿为其作序荐之。

一

纵横捭阖，妙论天下。

世人谁不知，坊间匹夫尚有忧国之责，况一吏乎。作者笔触，

---

① 此文为《新世说新语》所作序。

可谓漫游八极——上迄浩瀚宇宙，下及地球人寰，上天入地，追溯古今，尽阐孔圣、老庄之哲理，大到治国之道，小至人际世故，世俗亲情，无所不涉。

阐论之余，且不乏慷慨激昂；语调铿锵，却又不失体察之细腻，亦不难体味其忧国忧民之真性真情，足以令人扼腕击掌。

古来以往，君子人生莫过于三件事：立功，立德，立言。

如今，开疆拓土，已非吾辈之事，身陷经济大潮，又濒临四伏危机，立功谈何容易？立德，世间唯一雷锋，只能奉楷仿习，无法看齐。仅剩“立言”二字。然而，自古以来，堪称传世之作，终归少数。

著书之风，是否堪为倡导？各界看法不一。然而，余只知历史传承载体之一，便是古籍，撰书立说，善莫大焉。若我辈人等，业余灯下苦读，秉笔著书，无论其作品高下，且比每晚嚼着鱼翅燕窝，醉生梦死，搜刮民脂民膏者，品位超然许多。

有话在先。若此书偶惹非议，亦未必坏事。自古堆出于岸，流必湍之。京城人亦常谓：气人有，笑人无。岂一个“嫉妒”了得？疑似此地无银，絮话且住。

品人品书。古人有《世说新语》，针贬时弊，尽显人间百态。而仁兄所著之书，于世人以启迪，有益颐养心性，倒须多赘几句。

援例如右。作者别出心裁，将常人心理平衡，视为解决人生一世所有问题的总钥匙。似不无道理。概书中引述学者的观点，剑指“内功”——人生的自我生理平衡、心理平衡以及自我与环境的平衡之中，心理平衡是最重要的。此外，无出其右。

书内毫不讳言重复一句老话：只要自己不打倒自己，世界上没有什么东西能打倒你自己。后一句，倒是其独创心得：“只要你内心欢畅，世界上没有什么东西能让你痛苦。”

此话何等真切。细览此书，观感庞杂。或许有人视此为“异类”，余惟愿为其辩曰：设若所有文章和书稿，皆成报纸上的“通稿”，一副面孔，一个声调，世上还能有什么真情可言？

或许，这便是此书值得称道之处。

这话深了——他山之石，可以攻玉。读者朋友浏览过此书之后，似应记住雅典神殿石柱上，镌刻着一句颇值得玩味的铭言：

“认识你自己。”

二

嬉笑怒骂，皆成文章。

亦即此书又一特点。郭沫若曾点评蒲松龄妙笔：“写鬼写妖高人一筹，刺贪刺虐入木三分。”而蒲松龄在《聊斋志异》中，自谓之：“集腋为裘，妄续幽冥之录。浮白载笔，仅成孤愤之书：寄托如此，亦足悲矣。”

此语显系蒲松龄自谦，未能济世，惟寄托于“孤愤之书”，而自视“悲矣”。仁兄是否有此同感，余尚不知。但“善本”倘教化众生，也算是“兼济天下”，足慰平生，须与识者共勉。谓之，道不同，不相谋。

不经意间，此书透出作者对人世的另类思考。以己身经历，遂将领导方式戏谑性归为几种：头马式，空气式，木匠式，医生式。其中，数“医生式”最具讽刺意味——看谁都有病，整天开药方，做梦也想整治几个人。

读此，序者不由难以忍俊，抚掌而笑。没有切身经历的人，断难撰出这几行“幽默”。

似应明说，妙语连珠——惟其历练的成果，而绝不能仅视为滥逞文字之功。作者何尝不知，当今“逢人只说三分话，未可全抛一片心”的陋俗，竟仍佯作不知潜规则，突破“衙门”禁忌，以性情中人心境，数语道破天机。

有趣的是，作者继而援引鲁迅老夫子的话：“我们还要揭发自己的缺点，这是意在复兴，在改善。”

是否应如此理解，这确为作者真意所在。笔触之处，实谓真情吐露，却非率性而为。纵观其内容，绝非目无法度，颠尊卑之序，更无悖道德制范。倒大多倡议清风正气，大有愤世嫉俗，仗剑而歌之慨。

人生修得正果，谈何易事？仅以孝悌之道而论，孝，乃百善之先。无孝，其他则皆假无疑。文中可见作者对其父母感情之真挚，情发乎细微，颇令人感动不已。退而言之，设若对父母尚无真情，焉能对他人真意？谨从论及善心而引发对修炼身心的思考，亦使人回味再三。

人无敬畏之心，便很可怕。此类人，难免走向惟利是图，偏离人伦道德的轨道。最可怕的是，盲人骑瞎马，夜半临深池。及至成人，仍不辨善恶，不知以善待人，此乃悲乎哉。

杂谈之余，作者引述英国首富九百年前靠获伦敦中心一块地皮起家的“纪实”议论，殊为风趣且入木三分：

> 做过房地产生意的大老板，不想再做其他生意。就像做过坐台小姐也不想干别的活儿了。而且，两者相似，从来都不公开成本。

妙哉。这不啻于对人生的幽默反思。

诚然，人各有志，无法强勉。意识上的歧端，终难统一。如何待此？自然，仍不免提及那句似乎老掉牙的旧话——

“清者自清，浊者自浊。”

三

有感而发，无情遑论。

“无情未必真豪杰。”此非我语，而是鲁迅的诗。诗言志，自然此乃发于鲁迅之心声。

读罢此书，无疑可体味作者堪称心怀真情的汉子，说话或许过于直白，但绝不口是心非。可爱，可敬。至于所谓杂谈，实乃作者真心毕露。言辞激荡，敢冒千夫所指，也非一般人所敢妄言。当然，言辞难免偏颇。但此书并非公文，岂能四平八稳，不带感情？或许，一些言语貌似冒犯世俗，若细细推敲，却绝非离经叛道之说。

殊为难得，作者虽系“业余”，竟然融趣味和知识于一炉，读着诸如“牵手”的来历——缘起台湾高山族平浦人的婚恋，这些典故着实使笔者获益匪浅。

谈到情爱，似乎是一个赤裸裸的命题，无法掩饰。他娓娓叙述一幕师母的恋爱故事之后，笔锋陡转，深情地表白：

“给爱一个容器。这个容器便是时间。对于有的人来说，时间是温柔的刀，割去三千烦恼丝，也劈开了一双相牵的手。对另外的一些人来说，爱无形，两鬓青青变星星，只是为了一颗痴心……”

其实，除文过饰非以外，世上委实令人感动的刻骨铭心的真爱，并不多矣。于今，谈起此类故事，似乎往往成了奢侈品。

在杂感之中，作者饱含激情追述起萧红、萧军、罗丹、布朗这一对对情人或恋人的真实故事。令人意外感动的是，他娓娓讲述《红玫瑰的丑女人》，尤为布朗和朱迪丝的真挚爱情大声喝彩。

其人嗜读且有心得。在他眼里，对于男人尤具“警世”作用的，显然是《水浒》里的白秀英。此乃傍上郓城知县的“二奶”，最终因过分嚣张而被梁山第二十五条好汉——“插翅虎”雷横毙命而呜呼哉。文尾叹然总结道：红颜非祸水，一旦介入权力，便很容易成了祸水。结论：一是对自认为神通广大的女人，敬而远之。二是对跟你要上床还要你解决难题的女人，一定疏远且坚决不能上床。三是不要嚣张，何况本来无张可嚣。读此，令人喷饭不已。

曾国藩对《道德经》评点：
“大柔非柔，至刚无刚。”
图为贾英华收藏的民国
原版《曾国藩评传》

抑或无谓的拔高。在频频感慨之中，作者援引曾国藩在《道德经》上的批点：“大柔非柔，至刚无刚。”则至少说明了其乃哲学层次上，对于人世的理喻。

在此，倒想为著者说句公道话——人无完人，况乎文章，焉能求全责备？若鸡蛋里挑骨头，则大可不必。搁笔之前，恕多赘一句，诸多心者切望不可对号入座，否则此地无银，只能平添烦恼而已。

“嘤其鸣矣，求其友声。”若依序者之见，以文会友，即作者撰著之本意。未知然否。

勉为序。

己丑年三月九日

于北京月坛南街社会路

吟咏皆诗情

——读凤林诗词辑随感

序，叙[1]也。

此亦可谓，正文前之概述。

前不久，文友来电，谓凤林兄经年累积，始成一书，诚邀我作序。岂料，书稿寄京，展卷阅罢，始知乃一部诗词辑。余虽自幼素喜古辞，若论撰诗填词，却堪称门外汉，惟恐成“絮”叨之叙，抑或为貂尾之续。

犹豫之际，倾闻来电催促，愚弟却之不恭，遂惶然提笔。

一

诗言志。

“乘有小大，宗分南北”。人各有志，诗言心声。

纵观中国古代文化之浩渺长河，俨然造就奇彩纷呈的千秋文体。诗词，即是其一。历览古今大学者，颇多精通诗词方家，不仅反映其文学素养，亦是其人生修炼的结晶。大凡诗句，无不简约凝练。功力何如，一句便知。冒昧言之，绝非粗识文墨者，便可擎起“诗词”这只如椽大笔。

设若提问，世间无论人或物，何为最重要者？答曰：“影响力”。似乎，彼非物质又超然，听着玄而又玄且漫无边际，甚至令人百思不解。亦如，官高未必望众，势大未必了然。于人于物之

---

① 《尔雅》：“叙”，绪也，与叙“同义”。

终极判断，此三字，断然不可忽视。

仰观历史巨柱，何其坚硬？无论谁人欲雕留一丝痕迹，皆极难矣。或许，书香泽被后人，于世有益似可传承，乃至教化后世。进而言之，人生倘有一文一诗传世，足矣。

诗，乃人类文化精酿之佳品。

阅罢诗作，尤感叹其人生履历中，无不以诗载情，以词壮行，一路吟咏而来。由此突发联想，史上最初之诗，想必大抵皆可咏唱，“诗歌”一词即是明证。观其诗作，以铿锵足迹，反映予故国之挚情、事业之追求、亲情之眷恋。立意大多从小“我”入笔，反映大我，情真意切。

其诗作多以景寄情，足展诗作者之胸怀。其《七律·观钱江潮》：“接地承天千顷雪，排山倒海几重山。琼楼漫步金沙展，石壁急拍翠浪翻。”无疑，一幅惟美之国画陡然呈现眼前。君不见，钱江大潮滚滚而来，携雷霆万钧，势如铺天盖地。翻卷浪潮缓缓退去时，宛如窃窃私语，细言柔情，叠浪如翠。“接地承天”、“排山倒海”，“千顷雪”、“几重山”，对仗排比，俯拾皆是，尤为传神。

功夫在诗外，已成世人共识铭言。此辑诗作，概以纪实为主，题材广泛，视野开阔，可谓凝眸含情皆美景，信手拈来多成诗。五千年史韵，八百里秦川，泼墨轻重彩，熏染贻绵长。旅游小憩，故里亲情，身畔小事，皆映入目而会于心，且以诗纪之，宛如甘贻，沁人心脾。

仅以诗辑论之，诗作者绝不同于一般胸无点墨之宦海侪辈。当今，惟靠“曲线”之径，官至上品者，绝非个案，竞相效仿，似已成风。余谓，此辑诗作，似向官场吹来一股无形的清新之风。

其诗品作用，远超作品本身。此即愚弟欲说还休之意，似已超出诗序自身。故，颇感跑题之歉疚。此其一。

二

词抒怀。

“宇宙人生”[①] ——古人曾将胸怀，简易概括为四字，何其精辟。

晚清大学者王国维，亦留名言于世：“词以境界为最上。”

人生有无“历练”，决定境界高下。古来以往，仅具经历而乏提炼者，亦难释境界一辞。盖猛将发于卒伍，千古悲壮之词，多始于风餐露宿、金戈铁马之中。青山处处埋忠骨，何需马革裹尸还——岳飞、辛弃疾诸多伟大词家，情感源出于兹。其泣血之宏篇词章，足以使后辈千秋景仰。

若依愚见，作者频历军旅生涯，蕴育其耿耿豪迈之气，既令柔情似水佳作，也断出于真情实感——尽览神洲山水，仰观五岳，俯瞰四湖，寄情于山水，益人心智。

“境非独谓景物也。”作者虚怀若谷，词作遣辞凝练，颇具韵感。词作《沁园春·武夷山》，以拟人手法，将武夷山比作“对镜梳妆”的“娉婷玉女”，生动形象地将武夷山描摹得靓丽如画，且有声有色。再如，“俯群峰壁立，心驰万里；扶摇大地，神骛三江”，“百顷琉璃，千层翡翠”，不仅色彩鲜明，亦令人顿生豁然开朗之感。

水深愈静。以兄之经历，人生不可能无坎坷，亦不可能一帆风顺，然而，在其词作中，却丝毫无戚戚之态及怨天尤人之语，倒是一派坦荡荡且平和大度的君子之风。从中，不难窥其开阔襟怀。

---

① 引自王国维：《人间词话》。

恕我直言，当今优越的物质生活，已成追求人生品位的障碍。古人对物质生活的要求，无非食有鱼、出有车而已。如今不然，声色犬马，纸醉金迷，诸如悍马，鱼翅、燕窝，尚谨为一般奢侈品代名词。使人惋惜的是，诗书、勤俭类似成过时名词，早已大多被抛至爪洼国，岂非悲乎哉。

掩卷拓思——润物细无声。作者所奉献岂止一部诗词辑，亦具无形效应。倘若为官者尽皆仿效，本职勤勉自不待言，而闲暇之际习文倡廉，官场风气将现偌多蜕变，官吏素养该有何等高尚追乞？

言浅旨远，未必切题，此即二。

三

诗词贵境界。

“悠悠空尘，忽忽海沤。浅深聚散，万取一收。”

人生有限，惟以一瓢试饮三千弱水，体验不一。跳出三界悟禅，谈何容易？余尝试想，于尘世间浮沉，格物识人，百无一取，惟自修身，至无我之境——“人惟于静中得之”。

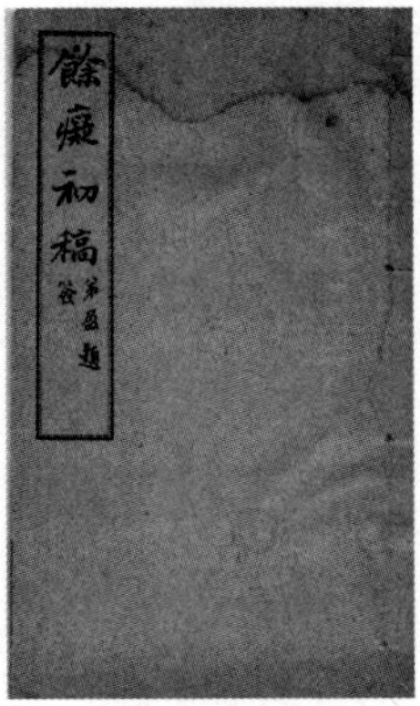

“论诗如论禅，皆在妙悟。”图为贾英华收藏的末代皇后婉容姥爷毓朗贝勒自制诗稿——《余痴初稿》

论诗如论禅。大抵禅道与诗道一理，亦皆在“妙悟”。

佛家尝言，世存两种悟境，一种是顿悟，一种是渐悟。其实，两者间汝中有我。顿悟亦即渐悟的积累过程。渐悟之过程，又何尝没有阶段性顿悟？

无疑，诗词创作显系披枷戴锁的“舞蹈”。其本身，即受格律平仄束缚，又需创新之意境。既应传统承继，亦须不落窠臼之突破。显见，其创作过程易带来诗词之外人生不羁的思索。

而境界和意境，则往往成为诗词创作难点。想必作者已留意于此，尤在描述意境上胸臆直抒，力求探索。又如其《七律·赵州柏林禅寺》一诗所描述，静中寓动，别有情趣：“虞碑翰墨承天秀，吴水鲸涛落地流。塔上铎铃敲碧玉，庭前柏子映琼楼。”

显然，诗人将寺院探檐高耸的佛塔铃铛，在微风中相互撞击之响，演绎为碧玉清脆之声，不由使人如闻塔铃，如临画境。此，实为心境使然，诚如宋代大词人辛弃疾所感悟：“我见青山多妩媚，料青山，见我应如是。”

春华秋实。观此诗辑，自成格调，偶然间显露憨态，跃然纸上。童趣未泯，犹属难得，有感其志可嘉，补赘“添足”之语。又及。

尤应提及，作者不仅垂范发表诗词近百篇，且倚重倡导文学创作，旨在颂扬彰显秦汉文化，亦颇多贡献，功不可没。

浅显杂感，就教识者。絮叨就此止住。

试为序。

己丑年六月九日匆撰于北京

曲自天成

——《画意摄影》赏析[①]

曲自天成。

欣然翻阅着《画意摄影》书稿，顿觉一派清新之风扑面而来。

无疑，世界是多彩的世界。

正由于世间有了斑斓色泽，才变得缤纷感人。大千世界时而电闪雷鸣，时而云淡风清。历史画卷既有惊涛拍岸，亦藏小桥流水，既有洪钟大吕，亦蕴江山多娇……

然而，融入镜头且创造出赏心悦目的佳作，却绝非易事。我友耗数十年心血，将多彩世界凝聚镜头方寸之间，居然摄制出令人惊叹而风格迥异的翰墨画卷。

掩卷之余，我不由陷入沉思。艺术的生命，在于创新。诚如世界上绝无相同的两片树叶，人类大凡复制的艺术，似都无甚价值可言。

或许多出于附庸风雅，时或有人聊起禅与蝉。我素喜玩笑，戏谑曰，脱衣即为蝉，穿衣即为禅。虽然，“禅”历来凭空衍生不少深奥之意，若依我看，禅（蝉）法自然，也并不屏弃嬗变之道。

显然，作者深悟变法推新之理，顺应世事变幻，竟开“画意摄影”之先河。著书立说，不吝授渔之道，善莫大焉。

---

① 此文为《画意摄影》一书所撰序。

一

“大音自成曲，但奏无弦琴。”①

此乃李白赞誉古琴圣手的佳句，也是我对《画意摄影》的简略评析。概言之，这是一部极富开创性的数码摄影艺术专著。

世界进入数字时代，原有意义上的传统艺术，无不时时发生着嬗变，甚至已完全颠覆了旧有概念。若无全新理念，落伍似已成为必然之势，无非早晚而已。

近年来，原有的摄影胶片技术，以极快的速度被数码技艺取代。传统意义上的胶片暗房，已代之以计算机为标志的“数码处理”，计算机数码摄影处理新技艺应运而生。

技术与技艺，虽仅一字之差。但这意味着，数字时代孕育着摄影技艺的崭新革命，以及全新艺术的诞生。如果说，一个全新数码摄影时代正在到来，那么，这部《画意摄影》或成重要的标志之一。

无疑，摄影作品的成功，与人的文化素养即艺术底蕴有着不可分割的联系。题材择定以及画面构图，再加上光线运用，乃摄影作品成功的三要素，缺一不可。然而，一般人误以为，暗房技术只是简单冲印而已，若加之洗印流水线的问世，暗房冲印似乎再也没什么奥秘可言。

这种理解，好像已成普遍共识。譬如，街上常见悬挂摄影洗印部或冲扩部的招牌，这说明连专业人员也无不如此认为。其实，这恰恰大错特错。

这部《画意摄影》颠覆了所谓“共识”。以往的摄影后期制

---

① 引自《全唐诗》：李白《赠临洺县令皓弟》。

作，仅局限于调色与剪裁。而从书中可以清晰地看到，在当今计算机时代，数码摄影在“原生态”基础上的再创作，俨然成了最具魅力的一道技艺工序。这是在数码摄影理念中，带给摄影界内外的莫大贡献。

理念的突破和创新，或早或迟会带来一个领域的鼎新。《画意摄影》究竟产生何种影响，发展到什么程度，能否成为摄影与绘画艺术（包括西洋画乃至雕塑等）的结合，抑或成为一个新兴产业，至今尚难作出准确判断。然而，我坚信，这是具有生命力的全新艺术趋势。

自然，或许有人会提出质疑，但我仍然相信，时间是最公道无私的。

艺术是可以超越任何肤色或国界的。高超而有生命力的艺术，是属于全人类的财富。

二

“大音希声”。

此虽老子的名论，若反映在琴旨和书画方面，则不排除兼收并蓄以及“穷其变”的辩证意识。书画同源，画、摄亦同理。

艺术，无不源于对大千世界惟美的表述。而画意摄影，则着重于数码摄影后期处理技艺，无非使镜头的浓缩景观变得更趋美妙。这与老子所谓“道法自然、清微淡远”，似乎有异曲同工之妙。

在当今艺术范畴中，摄影技术诞生不过百多年，尤其数码摄影堪称最年轻的艺术，却极具生命力。谨以海洋生物为佐例，能够存活下来的生物，无不顺应环境之变，吸收各类最新技能得以延其生命长青。不然，海洋界不会衍生出那些具有独特存活功能的海洋生物，延寿亿年而独逞魅力。

回溯人类历史。自古以来，“琴、棋、书、画”历来被视为国人精神生活的雅品。古琴因其融汇百味之雅而居首。何谓琴？“琴者，情也。”故此，我将数码摄影艺术喻为古琴新曲。在数码摄影界革故鼎新，则是我力主张扬的主旨。

数码摄影艺术融现代高科技暨绘画艺术为一体，创造出了独特的艺术形式，令人叹为观止。细忖之，它体现的是一种高尚的综合人文理念。

诚如琴、棋、书、画，无不“意在之先”。难以想象，一个摄影家在后期处理之际，没有一幅成型的画卷呈现心中。若非成竹在胸，则绝无传世佳作诞生的可能。而瞎猫碰上死耗子，只是童话里才有的故事。

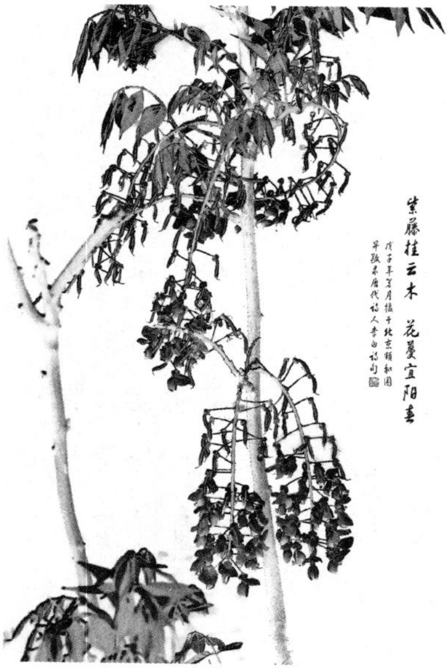

国画技法的摄影作品《紫藤阳春》。作者王晓军

据我所知，作者在创作《画意摄影》之前，潜心研究过各类画作特点，将计算机的独特表现手法，注入于画意的生命之中。人所共知，绘画一般分为西洋画、国画两大类。如再细分，还有版画、速描，国画中的工笔、大小写意，如此等等，不一而足。传统国画之中，表现的无非是人物、花鸟、山水这三大类题材。艺术如何“推陈出新”，成了历代有识之士共同关心的话题。

径奔主题。一般人只知“画

龙点睛”，却鲜有人知先哲强调的却是后一句话——“妙在阿骨”。眼睛之最难画也最难“摄”，眼眶则是关键无疑。作画的前提是，眼睛必须在眼眶内——当然是玩笑话，而眼眶的高低左右定位，则决定了眼神的八成，倒实非虚言。

画人画虎难画骨，知人知面难知心。眼为心声，这是不独摄影艺术的关键所在。舍此，人物摄影则一无是处，此乃试图阐明意在笔先的道理而已。《画意摄影》，以国画、油画、水彩画、版画、速描、钢笔画以及速写意等多种表现手法，淋漓尽致地体现了这一主旨。

遑论国画或油画，作品着力表现年轻姑娘凝神瞩目的逼真神态，无不透出秋水般的灵动，自然给人以美的享受。在工笔国画中，作者摄制动物园的一对栖枝小鸟，宛如细腻的“工笔”，虽系摄影作品，却与传统国画佳作难分伯仲。

化平庸为神奇。原摄影版画中的“电焊工”，色彩较单调，稍经添加一抹红色之后，飞溅的焊花陡然使整体画面为之一振，人物立时变得鲜活起来，一幅生动的版画引人注目。

渲染注入情感。在速描中，那只使人顿生哀怜的流浪猫，简直与铅笔速描无二，简洁、传神，观之令人动容。钢笔画“影城”，那迎风招展的牛肉拉面大招牌和长衫小贩，俨然一幅钢笔画作。

速写意中，建设工地上变电站的简略线条，予人一种逼真的感受。主题突出，构图明快，使人仿佛置身于沸腾而又静谧的施工现场。

浏览着面前一幅幅美妙画作，倏忽间如闻古琴之妙，清厉而静，和润而远……

三

“味外之旨、韵外之致、弦外之音。”①

显然，艺术是相通的。所言“三外”，虽称古琴意境的精髓所在，亦即庄子所谓“天籁”之音，也无疑是数码摄影艺术所追寻的宗旨。

自古皆然——人类对于美好生活的追求，是经济和艺术发展的原动力。“物竞天择”，乃事物发展的根本法则。即使仅囿于数码摄影技艺而言，亦概莫能外。

一度，我建议其书名改为《画艺摄影》。然而，晓军谦逊，认为书名本意旨在突出绘画的意境。我却以为，《画意摄影》是数码摄影技术在传统艺术意义上的突破。所谓见仁见智，各有所悟。

写此，夜半给作者打去一个电话，才知其人正在延庆与摄友徜徉村野之间，杯盏酣然，不由使我浮现一句人所共知的古话——“醉翁之意不在酒”。其实，紧接着还有一句容易被人忽略的话，那就是——“在乎山水之间也”。

摄影者寄情山水之间，于闲云野鹤的生活中，催生萌发创作的灵感，实乃自然而然，成就《画意摄影》。

宛如古琴，心境合一与人琴合一，即最高艺术境界。传说，伯牙追随其师学琴经年，终难攀达高超的境界。乃师遂引伯牙至蓬莱仙境，独自划桨而去。伯牙始终不见其师归来，惟闻崖崩裂涛之回声，天空群鸟悲鸣。在周围一片寂静中，伯牙怦然触动心弦。在弹奏古曲之际，顿悟天人交融的意境，终成一代琴圣。

摄影艺术又何尝不是如此？忍受不了孤独和寂寞，缺乏人生

---

① 引自司空图《与李生论诗书》、范晔《狱中与诸甥侄书》。

的历练和坎坷，何以成就非凡的摄影家。有得必有失，此即人生。

幼年，我曾闻一代巨匠齐白石说过一句话——学我者生，似我者死。我理解为，再高明的临摹也只是一名画师，而不能成为大师。

大师是什么？无疑是开一代新风者。作者够不够大师，我不下定论，但他做了大师没能做之事，这却是我斗胆想说出来的。

艺术，可以净化人的心灵。

人的素养，不惟数码摄影，乃所有艺术的基石。

四

“大乐必易。”①

正如古琴雅乐，计算机时代遂使数码摄影特技处理，日趋简单。而采用的不同技法却愈来愈日渐复杂。

授以鱼，弗若授渔。

尤应指出，《画意摄影》最后两章，毫无保留地讲授了数码摄影后期处理，运用计算机制成绘画的技巧。在这方面，作者堪称始作俑者，说绝一点儿，在此之前，似乎前无古人。有了这部“指南”，摄者完全可以按图索骥，潇洒操纵计算机，在数码摄影制作的理想王国任意驰骋。

此书对于择定基本画意模式，以及图像剪裁、选择滤镜、确定光线对比度、调色、采用橡皮擦处理细节，乃至边缘处理等，均有细化至每一步骤的详介。在本书的数码照片美化中，计算机俨然一位手持调色棒的高超魔术师。在人物塑造中，滤镜使人物居然产生了浮雕的效果。宛如梅兰芳大戏院的蜡像戏装人物，活

① 引自《乐记·乐论》。

灵活现中还透出些许调皮的可爱模样。

“悟性”，也许是最重要的。诚然，正如书中所述，数码摄影制作不需要准确的操作，而是需要正确的操作，这其实是摄影乃至所有艺术所强调的。在这里，大胆探索比任何所谓“准确”都更为有益。

无中生有，乃坏人的阴谋伎俩，倒也确属艺术家的追求。人人心中有，人人语中无，那种艺术作品可能便是更高的企及境界。

似应强调的是，仅就数码摄影制作而言，也宜从掌握基本的摄影和计算机基础知识学起。倘从拍摄角度来说，如不动脑子，抬手就拍，还可能犯低级错误，拍出一个“红眼儿”人物来。

与其临渊羡鱼，弗如退而结网。

优秀的数码摄影佳作，源自于摄者的综合素养。如若“画意摄影”得到普及，给更多的摄影爱好者提供灵感和帮助，这才是作者和序者所企望的了。

权为序语。

戊子年十月二十三日于北京

故都人物篇

末代皇弟溥任的百年沧桑*

“一叶落知天下秋”。随风飘落的片片枫叶，昭示着京城的深秋倏然而至。

一位面相和善的老人，在保姆陪伴下缓步徜徉在什刹海畔，平和地久久凝视着眼前池中的残荷。匆匆而过的路人，谁也意想不到这位身穿蓝布衣褂的朴素老人，便是末代皇帝溥仪的四弟——溥任。他是溥仪兄弟四人中硕果仅存者。换句话说，溥任是《爱新觉罗宗谱》所明确记载的醇亲王载沣这一脉“溥”字辈在世的最年长之人。

对于世人来说，在社会活动中罕见露面的皇弟溥任，多少有一种神秘感。

已届“白寿”之年——年近九十七岁的皇弟溥任，静静居住在京城什刹海畔东边不远的一座旧宅院里。

生于“两度潜龙”一朝摄政的醇亲王府

星移斗转。恰逢末代皇帝溥仪逊位一百周年之际，爱新觉罗家族的代表人物——溥任，再度引起世人关注。然而，这是一位低调行事而不被社会周知之人。

相识于仲秋之际，只能说是缘分。早在上世纪八十年代初，经其二哥溥杰介绍——亲笔写信又打去电话，我兴冲冲骑着一辆自行车，从溥杰位于护国寺的寓所，径奔西城蓑衣胡同拜访溥任，

---

* 此文部分内容参考了记者报道文章。

欣然叩响那幢旧宅的院门。

初次会面，是溥任亲手打开的院门，原来他已等候多时，彼此热情握过手之后，他谦和地自我介绍，原名溥任，如今叫金友之。他戴着一副老花镜，说起话来慢条斯理，往往不错眼珠地瞧着对方，透出一种久已不多见的谦逊和诚恳。在相视而笑的一瞬间，我与溥任结下了数十年忘年之交。

若仅从外表瞧上去，溥任的外貌酷似其大哥溥仪，年纪却比溥仪整整小了一轮。他出生于农历戊午年，自然生肖与溥仪一样属“马”——一九一八年九月二十一日（旧历八月十七日），即初秋之际，溥任降生于什刹海后海北岸的醇亲王府“直方斋”。此时，同父异母的大哥溥仪，早已从紫禁城的宣统皇帝金銮宝座上，“逊位”六年之久。

自幼，溥任生长于醇亲王府。世人罕知，京城实际先后建有三座醇亲王府。第一座醇亲王府初建于咸丰年间，乃道光皇帝赐予溥任的祖父——醇亲王奕譞的府第，地点在宣武门西便门东侧的太平湖畔（即如今中央音乐学院所在地）——人称“南府”。而随奕譞次子载湉登基成为光绪皇帝，这里援旧例改为“潜龙邸”。嗣后，慈禧太后颁旨将什刹海后海畔的一座旧府第赐予亲妹夫奕譞，略经改建之后，光绪二十年，奕譞偕全家人迁住于此，遂成为京城第二座醇亲王府——俗称“北府”。

毋庸置疑，醇亲王府的变迁确如爱新觉罗家族历史，颇具曲折性。早在清朝康熙年间，这里原是朝廷重臣、大学士明珠及其子纳兰成德（鉴于避讳原因，纳兰性德遂改名纳兰成德）的府邸，因其后人得罪乾隆宠臣和珅，旋即全家惨被抄没，府第即被和珅据为己有。当权倾一时的和珅被嘉庆皇帝“搬倒”，这座宅邸又被嘉庆皇帝赐其兄——乾隆帝第十一子成亲王永瑆。当传至其后人

时，循以往递降袭爵的惯例，这座府邸被内务府收归而另赐宅邸。由此，这里便成为沿袭两代的醇亲王府。

今日醇亲王府花园

从远处望去，紧邻碧波荡漾的什刹海畔的醇亲王府，堪称气势恢宏。可以说，这是京城公认按规制建成而罕见保存完整的王府建筑。醇亲王府布局规整，其中部为府邸，西侧为醇亲王府花园。而王府东侧——后海北沿四十三号，则依然残存“马上得天下”的典型特点。这里建有一座分为东西院落的宽敞马厩，占地近两千平米，至今仍存完好的喂马石槽，似在向世人诉说着当年金戈铁马的悲壮故事。

紧邻王府东侧，有一座古朴而坐北朝南的“大藏龙华寺”，庄严的山门、大殿及东西配殿，依序而邻。史载，龙华寺始建于康熙五十八年（1719 年），道光年间改为心华寺，故此成为拈花寺下院，又被人称之“小龙华寺”，清末遂改为醇亲王载沣的家庙（现什刹海后海北沿二十三号）。

这里虽然名为醇亲王府，却因溥仪荣登“宣统皇帝”宝座，又成了显赫一时的“潜龙邸”。清末，朝廷颁旨，在中南海紫光阁西侧兴建第三座醇亲王府。只因囿于政局动荡，这座醇亲王府的大门油漆未干，迟至溥仪逊位多年，载沣一家人也没能搬进中南海，而始终“蛰居”于什刹海后海畔的“潜龙邸”。

一般世人只知，溥仪的生父摄政王载沣，育有三子七女。殊不知，载沣共有四子——长子即溥任的大哥溥仪，第二子是溥杰，第三子溥倛还未及成人，年仅三岁便早夭于醇亲王府内。据说彼时载沣悲伤至极，过后许久谈起时，仍落泪不止。这虽在爱新觉罗宗谱中有明确记载，却鲜为世人所知。前几年，溥仪的二妹韫龢之女与皇族聚会时，席间有人询问起载沣是否有第三子时，皆不知其详，赶紧从广州打来电话向我询问此事。可见，此事连皇族近亲也未必全知晓。

溥任虽为溥仪的四弟，却并非与溥仪一母所生，而与溥仪、溥杰系同父异母兄弟。溥仪和溥杰乃载沣嫡福晋瓜尔佳氏所生。也就是说，瓜尔佳氏生有两子三女，三女即长女韫瑛，次女韫龢，三女韫颖。

而溥任则是侧福晋邓佳氏所生。以勤朴爱学著称的邓佳氏，总共生有两子、四女，即三子溥倛、四子溥任，四个女儿即四女韫娴、五女韫馨、六女韫娱、七女韫欢。

在溥任的印象中，父亲载沣非常喜爱这十一个子女，甚至多少有些溺爱，时常把幼小的子女抱在怀里哄着玩儿。值得称道的是，出身皇族家庭的载沣从没有男尊女卑的封建歧视观念。他曾多次郑重地对长大成人的二女儿韫龢说过："你明白吗？我对男孩儿和女孩儿一视同仁，对每个子女都是疼爱的。"

无人不晓，老北京人熟知的一件轶事，即载沣在溥仪逊位之后，便被罢黜摄政王，坦然返回醇亲王府抱孩子去了。事实上，这确成了载沣退野后尽享的天伦之乐。对此，溥任记忆犹新。

老醇亲王奕譞阳宅养鹿避祸

若细品起来，溥任的性格与其祖父奕譞和父亲载沣，何其相似乃耳。

众所周知，奕譞是第一代醇亲王，京城人称老醇王。他是道光皇帝第七子，其兄便是咸丰皇帝，母亲乃道光皇帝的妃子乌雅氏。由于年仅二十一岁的奕譞在"辛酉政变"之中，星夜驰奔密云半壁店，生擒赞襄顾命八大臣之首肃顺，为慈禧太后掌权立下赫赫功劳，此后一路升迁不已。

然而，奕譞并不居功自傲，而愈加处事谨慎。慈禧太后为拉拢并控制奕譞，先后将胞妹叶赫那拉·婉贞赐婚下嫁他，又连续封赏他高官显爵以及一系列特殊待遇。但奕譞却始终持审慎态度。诸如，慈禧太后赏赐其杏黄轿，他一次也不乘坐，仅敬奉在府中殿堂。慈禧太后亲赐奕譞一件黄马褂，他连一次也不肯穿。

更能体现其为人的是，次子载湉当上光绪皇帝之后，他更是事事谦逊忍让，在醇亲王府花园等处，煞费心机地镌名恩波亭、思谦堂、九思堂、退省斋，等等。同时，自号"九思堂主人"，又不忘时时告诫家人。明眼人一看，便知奕譞毫无野心。

在溥任禀承其祖父性格中，谦逊忍让尤为显著。在多次拜访中，每当我走进溥任居住的北屋东边不大的卧室，便会一眼看到墙上有一幅嵌在镜框里的《治家格言》。这是他的祖父奕譞亲笔所书。据溥任追忆，当年这幅《治家格言》最早悬挂在嫡祖母，即慈禧的妹妹叶赫那拉・婉贞的卧室里，且以精致的木框镶嵌四周。她经常让醇亲王府的后人大声背诵，务求牢记于心。

每当提起这桩历史往事，溥任总短不了神情肃穆地面对墙上的《治家格言》，对来访者吟诵出声：

> 财也大，产也大，后来儿孙祸也大。借问此理是若何，子孙钱多胆也大，天样大事都不怕，不丧身家不肯罢。财也小，产也小，后来儿孙祸也小。借问此理是若何，子孙钱少胆也小。些微产业知自保，俭使俭用也过了。

值得提及的是，在奕譞手书《治家格言》落款之处，还撰有几行楷书小字，清晰地写着：

> 右古歌词，俚而味长，录以自儆。

不言而喻，"自儆"，即奕譞的初衷。在此处，他自诩为"退潜居士"，继尔，还特意注明："静寿主人阅之，颇称许。附志之。"世人鲜知，所谓"静寿主人"，乃是慈禧太后的胞妹叶赫那拉・婉贞。见此可知，此篇《治家格言》，显系经过慈禧的妹妹宛贞亲自过目且"称许"后，才留予家人传世的。

有趣的是，这幅奕譞手书《治家格言》原本以绢为纸书写而成。前些年，溥任几经翻腾才在家中找出这幅珍贵文物，遗憾的是，因绢本受潮而粘成一团。他在京城费尽心思寻觅到技艺高超的裱画匠，小心翼翼将其装裱一新，遂成为爱新觉罗家族的镇宅之宝。

然而，溥任究竟在祖父奕譞那里学到哪些不事张扬的处世之道？或许，这可以在他多年收藏的文物当中窥观一二。在溥任手中，始终珍藏着祖父奕譞生前亲手使用过的一柄珍罕的桦木镜，上边镌刻着奕譞耐人寻味的珍贵手迹：

有镜之名无其用，

吾人鉴之宜自重。

在这柄寓意颇深的桦木镜上，所标明的落款是：朴庵，乙丑端午题。其实无须细考，《清史稿》明确记载着，奕譞病逝于光绪十六年。这柄桦木镜上的笔迹，镌于“乙丑”，显系奕譞生前头一年端午日所撰文。也就是说，直到临逝世之前，奕譞仍然时时提醒自己务必“自重”，以免遭杀身之祸，且绷紧“明哲保身”这根弦。

尤值得玩味的是，深谙韬晦之计的奕譞生前为防意外之祸，竟然早早便经过勘舆，又暗中邀来南北阴阳高手几经博弈敲定，在西郊妙高峰山脚下修建好了身后墓地，而时常居住在阳宅内养鹿度日，以示与世无争。

更引人深思的是，一幅老醇亲王奕譞在墓地阳宅内养鹿（祥和动物的象征）的照片貌似不经意间被呈入宫内，其实，这无疑是专门拿给慈禧太后看的。说起来谁也难以置信，这一年，奕譞正值壮年时期，年仅四十八岁，实可谓煞费心机。

无独有偶——醇亲王府亦遗留下一幅相同的照片。细忖之，在晚清末年残酷的政治斗争中，奕譞一生无虞，最后得以善终，委实并非偶然。透过这一幅宫内外同时珍藏的历史旧照，似乎可以窥到历史背后掩饰的政权残酷杀戮的刀光剑影。

无疑，溥任唯独将此柄百年桦木镜珍藏身边，显然藉此提醒自己乃至一家人韬光养晦、谨慎处世。纵观其一生，顺应世事潮流，一生安享百年，倒着实应了“平安是福”这句老话。

住进七爷坟阳宅养鹿“避祸”的老醇亲王奕譞

二代醇亲王载沣被罢摄政王闭门读书

虽然，溥任从没见过祖父奕譞，却一直陪伴父亲载沣终生，在父亲言传身教下，贴身生活了多半辈子。

当溥任问世时，其父载沣三十五岁，早已辞去“摄政监国”多年，且远离政界。难得的是，自此溥任尽管频频历经时代风雨，却是众多子女中唯一毕生没离开过父亲载沣的儿子。

纵观历史人生，溥任的父亲载沣显然与终生安度的祖父奕譞截然不同——一生大富大贵，大起大落，可谓历经坎坷。起初，当载沣的二哥载湉登基称“帝”之后，胆小怕事的载沣却竟然一连串好事接踵而至，屡受封赏不已。

世事难料。当载沣之子溥仪登基成为“宣统皇帝”，直到慈禧逝世前一道懿旨，载沣膺任摄政监国，遂成全国实际掌权者。待光绪皇帝和慈禧太后驾崩之后，载沣更成了权倾天下的主宰。谁知革命风起云涌，转瞬间，大清国灰飞烟灭。载沣旋被罢黜摄政监国，归家后读书作诗，怡然自得。醇亲王俨然无官一身轻，返回家里抱孩子，怀里自然亲热地抱过幼子溥任。

然而，最使溥任一生印象深刻的，莫过于一件家传的珍贵“欹器”。这似乎更能说明两代醇亲王何其酷似的性格。

发人深思的是，光绪十五年，溥任的祖父奕譞命人仿制一件逼真的“欹器”。说起此事，大有来历，古人以汲水所用的陶罐为模，制作欹器敬置于君王之侧以示“自儆”，被称之“宥坐之圣器”。据传说，孔子当年周游列国之际，曾经在鲁桓公的庙堂之上，谒见过此件圣器，此后千年失传，仅见记载而不见其物。当博通古今的奕譞仿制这件“欹器”之后，极为庄重地摆设在醇亲王府的大书房——宝翰堂内。其意不言自明，旨在提醒整个爱新觉罗家族一个传统的理念——“虚则欹，中则正，满则覆”。

无疑，这件欹器正面镌刻的两个字——“满溢”，蕴含着“满招损，谦受益”的古老哲理。在这尊欹器背面，还引人注目地铭刻着“坦坦荡荡”四个大字。值得注意的是，奕譞命工匠在落款处，镌刻上几个楷字：大清光绪十五年二月，皇七子制。

或许，世人容易忽视另外一段寓意深远的铭文，这虽不被常人理解，反倒明白无误地坦露了奕譞内心深处的忧思：

余素以高危满溢，自儆。兹铸斯器置之案头，效古人宥坐之意，开志数语。

心通此理。据说，就连早已进宫当上光绪皇帝的载湉，也居然出乎意料地极为重视起这尊“欹器”，当他得知此事之后，随即专门颁旨命人仿制一尊一模一样的欹器，置于宫中“自儆”。只可惜这位四岁进宫的儿皇帝主宰宫廷力度过弱，其欹器的制作工艺水准却远逊于醇亲王府。载沣对于父亲的这件特殊遗物，显然非常重视，始终视为醇亲王府的传家之宝，成天虔诚地供奉府中，以时时告诫自己，谨言慎行，切勿轻狂处世。毫无疑问，这对溥任带来了一生的重要影响。

自然，溥任深知且不忘两代醇亲王的教诲，新中国成立之后，当父亲载沣去世不久，他便郑重地将此尊欹器连同家里收藏的众多珍贵文物，一起捐献给了文化部所属国家文物局。时为国家文物局局长的王冶秋，亲手检点了这件寓意深刻的文物重器。如今，这件罕见的“欹器”，作为宫廷陈列品，在故宫博物院展厅内娓娓向海内外游人，讲述着晚清历史风云变幻的背后故事。

偶然，我向溥任谈起在故宫见到这件珍贵文物时，他微笑着对我说：

“这就是我亲手捐献国家文物局那尊‘欹器’呵。”

平淡的言语中，溥任洋溢着一丝自豪的神情。

“辛亥革命”后改名金友之

殊料，“金友之”这个名字，居然深深打上了历史演化的烙印。

“辛亥革命”过后四个月，即转过年的 1912 年 2 月 12 日，他的大哥“宣统皇帝”逊位。自此，爱新觉罗家族的社会地位一落千丈，整个社会出现“排满”，于是乎，满族人纷纷改名换姓，爱新觉罗大多改姓“金”。溥任遂以“字”为名，改名“金友之”。

追溯起溥任的幼年教育，是从八岁开始的。从那一年，他和二哥溥杰以及几位姐姐，在醇亲王府的“任真堂”念起私塾，师从于溥仪的汉文师傅陈宝琛介绍来的启蒙老师赵世骏。另外还有一名教师——魁忠，专门负责教授他们“四书五经”以及吟诗作对。

或许源于爱新觉罗家族的家教，刚上学第一天，著名书法家赵世骏就让溥任等兄妹四人开始学习书法和绘画。从描红模子起步，他们每天至少要写一页宣纸，非完成不可。

甭瞧私塾，派头可不小。在溥任幼小的记忆中，王府内至少有五六个仆人伺候这几个小孩儿。一名老太监负责监督并每天向载沣禀报其子女的学习情况，两名年过半百的老书僮专门看管他们的学习，另有几个仆人负责伺候老师。

王府内的私塾规矩超乎想象。每天早晨，溥任要跟哥哥和姐姐先向孔子“至圣先师”的牌位行礼，然后再向老师深鞠一躬。之后，这才开始一天的授课。私塾课分上下午两次，上午属于“必读”时间，下午倒有时可以去花园里游玩一会儿。

数年如一日的私塾生活，使溥任和二哥溥杰以及几个姐姐深受中国传统文化的熏陶，《四书》、《五经》当然不在话下，再诸如诗词歌赋、琴棋书画等，也为他们一生的深厚文化功底打下扎实基础。殊料，回过头来看，溥任等兄妹竟成了晚清以来旧国学的特殊承继者。

溥任进宫探望末代皇帝溥仪

在溥任的遥远记忆里，作为醇亲王载沣第四子，童年无疑是在钟鸣鼎食的醇亲王府度过的。令人颇难以想象，他从小接受严格的封建礼教，幼年仅有数儿几次走出醇亲王府的大门，却还是大多跟随父亲载沣进神武门到紫禁城去看望虽已“逊位”，却仍然

“暂居宫禁”的大哥溥仪。

或许因溥任年纪幼小，溥仪和皇后婉容及淑妃文绣，每逢见到溥任，都喜欢过来拉着他的双手问寒问暖，显得异常亲热。每次进宫，溥任都追随溥仪和几位姐姐去养心殿玩耍，也多次逛过御花园，还曾在保姆看护之下，留居储秀宫的西侧配殿。在宫内那些日子里，他总喜欢跟随父亲在紫禁城内四处游逛，瞧什么都感到好奇不已，尤其爱刨根问底。至今，宫中仍然留存不少溥任与大哥溥仪和婉容等人极为珍贵的合影照片。

当时宫内的人们，无论谁见到溥任都会觉得他再好玩不过。在一帧宫藏旧照上，幼小的他身穿棉袍和棉裤，头上戴着那个年代的标志——一顶疙瘩帽儿，憨憨地站在皇后婉容身前。在这幅逊清宫廷老照片中，溥任算是众多合影者中年龄最小之人。

正因为溥任年龄最小，在宫内玩耍时，经常受到淘气的国舅润麒的逗弄和欺负。每当见到憨厚的溥任手里有了新玩艺儿，润麒总不免上前逗他。一次，溥仪送给溥任的玩具被润麒抢走，气得溥任坐在地上哇哇大哭，最后由皇后婉容出面向弟弟讨回，才使溥任破涕为笑。

尤为珍贵的是，溥任还曾跟随着几位姐姐与珍妃的胞姐（光绪皇帝的妃子）——端康皇贵太妃一起，在皇宫大殿的高台阶上合影留念。照片上的他，并没意识到转瞬即逝的这一历史时刻，而是漫不经心地瞅着别处。据笔者所考，这可能是端康皇贵太妃病逝前最后照片之一，也是她与醇亲王府后裔的最后一帧合影。如此算来，溥任则成了与端康皇贵太妃合影者之中，活得最长寿之人。

溥任（前右二）最早的一幅进宫照片——与端康太妃（中坐者）
及皇后婉容（右三）、淑妃文绣（左四）等人合影

溥任始终难以忘怀的是，民国期间，京城走马灯似的政权更迭，使爱新觉罗家族终日胆战心惊。1924 年年底，溥仪被军阀冯玉祥的部下鹿钟麟率军队逐出紫禁城。年仅六岁的溥任，见证了历史的那一刻。

毋庸置疑，溥任的命运，始终伴随溥仪的命运而变化。他亲眼目睹溥仪从宫中被赶出，躲在醇亲王府暂住多日，此后寻机以日本公使馆为“跳板”而乘火车悄悄潜往天津。

仅仅四年之后，溥任也随父亲载沣和全家人乘火车迁住天津。途中，由于七叔载涛与奉军少帅张学良关系“莫逆”，全家人又换乘奉军的大卡车驶入天津市内，住进一幢事先买下的楼房——戈登路十三号。在这里，溥任度过了童年的时光。

随全家人改名换姓隐居天津

时光荏苒。溥任和父亲始料未及的是，由于京城时局动荡，这一家人在天津并不是暂且避身，而是居然生活了整整十一年。

刚来到天津不久，溥任按照父亲载沣的周密安排，跟随几个姐姐进入天津耀华学校（原天津工部局创办的“天津公学”）上小学。本来，载沣的如意算盘是全家人随溥仪在天津安度隐居生活。孰料，从住宅报装电话开始，就使这位昔日的摄政王感到头疼不已。起初，他死活不愿暴露真名实姓，仅自称王公馆——自然隐含“王爷”的意思。哪知，庆亲王奕劻之子载振一天来到他家，半开玩笑地对载沣说：

“这可不太好，不知道的还以为您姓王呢?”

听人劝，吃饱饭。何止于此，载沣出于安全起见，自欺欺人地改称“金公馆”。其实，外界早就都知道了他的真实身份，只有他以为无人知晓，独自一人被蒙在鼓里。

溥任（前中坐者）与溥仪（中坐者）、溥杰（后中站者）及几个姐妹在一起。

溥任虽年幼，却也发觉大哥溥仪被“囚”于张园这一狭小天地里，内心并不快乐。有一时期，溥仪百无聊赖，在异常孤闷中只好无奈地自己找乐儿，总喜欢给人改名字逗笑，又给弟弟和妹妹一一起“号”。

其实，溥仪除乳名“午格”世人罕知外，字曜之、号浩然，这是家人所周知的，只是外人不知罢了。尤其到天津之后，“皇上”用得最多的名字就是“溥浩然”。这个以号为“名”的名字，因赈济水灾等善行时常被登载在天津各种大小报纸上。彼时，外界竟然没多少人能将这个名字与逊位的“宣统皇帝”联系起来。

自然，溥仪的几个弟弟和妹妹的乳名，以及他们的“字”、“号”，更是鲜为人知，遂成皇室“秘辛”①。溥任的二哥溥杰，乳名叫“誉格”，字俊之，溥仪为其起号“秉藩”，意思是秉承清末名将曾国藩之志，为复辟“大清”效力。然而，溥杰这个“字”——溥俊之，却一直没叫响。

溥任的乳名叫“联格”，字“友之”。实际上，他的乳名和其他两位兄长一样，鲜为人知。而后来，“金友之”反倒渐渐成了户口簿上的正式名字，直到如今仍在沿用。

若细琢磨起来，为何溥任的几位姐妹的名字都按照“韫”字排列？载沣曾经向二女儿韫龢据实以告，缘因六叔载洵的大女儿名字头一个字是“韫”，照此排列下来，姊妹几人的名字便无不以“韫”字打头。

除此，溥仪还给前三个妹妹分别起了“字”、“号”。大格格乳名——毓格，名字叫韫瑛，字蕊欣，号秉瑛。遗憾的是，溥任的大姐韫瑛嫁给皇后婉容的哥哥润良之后，意外病逝于天津。

二格格乳名——硕格，名字是六叔载洵亲自起的，叫韫龢，字蕊菡，号秉熹。据韫龢追忆，多年之后，她在东北流浪期间为“避祸”而亲自改换了名字——因大格格叫蕊欣，便随其“字”，

① 因年代已久，笔者所识当事人均已辞世。对于皇家姊妹七人的“字”和“号”，若存疏误之处，恳望识者指正。

改叫“欣如”。

三格格，乳名——佩格，名字叫韫颖，字蕊秀。尔后，溥仪又亲自为她改号秉颢，还一字一顿地对她解释说：

“你就叫秉颢吧。所谓‘颢’，就是左边一个‘景’字，右边一个‘页’字。”

四格格，乳名——来格，名字叫韫娴，字蕊珠。

五格格，乳名——悦格，名字叫韫馨，字蕊洁。

六格格，乳名——星格，名字叫韫娱，字蕊乐。据说，载沣对于家中连生六女，内心并不如愿，起初给六格格起名“韫鞶”，字蕊多。溥任的祖母刘佳氏听说之后，颇不以为然，认为子女众多是件乐事，遂又亲自为她改为字——“蕊乐”。

最年幼的是七格格。她算是载沣的收山之作，乳名——姞格（注：姞，音jí。），名字叫韫欢，字“蕊笑”。殊于他人的是，她还有一个“号”——“璧月”。

据溥任的二姐韫龢回忆，因七格格是瓜尔佳氏去世后出生的，最初起了一个带有纪念意义的“字”——蕊孝，此后又改为蕊笑。直到解放后，七格格自己又起了一个新名字——金志坚，喻含追求进步之意，这是后话了。

自幼谦逊的溥任，对于姐姐和妹妹从不直呼其名，也不称她们的“字”和“号”，而总是敬称姐妹为二姐、三姐、四姐、五姐、六姐以及七妹……

死活不肯“留居”伪满洲国

虽然，幼小的溥任曾陪同父亲载沣赴伪满洲国首都“新京”——长春，看望过时任满洲国傀儡皇帝的溥仪，却未体会到这位“康德”的威严。

自从迈下火车第一步，溥任和父亲载沣就感到无形压抑。因为溥仪派众多人前去迎接“皇父”，竟然受到日本人的严厉斥责。载沣闻知尽管恼怒在心，却不敢声张，一再叮嘱溥任事事谨慎小心，唯恐给溥仪招致更大麻烦。

一向并不为常人所知——在伪满洲国那些日子里，溥任随父亲载沣居住在宫内府植秀轩，深深洞悉溥仪在日本人高压之下的屈辱的傀儡生活。连溥仪每天见谁都要由所谓“帝室御用挂”吉岗安直向日本关东军司令官报告，甚至在宫内府门口还设置了戒备森严的警卫室，进出必须由日本宪兵审查登记。父子俩都明显感觉到，这哪儿像什么“康德皇帝”？简直不啻高级囚徒！

尽管溥仪再三挽留载沣和溥任在“新京”生活，乃至恳谈至夜半。妥协的结果是，载沣只好答应他的三姐韫颖和四姐韫娴勉强暂留伪满洲国，跟溥仪作个伴儿。再到后来，载沣索性称病多日，以示谢绝溥仪的执意挽留。

最终结果是，溥任和父亲载沣都没有听从溥仪的主意留居满洲国，而是毅然绝然返回天津。

事后，溥任最庆幸的是，没有留在伪满长春任伪职，所以也没背上汉奸的骂名，而是选择了一条自食其力的道路。脚下之路纵有千条，而溥任选择的却是普通百姓的人生，这使五十年代末特赦返京的溥仪谈及往事时，也不禁感慨万分：

“四弟，你和父亲当初没留在伪满洲国，看来是对的！”

创办“竞业小学”的“金老师”

溥任随父亲载沣自伪满归来之后，依然和父亲和全家人栖身天津。直到1938年，天津突然闹起洪水灾，连载沣的醇亲王印也不慎落入水中，险些被大水冲走。无奈之下，次年，溥任跟随父亲载沣和全家人迁返京城。

令人意外的是，或许出于节俭，全家人没有迁进醇亲王府，而依照载沣吩咐搬入王府西侧的花园内生活。在敌伪时期，溥任也跟父亲载沣一样，心存民族气节，不肯向日本占领者低头，更绝不给侵略者做事。这样，全家人终于捱到了日本投降那一天。

随后，国民党军队占领了北京，风传所有旧王府都要收归“国有”，尤其醇亲王府因溥仪曾任满洲国傀儡皇帝，拟将作为“逆产”被没收。此时，年近三十的溥任，代表久已患病的父亲载沣四处奔波，频频与国民政府交涉，反复强调溥仪自幼被过继给同治皇帝“兼祧光绪”，早已和醇亲王府不存在任何直系亲属关系，欲竭力撇清“汉奸”亲属的罪名。

末了儿，溥任从七叔载涛那里打听到，政府规定各王府凡开办教育事业，就不会被没收。他绞尽脑汁琢磨出一个主意，火速办起一所小学，校址就设在醇亲王府的净业寺旧址。对于如何确定校名，父子俩意见不一，载沣主张叫“净业”小学，溥任则说服父亲改叫“竞业”小学。虽一字之差，却反映了皇弟溥任欣然接受的新观念。

经过短短筹备，竞业小学终于开课。溥任自任校长，由父亲载沣出任学校董事长，七妹金志坚则担任授课教员。在学校里，溥任不仅操劳各种琐碎杂务，还亲自给孩子们授课。一时，醇亲王府附近的普通百姓孩子，纷纷走入这所兴办的小学。转眼间，这座王府竟成了京城内外声名远播的教育之家。

几年之后，新中国建立，溥任协助父亲载沣带头支援新中国建设，主动认购国债，还分数次将醇亲王府珍藏多年的文物以及上千册珍贵古籍，譬如珍贵的《爱新觉罗宗谱》、钦定殿本《二十四史》、《清实录》、《大清实录》、《大清会典》等原版古籍善本，无偿捐献北京大学图书馆，又把珍藏多年的醇亲王金印，毅然献给国家历史博物馆。这些爱国义举，颇受各界人士一致称赞。

继而，溥任在 1949 年 10 月，协同父亲载沣卖掉醇亲王府，这里遂改为政府所属国立高级工业学校。不久，醇亲王府花园又被辟为国家副主席宋庆龄的寓所。他和父亲一手创办的竞业小学，即从醇亲王府迁出，移至王府东边不远的附近家庙——“龙华寺”（康熙年间，龙华寺一度改为瑞应寺）继续办学。与此同时，他又襄助父亲将卖府所余钱款，分给了家中直系子女。

这不啻爱新觉罗皇族一个重要历史标志。以此为开端，醇亲王府所居住的载沣六个子女陆续搬走，分别住进京城普通民居，成为融入新社会的普通公民。

当溥任随父亲载沣从王府搬出，迁至东城区魏家胡同一处住宅时，听说政务院一个部门还没有办公地点，又将此处整整一座宅院转让出来，而搬至西边不远的利溥营胡同十三号。这里，紧挨着七叔载涛所居住的西扬威胡同不远。

溥任万没想到，1951 年，当父亲载沣赴七弟载涛家吃完“菊花锅”之后，突然感冒发烧，随即诱发尿毒症，竟于 2 月 3 日突然去世。然而，溥任并没有中辍教育事业，继续以校长身份，接办起竞业小学。

猝不及防——公私合营大势所趋，1957 年溥任虽将一手创办的竞业小学，连同所有房地产全部上交国家，却依然没离开教育事业。他相继在西板桥小学、厂桥小学教书育人，终日与学生为伴，还曾一度兼任学校财务人员，安然度过了近四十年教书育人的普通教师生涯。

令人难以想象的是，数年间，溥任以微薄薪水——每月五十八块钱抚养着五个子女，在节俭生活中培养下一代人的独立品格。

直至年近七十，溥任才恋恋不舍在厂桥小学的工作岗位上光荣退休。

偶尔，他在京城的大街上行走，依然短不了遇到教过的学生亲热地叫他“金老师”。对这个尊敬的称呼，溥任不仅爱听，且将此视作一生的骄傲。

老人的思考超越了现实。一次长谈之后，溥任眯缝着双眼，笑着对我说，他早在厂桥小学临近退休之际，便经常骑着一辆破自行车四处奔波，搜集各种历史资料以及古籍，打算退休后撰写一些晚清文史资料。他说得再清楚不过：

> 人活一世，就要留点儿东西。这些文章需要大量历史佐证，如果仅凭记忆和传闻，胡写可不成。

为给后人留下一些确凿的晚清史料，溥任可谓殚精竭虑。当年我正撰写《末代皇帝的后半生》，溥任夫妇不仅多次接受我的采访，还向我提供了大量罕见且珍贵的两代醇亲王以及溥仪不少历史照片。我写的《末代太监孙耀庭》出版后，我亲手送去一本书，请其指教。不久，溥任给我邮来一封亲笔信，逐字逐句指正其中不妥之处。我写《末代皇弟溥杰》，他又热心提出宝贵的修改建议与我商榷。其间，我还在他家里拍摄了纪录片——《末代皇族生活实录》。历经坎坷的老人，在镜头前平静地追忆起生平最刻骨铭心之事，尤其是皇族转变为自食其力劳动者的复杂心路，还主动找出家中珍藏的历史旧照，逐一详解其中的动人故事。

最使人印象深刻的是，当笔者拍摄溥任骑着他那辆破自行车，买完蔬菜归家的朴实情形，围观的街坊居然忍俊不禁笑出了声儿。因为，皇弟平常就是这个模样儿，根本无须刻意打扮。

绝不相信二嫂是“特务”

溥任既是历史的亲历者，也是历史的见证人。

算来，他是众多子女中唯一始终陪伴父亲载沣直到病逝者，对于爱新觉罗皇室秘辛的了解，恐怕无出其右。他熟知爱新觉罗家族的历史性事件，即使是大哥溥仪被毛泽东主席批准特赦，而以普通公民身份抵京后的全过程，他也知道得清清楚楚。

非但如此，连到北京火车站的站台去接溥仪回家，溥任也是仅有的五名亲历者之一。这些历史镜头，被新闻记者拍摄了下来。1959 年 12 月 9 日，清晨六点三十分。当溥仪从北京火车站迈下火车之际，溥任从家里赶来跟五姐韫馨、五姐夫万嘉熙以及堂弟溥佳、溥俭一起迎上前，激动地握住溥仪的双手，亲热地叫了一声：“大哥!”

这时，溥仪面带疑惑地望着溥任，竟然认不出面前是谁。因为他与四弟近二十年未曾谋面。当年在伪满洲国最后一次离别时，溥任才十四五岁，如今个子居然跟溥仪一般高了。见状，溥仪的五妹夫万嘉熙赶紧过来介绍说：“大哥，这是四弟溥任呵。”

听到此话，溥仪这才恍然大悟，随即热情地握住四弟溥任的双手，大声发出感慨：“四弟呵，一恍儿你长这么高了呀!”

溥任点头憨笑着，随同众人陪溥仪来到五姐韫馨家里吃过早饭，又和大哥聊起天来。当晚，溥仪在距溥任家西边不远的前井胡同的五妹韫馨家住下。过后不久，周恩来总理在中南海西花厅亲切接见了溥仪和爱新觉罗家族。在场的溥任亲耳聆听到周总理客观评价过世的父亲载沣，以及对于溥仪成为公民的赞许。同时，周总理仍关心溥仪特赦之后的婚姻，直至溥仪于 1962 年 4 月 30 日晚举行新婚典礼。

皇族又面临新的难题。当溥杰的日本妻子即将回中国之际，周恩来总理又一次接见爱新觉罗家族，共同探讨这个敏感话题。

在中南海西花厅内，皇族形成了截然不同的两派。一个是以溥仪为代表的反对派。溥仪思想较“左”，即使至今也弄不清他是否果真发自内心，还是故意表现出来让政府瞧。他固执而坚决反对二弟溥杰的妻子嵯峨浩返回中国，理由义正辞严且冠冕堂皇：溥杰的婚姻，是日本战略婚姻的产物，已经到了应该废止的时候了！

此语一出，举座皆惊。

会场一阵沉默。爱新觉罗家族的众人，眼睛都紧紧盯着溥仪，谁也再不敢轻易发表见解。

溥杰显得极度紧张，竟然一时不知如何是好，只得低头不语。众说纷纭之中，平时表面似乎显得有些怯懦的溥任，竟毅然站出来，支持二嫂嵯峨浩归国，他的话说得再直白不过：

“我同意二嫂回国，跟二哥团聚。”

一石激浪。其他爱新觉罗家族的人们，纷纷发表意见。溥任的意外表态，居然成为爱新觉罗家族意见渐趋一致的基础。显然，溥任在关键时刻，头脑极为清醒。

特殊的文史贡献

倘说起溥任一生最重要的贡献，无疑是他晚年的文史著述。

使世人津津乐道的，还有他对晚清史的苦研功力。数十年来，我记不清多少次造访溥任那幢位于蓑衣胡同内的独门小院。若非亲眼所见，谁也不相信嗜书如命的溥任，居然没有一间专用书房，而始终以夫妻二人一间不大的北房卧室兼作书房。狭小的空间内，惟有巨大的书柜占据绝大部分面积。难以想象，他在如此窄小的房间却撰写出不少独具文史价值的著述。

无人不知，生活中一惯低调的皇弟溥任，向来闭口不谈皇家往事。然而，退休后，竟痴迷于研读史书，尤其遨游于晚清历史研究之中，且屡有心得问世。

这绝非夸张。溥任遇事总爱刨根问底，间或发表文章，纠正了不少晚清史实讹误——尤其事涉醇亲王府的以往历史。甚至连二哥溥杰所撰写的文史资料，他也出人意料挑出了毛病。一次，溥任笑呵呵地对我说，我可查出来了，像我二哥溥杰起初写我祖父醇亲王奕譞，光绪某年从太平湖的旧址迁到北府，具体年代就不对头。

顿然，我吃了一惊，“愿听其详”。原来，溥任经反复考证，终于弄清醇亲王府——“南府”从太平湖旧址迁至什刹海北岸——“北府”的确切年代。最初，他仅产生过疑问，经查核第一手原始史料，发现了其中错讹，公开发表文章予以纠正。当我向溥杰求证时，溥杰笑着频频点头称是，一再称赞四弟溥任刻苦钻研文史的精神，笑着说：“四弟那股较真的劲头儿，有了用武之地!”

历经数年考证，溥任还精心整理了父亲载沣所著《使德日记》，又先后在《燕都》等杂志发表了诸如《醇亲王府回忆》《清季王府饮食医疗偏见》《晚清皇子生活与读书习武》等一系列颇有历史价值的文史资料。

写自家的事儿，绝不同于一般“隔山打虎”。溥任所撰写的第一手史料，屡博文史方家称赞，也获不少内行喝彩。

每逢到四爷家作客，他总喜欢拿出刚发表的文章，谦逊地让我欣赏评析，看得出，他脸上露出的是发自内心的喜悦。

普通居民“任四爷”

“任四爷”——这是附近街坊乃至京城人，对于溥任的一种亲切称呼。

多年来，溥任始终居住在京城一幢古老的旧宅。虽然小院分为两进院落，院门的门楼却因多年失修，显得有些破旧简陋，甚至迈进院内便会看到荒芜的衰草。前几年，一位初识的友人夫妇前去作客，觉得实在看不过眼，便热情资助修葺了这座旧门楼。

这座小院距平安大道不过几百米，离南边的紫禁城也仅隔一条街。从溥任家幽深的那条胡同口出来，往西用不了十几分钟，便可以步行至风景秀丽的什刹海畔。

无论从衣着打扮还是日常生活，丝毫看不出溥任跟邻里街坊的任何区别。解放前，他总是一袭长袍马褂，新中国建立后，他穿上了跟百姓一模一样的长裤和蓝褂子，平时戴着一副眼镜。乍瞧上去，俨然一位普通教书匠，谁也瞧不出他与众不同的“皇弟”身份。

他性格内敛，平常跟附近居民交往不算太多，但同住一个胡同生活的百姓，见面短不了彼此打招呼，从没人把他看作与众不同的“皇族”。一个厚道的老实人——这是街道邻里公认的。

即使在夫妻关系上，溥任也十分礼让贤内助。其妻金瑜庭是原清末内务府大臣世续的孙女，遗憾的是1971年不幸病逝，这使溥任一度异常孤独。1975年，一位年过五旬却仍然独身的文雅女子张茂莹，与他喜结良缘。实际两家堪称世交——张茂莹之父乃天津著名收藏家张叔诚，其祖父张翼是光绪年间工部侍郎，清末时曾随溥任之父载沣以参赞大臣身份出使德国。婚后，夫妻二人琴瑟和睦，共同度过了二十多年的恩爱时光。

亲历社会巨变的溥任，对于皇族的演化，看得很透。他常说，人不能落伍，要跟上社会的变化。日常，他喜欢骑着那辆旧自行车出门买菜、买报纸，过着跟普通街坊毫无两样的普通生活。数十年来，他时常挂在嘴边的一句话就是：“在新社会，甭管是谁，都要自食其力！”

实际上，这句话他是跟大哥溥仪学来的。皆因溥仪把此话写入了自传《我的前半生》。看似简单的话语，却囊括了爱新觉罗家族的巨大变化。连他的大哥溥仪和二哥溥杰，也最欣赏这句再普通不过的话，因为这源于周恩来总理告诫皇族的一个再简单不过的道理。他和家人都以此作为座右铭，无一例外。

毋庸讳言，溥任及其子女都成了新中国的普通劳动者。他总是再三鼓励孩子们努力工作，成为国家有用之材。他不止一次对前来采访的记者说：“说实话，甭看我们是皇族，可我这一家人从来不靠吃‘祖宗饭’，这是全家人感到最光荣的！”

在父亲溥任多年教诲下，长子金毓璋努力工作，先后被任命为北京市崇文区副区长、北京市民委副主任，成为爱新觉罗家族的佼佼者。

“皇弟”奇特的文物、书画癖

若说起溥任的“奇特”癖好，自有其奇特之处。他人无法仿效，也无从仿效。

沿袭前辈所好，溥任素喜欣赏古玩、字画，却从没参加过什么“拍卖”。多年前，在古玩之风未盛之际，他曾对我闲聊说，家里还有前“三朝”——康、雍、乾的官窑瓷瓶。想来大抵应源自醇亲王府。风闻此讯儿，据说一位收藏界内行，死糗活磨缠了溥任几年，结果到了儿，也没买到这件传承有序的王府念物儿。皆因无论谁来说破天，溥任也不肯卖掉一件旧文物换钱。

自幼，溥任曾习绘画和书法，临摹过多年历代大家的古画。虽说溥任的母亲邓佳氏文化不高，却擅绘丹青，尤其画牡丹独具一格。颇有见识的邓佳氏，极力主张王府每个子女都应具一技之长，从小就让孩子刻苦研习国画，这对于溥任产生了潜移默化的影响。

直到暮年，溥任仍然记忆犹新，其母邓佳氏当年亲手赠送家里每个孩子一本《芥子元画谱》，嘱咐每天仿照临摹。在邓佳氏督促之下，年幼的溥任经常仿摹山水画，苦练童子功。与此同时，他的六姐韫娱、七妹韫欢也在绘画方面颇下了一番苦功夫。到后来，六姐韫娱成为北京画院的专业画家，七妹韫欢也以绘画作为终身业余爱好，其画作甚至远赴东瀛举办过展览。

作者收藏的溥任所赠手绘国画

熟悉溥任的人，都素知其山水绘画，落笔大有古风，书法尤工楷书。暮年，他更勤于挥毫动笔。笔者一次前去拜访时，他正低头专心绘画，见我走进屋，随即微笑着抬起头，自谦地说：

“哎，我这称不上绘画，只是临摹而已。要说画得好的话，还得说是我二哥溥杰。”

话虽这么说，但溥任曾多次向我赠送书法作品以及山水国画。那次，他亲手赠我一幅国画，又谦虚地说：“您多指教，水平不高呵。”

溥任虽谦逊，其书画却先后在日本、韩国、香港以及新加坡、马来西亚举办过展览，颇受海外华侨欢迎。说起来特别有意思，他出国前不舍得购置高档西服，仅买来一件便宜西服，才花了二三百块钱。我曾当面调侃说，这和民工穿得差不多，他憨笑而不语。然而归国之后，他却把书画展所得全部捐献给国家。

有人评价他是个“怪人”——怪人难免自有怪癖。外人鲜知，溥任确有两个“怪癖”。一是，出门骑车一趟，必到书店浏览一遍，买书之后才肯归家，不然不算出门。二是，大凡走出街门遛弯儿，总低头留意脚下，每见路上有石头，无论什么样必弯腰拾起，揣在手里琢磨没完。见此，街坊有人开玩笑地说，四爷，您是在练腰功吧？也有人不解地询问，四爷什么宝物没见过？怎么迷上普通的破石头啦？

但凡走进溥任所居住的旧式小院，就能见到墙边搁着不少大小不一的普通石头。如果走进他并不宽敞的北房居室，又会看到充斥各类清史古籍的间隙居然也摆放着各式石头。溥任丝毫不睬各种非议，而奇特的癖好多年未改。

皇弟的书法似乎成了绝版。京西妙峰山的“金顶妙峰山”、京郊密云“桃源仙谷”风景区、天津望海寺，乃至什刹海畔的“荟贤堂”等众多京津著名景点，无不留下了溥任的书法墨宝，连再版古籍《古代圣贤教子篇》，也诚邀他题写书名。对于老北京传统文化，他一向酷爱且鼎力支持，还为《京城旧事杂谈》等题写书名。当一部记述老北京胡同文化的书籍——《胡同春秋》出版前夕，区政协一位工作人员抱着难免“碰壁”的想法，硬着头皮前来拜访溥任，谁想溥任认真阅读过后，毫不犹豫地当场题写书名，又亲手郑重地钤上印章，使来者喜出望外。

心存仁厚之心。暮年的溥任用其书画作品所筹善款，建立了

“友之奖学金”，以资助少数民族学校贫困子女。每当有人询问起此类善事，溥任总是毫不掩饰内心的欣喜，点头称是，笑着说：“孩子们读书就应该支持。这没什么，本来就是我们应该做的嘛。”

主张不能“编造”历史

爱新觉罗家族的“掌门人”——伴随溥仪和溥杰先后离去及其几个姐妹病逝，这个历史之责便落在“皇弟”溥任的肩上。

他先后被推选为北京市西城区政协委员、北京市政协委员、北京市文史馆馆员，一连串社会头衔，纷纷落在溥任头上。他有时自嘲地说，不可思议，如今末代皇族又从封建残渣余孽变成了“香饽饽”。数不清有多少以“皇族”名义举办的书画展览，频频亮相，以皇族为题材的影视作品及书籍，更是多年来盛行于世。

不仅如此，因溥任外表酷似溥仪，乃至港、台等地，相继数次出现冒充的“假溥任”，在日本等国招摇行骗，竟然蒙骗了许多海外华人。九十年代初，一位港台著名女记者赴京采访，不止一次向我提及此事，声称海外华人从来没见过溥任，总以为皇弟是个神秘人物，见了面才知是一个普通的和蔼老头儿，于是赶紧拍摄几幅人物照片，立此存照。

自然，有真溥任在世，骗局一戳即穿。当日本友人远赴京城，见到眼前的真溥任，才明白过去见的都不过是皇弟溥任的“赝品”。起先，溥任每当提起此事就会义愤填膺，到后来，他渐渐看淡了，大凡谈起此事，总是哈哈一笑：“哎呀，真没想到，我还这么值钱哪！……”

以至于妄称皇族直系后裔者不胜枚举，难辨真假。乃至后来居然连冒充某皇帝、皇弟后人者，也大有人在。殊不知，溥仪无后，自然末代皇帝“后人”成了莫大笑话。

听到这些“无聊”话题，溥任往往不予理睬。他曾不屑地对我说，当年“扫四旧”的时候，这些人都哪儿去啦？偶尔，他见到社会上有些人对爱新觉罗家族产生误解，也愿意挺身而出，仗义执言。他不反对电视剧艺术化，却坚决反对编造伪历史。一次，溥任的一位姐姐发现有人编了一个剧本，叫作“皇室遗孤”，已经投入拍摄，于是找到溥任商议。结果，溥任和在世的几个姐妹一起联合署名，给一位影视部领导亲笔写了一封信，反映这桩完全不顾史实瞎编乱造的电视剧，“违反历史真实，有悖社会公德”。正是由于这封信，阻止了一个把“编造”充作史实的电视剧的排演。

这封原信，至今保留在笔者手里，成为一件末代皇弟溥任手书的“文物”。

暮年“皇弟”生活

也许人们难以置信。多年来，溥任虽然陆续向国家历史博物馆、北京文史馆、承德博物馆等处捐献出清朝历代画像、康熙皇帝御题古砚以及溥仪书法作品等珍贵文物，累计达上千件以上，随便挑出其中任何一件稀罕藏品搁到拍卖会上，都堪称价值不菲。但他拿定主意，全部无偿捐献国家。

相形之下，许多人甚感疑惑不解。溥任和二哥溥杰一样，生活极为简朴，每逢参加文史馆活动时，短途总是骑自行车，而远途则乘坐公共汽车。在溥任看来，普普通通才是生活。这对于一位自幼钟鸣鼎食的皇弟来说，自是不同寻常的一种人生修炼——难道不值得以炫金斗银为荣的“富二代”深思吗？

年过九旬的溥任，听力渐渐失聪。但他仍然每天读报，尽管他大多听不见人们说话，但内心依然明白如故。起初，他借助贤妻张茂莹充当临时“翻译”与外界交流，到后来即使妻子附耳大声说话，他也听不太清，便索性用笔写纸条与来者交谈，笔者多年前便曾用笔跟溥任在纸条上沟通过。笔谈之际，“皇弟”书写的楷书，依然是那么工整、一丝不苟。

溥任的视力越来越差，家人琢磨出一个办法，在屋内搁块小黑板，专用它来跟溥任沟通“谈话”。对于熟识的老朋友，溥任仅凭嘴形也能听出大致来意，而对于来访者，则一般采用黑板交流的方式——或许当过教师喜欢使用粉笔的缘故。

Jin Youzhi, 96, Sibling of China's Emperor

By PATRICK BOEHLER

Almost a half-century after the death of China's last emperor, his last surviving sibling, Jin Youzhi, died on Friday in Beijing. He was 96.

Jia Yinghua, a historian of China's last imperial family, confirmed the death.

Mr. Jin, a retired primary school teacher, was the half brother of Henry Pu Yi, China's last emperor. Their Manchu dynasty ruled China for 268 years, until a republic was established in 1912.

"His death marks the end of an era in Chinese history," Mr. Jia said in an interview on Monday.

Mr. Jin was a great-grandson of the Daoguang Emperor, who ruled China between 1820 and 1850, and a nephew of the Guangxu Emperor, who reigned from 1875 to 1908. He was born in Beijing on Aug. 17, 1918, six years after Pu Yi abdicated.

At the time, his family lived in a princely residence north of the Forbidden City and enjoyed privileges negotiated in an agreement with the young Chinese republic.

The family moved to Tianjin shortly after Pu Yi's expulsion from the imperial residence in 1924, Mr. Jia said.

Pu Yi later regained vestiges of power in northeastern provinces controlled by Japan, becoming emperor of Manchukuo. Mr. Jin returned to Beijing.

Because Mr. Jin did not collaborate with the Japanese, he was spared persecution after their defeat, Mr. Jia said.

In Beijing, Mr. Jin helped convert the family residence into a school to fend off attempts by the republic to confiscate imperial property. Mr. Jin was headmaster.

The family sold the mansion to the Communist government shortly after the People's Liberation Army gained control of the capital in 1949.

Mr. Jin lived a simple life as a teacher, raising five children with his first wife, Jin Yuting, the daughter of an imperial official.

He was also spared much of the violence endured by other aristocrats during the Cultural Revolution under orders of Premier Zhou Enlai, who wanted to protect the remaining members of the imperial family, Mr. Jia said.

Mr. Jin is survived by three sons and two daughters.

"My father was a gentle man," said Jin Yulan, 67, the youngest son. "He was very willing to serve the people. He lived a difficult life. But he put all his efforts into educating the people."

Jin Youzhi, right, with Jia Yinghua, a historian. Mr. Jin was the half brother of Henry Pu Yi, who was China's last emperor.

Coming from a family of rulers, but pursuing a simple life as an educator.

Jess Macy Yu contributed research.

《纽约时报》刊登的作者采访溥任先生及合影（上世纪九十年代初）

一次春节前，笔者去看望老人，进门后便在小黑板上写上一句：给您拜年！他见到这种吉祥话，就会乐不可支地戴上老花镜，一字字默念着，随即又拿起粉笔写上几个字——“新年快乐！”似乎，他以粉笔替代了大部分语言功能，然后，慈祥地默默望着笔者微笑不已。

夕阳西下，溥任时常由保姆陪伴着走出院门，信马由缰地在京城散步。这成了老人多年不改的老习惯，被他称之“遛弯儿”，有时从西口走出蓑衣胡同，随意溜达到不远的什刹海绕上大半圈儿，也有时不经意转悠到皇城根，在明清残留下的断壁残垣前，左瞧瞧、右望望，像一个小孩儿似地兴趣盎然，甚至一屁股坐在路边的坐椅上，一个劲儿地抱怨颠颠儿“跟包”的保姆，早就该带我来这儿遛弯儿呀？其实，他已忘却，前不久还到过这里散步。

才过一会儿，溥任又猛然站起身来，戴着老花镜仔细端详起几百年前的城砖，继而漫步在苍松翠柏之间。也有时，他一时兴起，走出家门围着古老的钟鼓楼，竟然能连续转上几小时，直到把身边的保姆累得呼呼直喘粗气，他还不肯歇脚，依然不管不顾地向前慢踱着。

一抹夕阳，洒落在老人略显佝偻的身上，映照着老人那历经沧桑而和善的面庞……

在醇亲王府花园喜度九十寿辰

一个初秋的清晨，醇亲王府花园门前，迎来一位不同寻常的老人——溥任。他拾阶而上，步履缓慢地走进昔日的王府。这是2007年9月2日。

碧空如洗。醇亲王府人员为九十寿诞的溥任，特意在门前的甬路铺上大红地毯，继而在饭店点上红蜡烛为老人设宴祝寿。

故地重游，老人显得格外兴奋。午夜的雨霁，尽扫沉闷的气候，溥任由家人搀扶着，在醇亲王府内随意游走，不时停下脚步观赏园内景色。他在中院盛开的海棠树下驻步，一阵默默沉思过后，挥手招呼身旁的子女合影留念。

随后，溥任走过畅襟斋，继而行至恩波亭，停留片刻之际，仰头凝望。他是否忆起幼年曾在这里嬉戏，还是联想起此地的风云变幻，或是历史的浮沉？他久久地伫立着，依旧沉默无语。家人会意地聚拢过来，再次亲热地跟老人一起合影留念。两代帝王、一朝摄政之家的皇族后裔，如今都成了自食其力的劳动者。无疑，爱新觉罗一家人的珍贵合影，印证了百年历史巨变的缩影！

这是溥任最后一次迈入出生地——醇亲王府。

伫立王府门前，遥望东南方向——溥任居住之地，距此隔“海”相望，不远处的什刹海，荷花盛开，垂柳依依。为真实记载皇族的前世今生，多年来，我多次踏访溥任所居住的这座墙皮斑驳的旧宅院。忆及最后一次造访结束，溥任依然像以往那样客气地送笔者夫妇走出大门，握手言别。

当我回身的一刹那，猛然悟到，一座残旧低矮的京城古老宅院，映衬着南边不远的高大巍峨的紫禁城，岂不是构成了一幅历史演变的意味深长的画卷？从狭窄的胡同口望去，可以看到院内几株高大的香椿树，正值吐绿，郁郁葱葱，多么像一幅淡雅的水墨丹青。

从最后一位末代皇弟溥任的身上，仿佛可以远眺晚清王朝的一袭模糊背影，仿佛活生生的历史，渐行渐远……

甲午年正月终稿于京

李文达的传奇人生

——暨《末代皇帝的后半生》幕后的故事

窗外，萧瑟秋风，刮得渐趋枯黄的树叶哗哗作响，仿佛发出阵阵哀鸣。室内，却陷入了无言的悲痛……

惊悉李文达去世！作为晚辈，我难以面对这样残酷的事实——即失去了一位尊敬的师长、一位忘年挚友。

近来卧病年余，又因偶感风寒，竟发烧卧床半月之久，家人都不准我下楼。而这次，年近七旬的老母却破例让我速去拜祭，廖廖数语透着真切的情感：“文达，那可是个好人哪！……”

刚下班返家的妻子，脱口而出：“李文达那儿，我们得马上去！”

搁下沉重的电话，当即我俩便赶赴方庄。途中，望着车窗外疾掠而过的景物，与李文达多年交往的情谊，如潮水般奔涌心头。

作者的忘年交——《我的前半生》执笔人李文达

还在我上小学时，就曾读过李文达的小说《爱甩辫子的姑娘》和《双铃马蹄表》。当我上中学时，阅读了名著《我的前半生》，尔后才知这也是由李文达执笔撰写的。及至七十年代末期，我以顽拙之力始撰《末代皇帝的后半生》之际，曾邂逅群众出版社编辑赵中和张宗德，他们曾协助李文达采访溥仪后半生的遗事。但始终未与李文达谋面。

当我的创作经历了意想不到的“突然变故”和无数坎坷，遂业余自费采访三百余人，在 1984 年拿出《末代皇帝的后半生》初稿，交至群众出版社之后，李文达主动约我来到他的家里。

那是一个静谧的傍晚。首次相见，我心怀忐忑。岂料，我俩一见如故，从初稿写作聊到了作品、人品……没想到，在同一选题里“撞车”的老作家，待我竟像亲人似的。在他那间小书房里，我俩忘却时间，一直聊到了夜半。

猛地，李文达站起身，激动地对我说：“我看了你的书稿，资料丰富翔实，出乎我的意料。看得出你下了苦功夫。我坦率地对你讲，我放弃这个选题，不再写了，全力支持你写出后半生！……”

瞧着老人那坦诚的目光，我不敢相信这是真的。

因为我清楚地知道，他是《我的前半生》执笔者，为了续写溥仪后半生，做了大量准备工作。他又是一位知名老作家，有利条件是我无法望其项背的。对李文达的话，我实在难以置信。

进而，又谈到了书稿修改。李文达慨然答应全力助我。我内心隐隐疑惑，以为又遇到了从前那类突然变故的“前奏”。

因未赶上末班公共汽车，从西单附近徒步返回东郊的家中，已经凌晨两点多了。我步履沉重，白日繁华喧闹的街上，如今已寂无一人。

那一天，凌晨的夜空，闪烁着的北斗七星，永远难以从我记忆里抹去。

其实，我全然错了——乃以小人之心度君子之腹。李文达很快就逐章逐节提出中肯的修改意见，而且示范性修改了一小段。宝贵的墨迹，赫然留在我那五六十万字的初稿上。

随后，我大刀阔斧作了修改，李文达重又审阅书稿，再次提出修改意见，并向我介绍了许多别人不可能知道的溥仪逸事。更令我难以置信的是，他竟又数度接受我的采访，提供了极为宝贵的第一手史料。当我诚惶诚恐修改当中，依然没有听到文达提出什么其他要求，我感到挺奇怪。

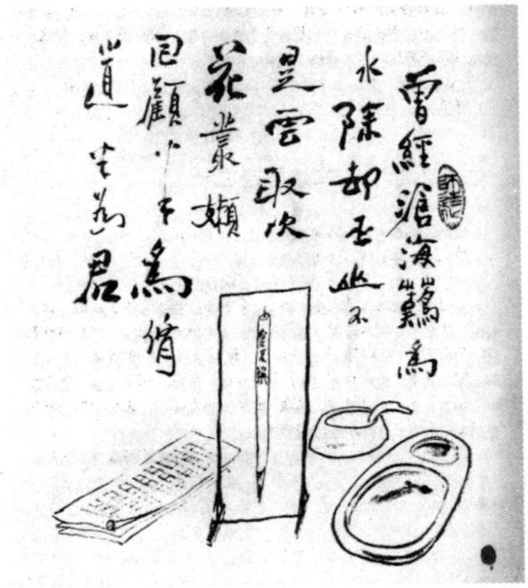

李文达的字画原稿

入夜，我再次与李文达交心。他异常平静地说：“你的全部创作过程，我都知道得很清楚，这么坎坷，太不容易啦，我已经放弃了‘后半生’选题，你就放心好啦。我全力支持你！”他还是那句厚道的老话。

更令人感动之事还在后面。事隔许久，我在出版社退还我的厚厚手稿中无意间发现了一封信——李文达写给出版社的。

信内大意是：我作为《前半生》执笔者，理所应当帮助作者完成《后半生》定稿，这是一项非常有意义的工作。我纯出于义务，不同意联合署名方式（尽管可能有助于提高这部书的权威性），如果那样做有悖我的人品。

还没看完，我的双眼便潮湿了。这是世上何等难寻的人品啊！这是何等高尚的品德！

顿时，我完全明白了，李文达非但始终没有任何个人私利的盘算，还毅然推却了一些好心人向他的建议。

出书前后之事，是我亲身所经历的。李文达做得很绝，抢先一步跑到溥杰家，请“皇弟”题写书名，并且明确写上了“贾英华撰”。

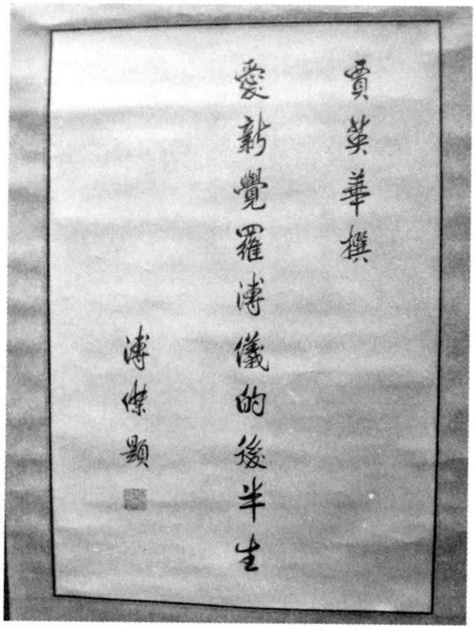

李文达请溥杰题写书名
并特意写上“贾英华撰”

此后，李文达只作了一件他署名的事，即以其了解的创作全过程，为我的书亲笔作《序》。每当我欣赏溥杰先生题写的那幅珍贵墨宝，或重读李文达那篇充满真挚情感的《序》时，便不禁追忆起他那磊落无私的品德！

毋庸讳言，此书结稿前后，我遇到过何止一人乃至赫赫大名人曾向我提出联合署名或“合作”的建议，甚至碰到过极不道德之事。而李文达在欲海横流的世俗面前，显得如此鹤立鸡群而难能可贵啊！

在《末代皇帝的后半生》新书出版首发式上，李文达和溥杰不仅出席还发了言，顿时蓬荜生辉。偶然，他发现美国《世界报刊文摘》刊登了一篇对于《末代皇帝的后半生》的书评，立即打来电话告知，并亲笔译成中文寄给我。类似之事，记得发生过不止一两次。每逢此时，他便以忘年老友身份打来电话，与我分享一份喜悦。他一生历经沧桑，暮年依然保持了一颗纯洁的赤子之心！

毫不夸张，在炙手可热的名利面前，他没为之所动。在他身上，丝毫嗅不到铜臭气味，而洋溢着凛凛正气。其实，鲜为人知的是，李文达不仅是一位正直的学识渊博的知名作家，也是一位颇有经历的传奇人物。后者，并非从他的口中得知，而是笔者在采访中所了解的。

李文达自幼生长在天津一个开明的富商家庭，肄业于上海美专。当他处于求知若渴的少年时期，其兄文运千里迢迢从京城闯入他蜇居的上海亭子间，偕他一起投身于残酷的地下斗争之中。他曾在周恩来领导下于霞飞路参与过锄奸行动。

在硝烟弥漫的战火中，他曾作过新四军《淮海报》记者、苏北泗阳穿城区长、苏南金坛区委书记、新四军团党总支书记。在殊死的战斗中，他竟吃透“青帮”礼节，利用帮会势力端掉淮阴的伪汉奸团部，俘获了敌团长。

在刀光剑影的搏杀中，他曾挥枪驰骋于大江南北，人所罕知的是，他还曾一度转战地下秘密情报战线，以神枪手的秘密身份打入汪伪七十六号，成为那里的手枪教练。新中国建立初期，他调任天津公安局侦察科长。朝鲜战争爆发后，他又奉命入朝，担任彭德怀司令员在板门店谈判的贴身警卫。

李文达执笔撰写溥仪《我的前半生》部分手稿

奇特的经历，错综复杂的环境，练就了他那敏锐的思维和洞察力。继而，他没有步入宦途，却转而成为一位甘居清贫的作家。这时，他完成了一件终生最有价值而又吃尽苦头之事，即调入群众出版社之后，为爱新觉罗·溥仪“捉刀”，执笔撰写那部轰动海内外的名著——《我的前半生》。此书先后译成几十种文字，发行世界上一百多个国家。仅在国内便印行数百万册，被世人称之一部“奇书”。

但外人罕知，李文达却因此书罹难。“文革”期间，被罗织“为皇帝树碑立传”等罪名，身陷囹圄达七年之久。当他再度出任群众出版社副总编辑之后，不久即离休，却又因《我的前半生》

被状告近十年，“官司”未了，李文达却不幸离世。

李文达虽善良、达观，却也没能逃离世俗尘事的烦扰，直至他去世前不久，仍在这桩轰动海内外的官司面前，感到十分困惑。世人并不知，当李文达闻知“前半生”著作权官司败诉的消息，几乎一夜失踪，后来才知他一顿闷酒之后，居然盲无目地游走于前门一带，甚至一度想到了自杀。他曾对我说，推到法庭一小车的手稿，居然被判不享受任何版权，甚至合作者也得不到承认，法理何在？难以想象这样一位在枪林弹雨中出生入死的特殊战线的老革命，却实在难以忍受不顾历史事实的冤屈。

溥仪的《我的前半生》与贾英华著《末代皇帝的后半生》

耐人寻味的是，我俩都曾因为著作权而成为被告。他因执笔《我的前半生》被诉，我因撰写《末代皇帝的后半生》被告上法庭。当我胜诉之后，曾谢绝一切记者采访。但李文达谢世之时，我却不能不置一辞。尽管我在病中久已丢下了那杆秃笔。

“我有一言应记取，文章得失不由天。”至今我仍认为，《末代皇帝的后半生》问世并续补《我的前半生》，李文达功不可没。他虽然谦逊地摒弃了这个选题，但可贵的人品却传诸于世。

我终生也忘不了，这位扶持我走上文学之路的良师益友。

谁人不知？自古皆然：千金易求，一师、一友难得。何谓之“师”？为人垂范，解惑答疑。

才学渊博、学富五车者，世间并不罕见。然，其学问与道德并重，且为后人从心底里羡佩，确乎少数。李文达，道德文章，当之无愧，足以堪称其中佼佼者。每每忆及与其生前交谈，我便甚感获益匪浅，更不由回想起他那正直的人格力量。

每逢我存有晚清史的疑问，去其宅中请教，一聊就是半天。他纵论天下，旁征博引，为我详尽解答任何一个问题。在他那里，我懂得了“世事洞明皆学问”。或许是心灵感应，我在卧病的半月中，竟几次突想，真早该把李文达那些谈话录下音来。谁想，如今竟意外听到了噩耗！惜哉！痛哉！

细细忖之，若干年来，我或许见过比他学识高深的学者，却罕见如此诚恳的为人。自从他搬到方庄，离我家远了，近年我亦多病，去他家里次数少了，但遇疑而遍搜典籍，仍然无处寻觅答案之际，一个电话打过去，他寥寥几语，便使我茅塞顿开。如今，忘年师长竟去了！我有“史疑”可问谁？……

作者与李文达（左）在溥杰（中）家作客

李文达离休后，仍不时放下手中的著述，一字字修改并不相识且初涉文坛学子的文稿。他乐于为人作嫁衣裳，直至再也拿不起那支沉重的笔。有一次，我甚至焦急地劝他："您都是年过七旬的人了，应多留下些宝贵的作品，这不是无端浪费宝贵时间吗？"

他笑了，善良而且宽厚地说："如果这句话要是成立的话，那么当初我还看不看你那部'后半生'的稿子啦？……"

顿时，我语塞了。

我自以为，待人宽善，遇事忒重感情，始终信奉宁人负我，我不负人。但在李文达面前，相形见绌，自愧弗如。应该说，李文达不仅是我的良师，也是我的忘年益友。

何谓之友？诸葛亮曾有择友之三则，谓之："友直，友谅，友多闻。"若有其中一则，便可成为朋友，三者兼得颇难。然而，李文达却真正称得上三则皆兼，而又并为师友者。

初春，我陪他的孝顺长子从医院接他转珠海诊治。谁知刚从珠海返京，他便无奈地坐上了轮椅。1993 年 11 月 5 日凌晨 2 点 15 分，李文达终因肺癌扩散，闭上了充满遗憾的双眼。

此前我去看望或与其通电话时，他反倒多次叮嘱我：你还年轻，要注意身体，好好治病。还给我介绍了几个偏方。慈祥的目光中，对我寄以莫大希冀。

谁知，他竟去了。

在与他多年交往中，我清楚地记得，他从未抱怨过命运，也从不怨天尤人。他始终是一个乐观主义者。给我印象极为深刻的是，当我因创作《末代皇帝的后半生》被人诬告，站到被告席上时，李文达曾充满自信地告诉我："一个彻底的唯物主义者，应该是一个乐观主义者！……"

这是在我经常发低烧，精神压力极大之际，给我以宽慰的一个老者的声音。他给了我力量。这是千金难买的情谊呵！

在众多朋友支持下，当然也不乏乘机向我泼脏水者——我运用《著作权法》打赢了这场版权官司，保障了我作为一个普通公民的正当权益。

闻知我胜诉，李文达打来电话表示祝贺，且鼓励我：英华呵，你要以此为动力，写出更多更好的作品；从这个意义上来说，打官司是好事，要把所经历的坎坷视作磨炼，这对于一个作者来说，无异于一笔无形的财富。

此时，我才仿佛顿悟“人情练达即文章”。

瑟瑟寒风之中，我和妻子登楼来到李文达家里。在他的夫人王莹和长子面前，我双手捧上了在他生前，主办单位就让我转交他的书画作品入选历史博物馆展出的《中国首届当代名人名作展》证书。遗憾的是，他没能见到。

但欣慰的是，他曾看过这届展览的录像带，还风趣地对我说起：“这多有意思啊，我从上海美专毕业，至今才参加展览！咱俩一同当被告，一起被评参展，哈哈哈……”

言犹在耳，历历如昨。

凝望着李文达那善良的遗像，我情不自禁想起了他生前时常画的跋涉于无边无际沙漠的骆驼，以及他参展的那幅栩栩如生的《巴尔扎克像》。尤其是他在画旁

李文达赠作者的亲笔所画
巴尔扎克像

所题写的跋语，仿佛又清晰地映入眼帘："此君眼中喜怒哀乐，皆人间喜剧"。[1]

我实难接受。刚届七十五岁，李文达便走了，不无遗憾地走了。但愿他那旷达、乐观的思绪，能超脱世俗的烦恼……

祭奠之际，更加缅怀李文达待我之师友挚情。悲痛之际，难以尽言，遂改我旧诗一首，步原韵，以悼之。

悼罢憾叹泪哽喉，终生碧血与国酬。

慷慨执义言犹耳，苌弘剑耀贯斗牛。

口碑相传君仍在，高风傲骨作仙游。

秉德无私堪作楷，永生师友为我留。

壬申年十一月五日写于病中

---

① 1993年，李文达先生将参展的《巴尔扎克像》，曾亲手赠我以作留念。

暮霞走笔映诗情

——记舒湮

若非亲眼所见，谁能相信？一位身患癌症被医生判为“死缓”八年的年逾八旬的老人，居然朝气勃勃挺过来十几年，还不断有新作问世，且写得那么有激情，那么有嚼头，篇篇文章蕴含历史的回声与沉思。他便是三十年代便活跃在文坛的老作家，至今仍笔耕不辍的舒湮。

毫不夸张地说，如不看署名，只初览文采飞扬、豪情激荡的行文，难免误以为是一位才思敏捷的青年作家。若细品华章，才能发现这是一位有着不寻常阅历的老者。

老作家舒湮

随笔，贵在镌史。舒老的随笔，不仅从己身特定经历的角度描述了与一代伟人毛泽东、周恩来、朱德等人交往，也以作家敏锐的眼光和细腻的笔触，刻画了他们的独特性格。像毛泽东在延安和中南海两度会见其父子且亲为他俩斟酒、敬茶的神态；与其几代世交的周恩来送别父子俩时忘了握手，又跳下车来握别；抗战时，在八路军总部与朱德一起过年，大嚼四大盆猪肉和下水；眼见飞机空袭，彭大将军端坐院中，毫不理睬……这些实可谓神来之笔，如无亲身经历，断无此记述和体味。作者的人生足迹，为其随笔增添了历史的凝重感。

回味起来，才知其随笔颇具文史价值。早在二十世纪三十年代，抗战期间，舒老撰写的剧本《董小宛》在重庆上演，轰动一时。事隔几十年后，周恩来还曾提起此事。从他的随笔中，追忆当年内地和上海的左翼文化活动，所涉及的夏衍、阿英、柯灵、姚克、许幸之……几乎每一个人都是三十年代文化史不可或缺的一页。在他的笔下，世人可以获知这些文化人物的另一侧面。

随笔写人物，贵在亲历。他写萧乾、梅兰芳、周信芳、苏凤、朱雯，乃至胡蝶，都是他多年相交的朋友，或记一事，或忆交往，抑或文坛轶事、梨园渊源，总有其独到的视野和角度。他记述翻译家朱雯的文题引人注目，也无异感情的渲露：“人生得一知己，足矣！”

也许，不算题外之话——就我所知，舒老作为明朝大将军冒辟疆（史传名妓董小宛之情人）后人，青年时期交游甚广，政坛、文坛、梨园、商界……乃至一些时代风云人物，大都有过亲身接触和交往，显具一定历史价值。像青年时期时常与舒老一起同台演戏的蒋纬国等老友，彼时的趣闻轶事，作为随笔记述一二，也未尝不可。

言之有物，自是舒老随笔的特色。一般随笔，诸如山川游记、咏史杂感，往往流于程式而难出新意。舒老坦言之：“我写山川，不是为了游目骋怀，而企图让沉睡的历史起来说话。”当他游历洛阳时，在隋唐宫城故址，发现乾元殿原址发掘的一处格局罕见的圆形青石板建筑基石。他数次徘徊其间，实地勘察又反复查阅史载，认定它是武则天兴建的“明堂”。其论断，两年后，遂得到考古权威部门认可。他写《精忠报国》剧本时，亲自走访岳飞的诞生地和蒙难之处。经他“苛刻”验证，论定世传为岳飞手迹的“还我河山”、“出师表”，皆出于后人仿作。

暮年难得是激情。枫林暮年的舒老，识世日深，旷达不羁，精神无丝毫老态。但凡出游，他总是信马由缰，南北东西，飞来奔去。新疆、内蒙、广东、云南……他总是情绪高昂，游必有得，返京后少不得一两篇美文面世。或针砭时弊，直抒胸怀，或激扬文字，颂誉时尚。洋洋洒洒千万言，字里行间溢豪情……

舒老，哪儿像一位八十四岁的耄耋老人啊？舒老不老！①

---

① 此为《舒湮随笔——饮食男女》书评。上世纪九十年代初，我那本《末代太监秘闻——孙耀庭》出版，陌不相识的舒湮在《北京晚报》上发表署名文章，指名道姓抨击此书。不久，适值参加作家代表大会，恰与其分为一组。乘车时，我俩彼此不识，并肩而坐。忽然，他看到我的胸牌，笑着说：原来你就是贾英华呵，这么年轻？得罪，得罪。不打不成交，会后，舒湮诚邀我到家里作客，又请我为他新出版的“随笔集”撰写书评，遂有了这篇拙文。

天然未饰的人格

——远行的冯牧

冯牧先生走了。他走得是那么安详，也许显得步履匆匆了些，文学界人士闻之，莫不为之动容。人生自古谁无死？冯牧留存于世的道德文章，以及那天然未加粉饰的人格，至今深深烙印在我的记忆深处。

说来，我加入中国作家协会，冯牧是介绍人之一。李文达乃溥仪的《我的前半生》执笔人，既是我的忘年好友，也是冯牧的多年老友。他的人格，我从文达处便久仰且耳熟能详。真正与冯牧走动比较勤，乃上世纪八十年代末期之后。我那本《末代皇帝的后半生》出版之际，老作家寒风之子寒小风陪我去冯牧家送书。谁料，冯牧处已有了此书，原来是文达与挚友陆石（亦是我忘年交）早已将此书送了来，我算迟来一步。小风才开口谈起此书撰写的十年艰辛历程，冯牧便面对我笑着插话，说："我早就听文达说过了。文达写的'序'里还引了我一句话呢。你这本书经历了那么多坎坷，不易啊！"

天然未饰的作家冯牧

相知亦相通。当我被侵权者诬告而走上法庭后，我来到冯牧家，他热情地鼓励我："不用怕，这个官司的全过程我都知道，没问题，你一定胜诉！"老先生的质朴语言，给予我莫大力量。官司胜诉，我去告诉冯牧。哪知，老人抢先开了腔："我早就知道你胜诉啦，几家报纸的消息我都看了。"冯牧的关怀，使我激动不已。

一场大病，使我躺倒两年。因祸得福，因我与冯牧居住的那幢楼，仅隔一条马路，彼此走动比过去多了。他年岁虽大，但思维并不落伍，时时注视世上新事物的出现。他得知我有台计算机，就几次询问性能、价格，哪种汉字输入方式好，几次要到我家来亲自"考察"演练一番。

聊得多了，无话不谈。倒是他无意间抛出的两句闲话，使我记忆犹新。一是，为文也好，做官也好，都有一个人格问题。我知他平素最讨厌那种媚上欺下之人。二是，要多学些新知识，写一些留得下的东西。

这两句话，我至今铭刻在心。仿佛成了惯例，我每出一本书，便给冯牧送去。在我的记忆里，他总是一脸谦和："谢谢，谢谢。"按照老习惯，他见面也不多谈，先拿起书，翻阅前言、后记，再大致浏览一番照片和内容，才正襟危坐聊起天来。

那次，冯牧去外地出差，半路翻了车，所幸毫发未伤。归来后，我去看望，他依然那么乐观，爽朗地笑着。落座之后，我恭敬地送上一本新出版的《末代太监秘闻——唯一在世太监孙耀庭》："您多指教。"

"你都成高产作家啦。"冯牧一边翻书，一边跟我开玩笑，"溥杰先生待你不错嘛，每本书都给你写序、又题书名。这书价值又不一样喽。"

"溥杰先生一向对我特殊关照。"

"文达跟溥杰关系也不一般。我听说，别人要不出的书法，他若去，立等可取。"

"您还不知道？我跟溥杰、文达三人是'铁哥们'啊！"我笑了，对冯牧说，“我是溥杰和文达先生的扶持对象。”

“难怪，”冯牧微笑着问我，“这书印了多少册？”

“十万册。”

“第一版就印了十万册？”冯牧往上抬了抬眼镜，瞅了我一眼，又低头翻到了版权页，“倒真是。”转而，他感慨地说：“现在，什么书能印十万册？不多喽。”

“我这是通俗读物，‘下里巴人’哪。”

“关键呀，”冯牧扬起手，“一本书的真正生命力不在印多少，而在于它能不能传世。”

这句质朴而简单的话，打动了我，遂成了我追求的目标。

“你这本书，是小说还是？……”

“我所写的是纪实性的历史传记。”

“纪实作品与报告文学道理是一样的，不能虚构。”说到此，冯牧一脸严肃，“我的观点是：如果虚构，就失去了生命力，如果非虚构不可，那还不如写小说去呢。”

“我也赞成这个观点。这本书有孙太监上百小时的录音素材垫底……”

“哎，你这本书图片还不少嘛。”老人静静地翻阅着手里的书，“你哪儿来这么多历史照片？”

“好多年了，我一直在搜集，手里至少有上千张呢！”

“这倒可以作为纪实作品的佐证。”

临走，冯牧询问我：“你看过基希写的《秘密的中国》吗？”

“没有。”

“基希的作品不可不读呵。他是捷克人，世界著名报告文学鼻祖之一。你写纪实作品，不能不读他的作品。”

话题一扯开，又使站起身的我重又落座。冯牧从基希的生平谈起。“这是我的同行，也当过记者。他写的东西基本是他亲身经历过的，可信度高。”他语重心长地嘱咐我，“你要走‘纪实’的路儿，得多看基希的作品，琢磨琢磨他的路子。你等一下……”

冯牧随即起身去了里间屋。等了一会儿，他走出来，遗憾地说：“我记得，我这儿有一本他写的《秘密的中国》。其中一篇还写到他接触过的中国太监，很有意思。可惜书太多太乱，没找到。等抽空儿，我再找找看。”

听说一个外国人在上个世纪二三十年代便写过中国太监的书，太绝了。于是，我对冯牧说：“我打算专攻这方面内容，对我来说，这本书太有价值了。那我就拜托了……”

话虽如此，我瞟了一眼满屋堆放的书籍，深知在无数本书中找到一本薄册子何等困难呀。走出寓所时，见大厅、楼道都堆着一摞摞的书，我更灰了心。对冯牧的好意，我只作心领罢了。

过了许久，我去过冯牧家几次，见他没再提起，觉得再也无望。我找过曾出过此书的出版社，回音是早已绝版，我遂死了心。此事，渐渐淡忘了。谁想，有一天，我陪伴一位友人去他家串门，冯牧一见面就高兴地说：“找到了！”开始，我莫名其妙，待冯牧抽身回屋拿来一本小薄册子，接过一看，正是那本《秘密的中国》，我喜出望外，连声道谢。

回到家，我一口气看完这本书，又复印了若干章节。当我送还此书时，冯牧笑着一摆手：“我留着也没用，这本书，送你啦。”我捧回的何止一本书啊，分明是老人一片诚挚的心意！

夏日，晚饭后我与朋友捧着一个西瓜去冯牧家串门，顺便又带去一本我新出版的《末代皇帝立嗣纪实》。他接过书，二话没说又先翻到了版权页。“一版就印了十万册？那你的书真成了畅销书啦。”当他得知我创作“末代皇族系列”，计划写十本书时，他又认真告诫我："你一定要注重历史细节的考证，再就是要注重文采。无文无以行远呵……"

毫不夸张地说，与之相处，可以净化灵魂。一次，我去冯牧家串门，适值京剧大师张君秋在座。冯牧手指着张君秋对我说："这不用介绍了吧？他刚从美国回来。"我说："刚一进门，我就认出来了。"冯牧先生又把我向张君秋作了介绍："这就是写《末代皇帝的后半生》的作者——贾英华。"

"噢，这么年轻？"张君秋起身握着我的手，"不简单，不简单。"

"记着，送张老一本书啊。"

见冯牧家有客人，我欲告辞，冯牧挽留再三："都不是外人，一起随便聊聊嘛。"

冯牧在年轻人面前，是一位宽厚长者，在同辈人中俨然一位诚挚朋友。与他在一起，无拘无束。他从来没有那种"大家"的架子，也没见他训诫过别人。待人，他总是那么诚恳、坦荡。

当张君秋谈起在美国接受"终身成就奖"时，冯牧为之高兴。接着，张君秋激动地说起，有一些人攻击他在美国不会归国，冯牧宽慰地劝他："对于一个名人不免有各种看法，你一回来，那些谣言就不攻自破了嘛。不用太理会它。"

接着，张君秋又委婉地提起一些没能解决的个人困难，冯牧说："对有些事儿，甭那么认真，看得淡点儿反而好。"听此，张君秋一再点头不已。

眼瞧其他作家的"文集"陆续出版，冯牧却始终无动于衷。一位想买下我作品版权的海外出版家，承诺出资为这位文学大家出版文集，冯牧依然一再推脱说："我的作品还不够，总想多写些再说。"此事商谈多次，终因冯牧的谦逊和"避嫌"而搁浅。

一次，仍是这位海外朋友邀请吃饭，我去接冯老。冯老虽是副部级老革命。却不想用公车赴“饭局”。在门口等出租车时，冯老主张打辆“面的”：“坐什么车都一样，节省点儿嘛。”席间，几位老朋友谈到这位毫无架子的老前辈：“真是难得啊！”

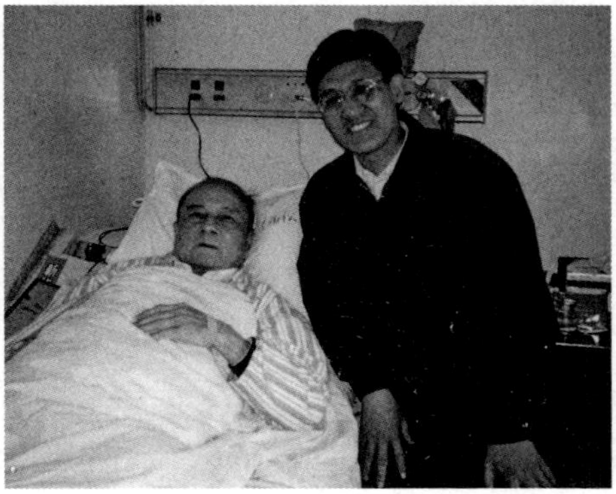
作者前去看望病中的冯牧

病中的冯牧，终归欣慰地看到《冯牧散文选萃》面世。我前去看望他时，他拿出一本，当面签好名字送给我。上面工整地写着题赠我的最后字迹：“英华同志指正。”这位文学界的老前辈，始终那么谦逊，甚至谦逊得令人不安。

“哎，这些年散文写得不多。以后啊，如果有时间就尽量再多写点儿，力争出一本比较像样的集子……”稍迟疑了一下，冯牧又说，“好在现在事儿不太忙了。”

“没问题，您的身体挺好。我就等着拜读您的散文全集了。”静坐在客厅的沙发上，我发自内心地祈盼。

“难说，就看今后身体如何了。”冯牧似乎已对身体状况有所预感。

有口皆碑，他以扶持青年作者为己任。当他卧病入院前，我带去一位普通工人的几十万字书稿，他看了不止一遍，还提出了修改意见。为使冯牧省事，我捉刀为这位业余作者代写了一篇“序”。冯牧却不以为然，执意亲自动笔：“要写，我就自己写。”临末了儿，他抱病亲笔为这位默默无名的业余作者作序并题写了书名。

记得，自天津返京不久，冯牧便住进友谊医院。那位业余作者听说，让我陪着去医院向冯牧献上散发着墨香的新作。冯牧重病在身，医院力劝他减少探视，但他仍见了业余作者一面。他躺在床上，一如往日那样微笑着，说：“这书封面印得很漂亮嘛！”

闻知冯老仙逝，当晚我与友人即赴其宅所设灵堂吊唁。冯牧的外甥女小玲一见面，便痛哭失声，屋内一片啜泣。那位业余作者得知消息，遂捧来一个颇大的鲜花篮敬献灵前。

八宝山的追悼会，我去了。眼望着涌动的人流在面前缓缓走过，我仿佛看见冯牧生前与社会各界人士的交往。不仅文学界，戏剧界的知名人士，连京剧程派嫡传弟子，也无不掩面而泣，为痛失“知音”而叹息。

或许，倒不仅因我捉刀曾为末代皇帝溥仪题写墓志，也不仅因友人戏称我懂“阴阳”，重要的是，冯牧与我多年忘年交谊——冯牧过世后，小玲约我与小风三人去为冯牧先生择选墓地。大概鬼使神差罢，真应了那句老话“看风水”了，我们驱车环玉泉山绕了多半圈，才来到了福田公墓。

远眺西北，山环水绕，玉泉塔耸，层峦绿障。不久，一通朴实无华的自然型花岗岩作为墓碑，矗立在冯牧永久安息的墓地上。那通不加任何雕饰的花岗岩不再赘写什么多余称谓，只依他平素的性格，镌刻着四个大字：“冯牧之墓”。

我默默抬起头，遥望着玉泉塔顶，耳边似乎响起风铃的鸣响。幻想着，仰观宇宙之大，人之渺小。地球也许在寰宇中充其量不过一泥丸而已，人世沧桑，转瞬而逝。百年功名尘与土，生前身后云和月。

然而，在芸芸众生繁衍的地球上，在名利喧嚣的尘世，毕竟还有朴素的伟大人格存在，它不依附于什么名位、金钱，甚至所谓什么魑魅魍魉也无奈其何。它只存在于芸芸众生的口碑之中。在静寂无人的松柏涛声里，我脑海中又浮现出吊唁冯牧的滚滚人流……我伫立在墓前，默默地向冯老先生祈祷：

“冯牧先生，您安息吧！”[①]

① 《远行的冯牧》，撰于乙亥年二月。

侧记钱立言

在当今文坛，我属沉默寡言者，也较少发表文章。而今我倒想主动撰一短文，叨叙我眼中这一位已逾不惑之年的江南才女。

这是我记述的唯一的年轻人。

初识其人——确切地说，是先闻其名而后见其人的。她与我同是末代皇弟溥杰和国舅润麒的忘年好友。八十年代起，我就从两位老人嘴里得知她的名字。尔后，才见到了她。

一见如故。我俩仿佛相识多年，彼此一点儿不觉陌生。对于双方来说，彼此早就了解个八九不离十了。

文友钱立言（左）与皇弟溥杰（中）、国舅润麒

她出身儒医之家。祖籍镇江人。自幼长于沪上。她坦言：她是上海人，又不同于上海人。接触多了，才明白她的自我介绍——有着上海人的精明，又有着禀性天成的厚道。

早在念大学期间，她便频频发表小说、散文，俨然一位出道才女。尔后著述颇丰，报告文学、人物传记等无不一一涉猎。她长年供职《北京纪事》，编辑过不少引起反响的作品。

当我逐字逐句考证了她那部人物传记《国舅、驸马、学者》之后，顿悟其一片孤诣的艰辛——她的确花费了一番采访的苦功夫。

至今记得，九十年代初，苍松翠柏之中我俩邂逅于溥杰的追悼会。自此，往来较过去日多。我曾疑惑地发问：以你之聪颖，为什么不继续撰写晚清人物呢？她戏言之：我让你吓回去了——我原想写下去，可结果采访谁，都说贾英华已访过了，所以只得搁笔。

随之，是她爽朗的笑声。我也笑了。我俩的笑声中，透出彼此之间的理解。

理解之余，俩人之间有了更多合作。她以晚清史研究者特有的角度，先后撰写了《贾英华与末代太监》、《贾英华与末代皇族的奇缘》等析评我作品的文章，无不被众多报刊摘编，甚至整版转载。

值得一提的是，2001 年 2 月 15 日，《北京晚报》破例以整整两版篇幅登载了她的长篇评述：《贾英华解密末代皇帝最后一次婚姻——破解末代皇帝婚姻四个历史迷团》，顿然在京城内外引起一时轰动。随之，数十家报刊摘编，国内外至少四百多家网站和媒体转载，一时洛阳纸贵。

泰极否来。个别人对钱立言发表这篇文章及引起的轰动提出异议，甚至威胁要诉诸法律。我坦言，我既接受她的采访，就承担一切法律责任。她虽是南方人，却不乏北方男子汉气度，并没推三阻四地推卸责任，而是旗帜鲜明地站出来和我一起面对现实：为历史解密，何罪之有？从此事也不难看出钱立言为人坦荡的胸襟。

一位业内资深高手，眼光颇苛刻，曾对我说，看过一些评论你的文章，数钱立言的老道。起初竟以为她是一位男作家。

往后，我算省了事儿，每遇记者采访，我便让其去网上检索一下钱立言所写的文章，然后再说。谁知，一些记者看过她的文章，掉头而去，再也不访我，只从网上扒一些她的文章，略作修改即发表。所以，网上虽出现了大量采访我的文章，却大同小异，大多记者从没见过我的面。有的行文连形容词都是抄录钱立言的现成原话。竟至后来，个别记者访我之前，或许先打来一个电话，直接向我询问：那么多网站都摘录钱立言的文章，钱立言是哪路神仙?

本末倒置了。访我之前倒先要采访她了。细想也是，她曾专事研究晚清人物，又对我和我的作品了解个底儿掉。她评论我个子丑寅卯，自然入木三分。

而今，她虽移民新西兰，仍关注着国内文坛。她身在异国他乡，也许更有利于以世界的视野，撰写出更好的作品。这是我的诚挚祝愿和期待。

千金易得，知音难求。从晚清研究角度而言，钱立言是我的知音。

庚辰年四月二日写于京

一代书法大家郑诵先

——点滴忆恩师

一个人接触什么样的人，就可能受到什么样的影响，尤其是年轻的时候。这句话，使我感触颇深。年轻时，我曾向一代书法大家郑诵先学习书法，虽至今未修成正果，却对我的一生影响极大。①

恩师——书法大家郑诵先

记忆犹新的是，1974 年下半年，我患重病而病休在家。为静心养病，我遂制订一个作息计划——上午读书、下午习字，晚上学戏。其间，我偶然从同学处借得一本《各种书体源流浅说》，读过之后颇感受益匪浅。见著者乃郑诵先，我遂突发奇想，如能到先生尊前就教岂不是好事？情知无由得见，只得将此梦想搁在心底。谁想，我偶向忘年之交——戏曲家张祺祥提起，他听后哈哈一笑：

“你可能还真有缘，如果你想认识郑先生跟他学书法，我可以当个‘媒人’，我跟他足有几十年交情了。那可是一位人品正直的大书家呵！”

---

① 依据本人庚申年三月七日的日记辅之追忆整理。

接着，张祺祥又对我介绍说，郑先生可不简单呵，他精通真草隶篆各种书体，尤擅章草。尔后才知，祖籍四川的郑诵先在民国期间曾任奉军少帅张学良的秘书、北平市政府秘书长，1956 年与张伯驹、陈云诰、章士钊、溥雪斋、萧劳等社会名流发起创建新中国第一个书法研究社——北京书法研究社。光绪年进士陈云诰任社长，秘书长便是郑诵先。

北京书法研究会发起人
之一张伯驹

若说起来，其实张祺祥也非寻常人物。他是民国时期的北京大学高材生，古文根底颇深，且酷爱“京昆”，一度“下海”唱戏，交游极广。他素与京昆大腕尚小云、韩世昌以及张伯驹、赵朴初、许姬传等社会名流交情非浅，且是张伯驹家的座上常客。而北京书法研究社的社址，便设在张伯驹位于后海南沿二十六号的寓所。或许便是冥冥之中的缘分，近年我竟受其家人之邀忝为张伯驹基金会的发起人之一，此乃题外话。那几年，我与张祺祥时常结伴去日坛公园听票友唱戏，久而久之成了无话不谈的忘年挚友。

对于我欲学书法之事，张祺祥默默记于心内。1974 年秋季的一天下午，他约我到郑诵先家去认师。据说郑诵先起初住在京城的平房里，前不久，国家为照顾他而喜迁月坛北街的“文化楼”新居，恰与国画名家李苦禅为邻。张祺祥诚恳地告诉我，前些日子已跟诵老讲过，他起初怎么也不肯应允，谈到最终只说看看人再说，还是碍于我的老面子。

在月坛北街三号楼层，我俩如约敲响了郑诵先的家门，一位肩披“五四”式围脖的年轻人开门迎进我俩，后来听说这是京剧名家李少春之子。此时，郑诵先正怡然自得斜倚在屋内东北角的躺椅里，见我俩进屋，忙站起身与张祺祥握手。寒暄过后，张祺祥指着郑诵先对我介绍说：这是诵老，然后，又将我向老人作了介绍：

“我是来介绍一个小青年，给你作学生，今天拜见你来了。”

“不用客气，请坐，”郑诵先对我拜师不置可否。此时屋内还有五六位老人，都是他俩熟识多年的京城名流，互相打过招呼，落座后他俩彼此闲聊起来。郑诵先问起张祺祥，你帮尚小云先生整理日记怎样了？张祺祥回答说，正在梳理当中，不过进展挺慢。之后，众人又一起闲谈起诗书画以及社会轶闻。一位老人慢悠悠提起，前不久《参考消息》登载了张学良与赵四小姐的报道：“说起这事儿，诵老最有发言权了。”聊到这儿，郑诵先点点头，随口说道，赵四追随少帅这么多年，也该成正果啦。

一些老人陆续走了。只剩下我和张祺祥陪着郑诵先聊天，随即纳入正题，张祺祥又重提我拜师之事。诵老深思半晌，迟疑地说，不是我不收呵……听到这儿，张祺祥忙拦住话头，说：我知您许久未开“山门”了，英华这孩子确实不错。转而又对我说，诵老“文革”前教过不少学生，可后来真伤了心啦。至此，诵老依旧默然无语。

“英华可是个老实孩子，病休以后成天在家练字看书，也喜欢诗词。不是我过奖，他可不比一般小青年。”由于张祺祥一再请求，郑诵先只好勉强答应下来。见此，张祺祥面露悦色，眼瞧此番认师已成，于是起身告辞，说，就这样吧，英华你再跟郑先生聊聊，我还有点儿事先走了。郑诵先临送张祺祥出门之际，扭过头对我说，其实我倒没什么，如果你愿意学书法，就没事儿常来吧。张祺祥听到此话，转过身高兴地说，英华，诵老这就算答应啦，你还不赶紧谢谢诵老？……

我临走之际，诵老嘱我，下次来时带几幅你写的字吧。第二次我来到诵老家时，带去自己“急来抱佛脚”而临摹的四幅字——真草隶篆。诵老粗略看了一遍，仅拿起我写的那幅隶书毛主席诗词《为女民兵题照》，说，这还稍有点儿意思，其他字体都不要练了，以后你可以先临楷书，临帖——这是基础。这样才能站住，然后才能走——行书，最后才是跑——草书。当诵老问起我临什么帖时，我说临过颜体。老人对我说，勤礼碑不易学，你就先临多宝塔吧，有空儿再多看一些历代碑帖。他对我说，书法实际是一种综合修养，字如其人，别学那么花哨。他反复对我强调，要打好基础。临出门，他又叮嘱我，以后尽量别在人多时来，因为聊天浪费时间，年轻人要珍惜光阴练长功，下苦功夫。

自此，我就常趁人少时去他家请教。我看他时常孤身一人，便用省吃俭用攒下的零钱买了炼乳和麦乳精前去看望。诵老执意不肯，在我再三请求下，他才勉强收下，还一再叮嘱我：下不为例。偶然从张祺祥口中得知，他时有一子在中宣部任处长，我却从未见过，直到老人逝世多年之后，才知其子乃京城大才子郑必坚。

初次到诵老家学书法，见其书案上摆放着一个大端砚，以为要我为其研墨。哪知，他竟自拿出一瓶墨膏放入端砚，然后兑上水，只用墨块轻轻研了研，便开始铺纸写字。他随手拿起墨膏对我说，如今有这个可方便多了，就是成色差一些。

在我的眼里，诵老一向不苟言笑。这使我感觉老人不怒自威，便内心多少有些惧怕。可越如此，越偏偏容易出错。一天下午，诵老对我说，上海的朋友前来求字，他让我帮着铺好宣纸，又嘱我在一旁相机挪纸。老人遂以“章草”抄录古人刘禹锡的两首诗。谁知，我由于心绪紧张，挪纸过快，而使宣纸沾染了墨迹，老人生了气：这一张纸废啦。当换上一张宣纸后，我怕打扰老人，便站在他对面准备挪纸。

哪想，他刚一动笔，察觉我无法看到他运笔之势，随即温和地对我说，站到我旁边来，你在对面看不清楚的。此事之后，他严肃地叮咛我，干什么事都一定要心静，要认真，这样才行。

如今回想起来，老人这番教诲，对于我的启发不止限于书法。这天诵老挥毫过后，又纠正了我拿毛笔的错误姿势，然后，让我跟随他逐一欣赏屋内悬挂的几轴书法条幅，尤其向我讲述了爱国人士章士钊赴港之前，亲赠他的一幅国庆内容的诗词楷书。他称赞章士钊如此高龄领命赴港洽谈和平统一大业的胆识，临逝前还留下遗嘱，迁柩返京。言谈之中，诵老无意间一再彰显其文人爱国的情怀。

郑诵先（前坐者）与书画家程俊良（左一）、黄高汉（右一），二排左起程茂祯、许福同

外人不知，诵老虽早年出版过诸如《怎样学习书法》等著述，晚年还一直有意编纂一部篆书典籍。一次，我到他家时，他正默默观赏一幅篆字书法，

随之感慨地对我说，近来不少朋友向我询问篆字方面问题，多年以来我总想编一本便于查找篆字的书，可是这些年心里头不静，始终没能坐下来。谁想，这竟成了诵老的终生憾事。

在为数不多的日常闲聊当中，诵老不止一次提及北京书法研究社的首任社长陈云诰，是光绪年进士，还被点过翰林。近年才知，北京书法研究社几乎囊括了京城书法各流，连当代书法大家启功、沈鹏、欧阳中石、刘炳森，也对两位老先生托弟子礼。有意思的是，诵老的挚友陈云诰成了后来我的拙作《末代皇帝的后半生》中记述的一位人物——因溥仪五十年代末期被赦之后，陈云诰曾以“前大清翰林院编修”的头衔与“前大清度支部大臣孙忠亮”一同递上帖子，前去崇内旅馆拜见溥仪，竟被成为公民的溥仪轰了出来，遂成京城一桩轶闻，此事还被溥仪写入了一份思想汇报。岂料，世界之大，京城圈子却如此之小。想来，俱是缘分使然。

1976 年唐山大地震前，我曾多次去看望老人。地震发生之后，国家将中央文史馆馆员和一些著名书画家送至广西等地休养避震。不料，老人水土不服，再迁南国之后，竟不幸病逝于杭州。

世事似乎皆有缘分。仅隔四五年之后，当国家重新召开溥仪追悼会，在八宝山公墓议论溥仪骨灰盒上的墓志由谁捉刀代笔时，溥杰当机立断，又当着李淑贤的面，对我说：

“英华，你不是向郑先生学过书法吗？他当过多年少帅的秘书，我可是张学良的把兄弟呵。这不假吧？你别推了，就这样吧……”

谁知，我向诵老学习书法的短暂经历，居然成为溥杰力主我为溥仪捉刀题写墓志的理由。至此，我才知恩师郑诵先与我的忘年挚友溥杰竟也是多年故交。这却是我始料未及的。往事历历如昨，至今犹惭未能下苦功夫研习书法，愧对九泉之下的诵老。忆及当年旧事，犹思恩师教诲。追记点滴，兹以缅怀。

“怪人”冯其利

这是一位值得记述而又应记住的京城“怪人”。言其怪，全无贬意而饱含钦敬。

若以世俗角度来看，因其言行皆殊于常人，故谓之“怪”。简言之，他是清史研究者中的一位“苦行僧”。前几年，曾有一友人戏说，京城清史业余研究两大“怪”，一个是冯其利，另一个是贾英华。相形之下，我算境遇稍好些，总算衣食无愁。可另一怪，我称其冯兄，乃一位下岗工人，生活异常拮据，虽终生清贫，却以两部专著弥补了清史研究的空白，纵令专业历史学者亦望尘莫及。说我怪，无非是虽身为公务员，却不像干部而已，岂有他哉。

殊料，我俩有如此多的“相同”。冯其利和我同样酷爱清史，而我主攻晚清。他是业余，我也是业余，同为“三无”人员——同样没任何机构支持，也无社科人员编制，更没有科研经费，自然同是清贫的草根学者。起初，我俩的著述没人承认也无处出版，业余学者的身份更令人生疑。

我俩同是初中学历。他乃初中毕业，我仅初中上了多半年——冯其利年长我两岁，同样没有任何高等学历。只不过稍有不同是，我三十岁后考上了北师大夜大历史系。年轻时我俩同样家境窘迫，甚至多少有些寒酸。近年有的媒体报道他骑自行车采访，骑坏了几辆自行车，其实他从不会骑自行车，哪怕数百里之遥，除乘长途汽车外都靠徒步，走烂不少球鞋确是真的。倒是我多年前采访时骑坏过几辆自行车，甚至骑坏过用自来水管焊接的自行车——钢管没坏倒是车轴被骑坏。在不知情者看来，俨然成了戏说笑话。而此时，我顿然想起与冯兄已阴阳两隔，早就笑不出声了。

就连患过的病，我俩都一模一样，年轻时都患过肾病。我因治疗及时，至今倒是依然健在。可他蛮不在乎，哪知年逾六十之后，身体一年不如一年，肾虚体弱成了他要命的病根。我俩一样，都患有血压高，且高得离谱儿，最高时血压都曾超过二百，让大夫吃惊不已。

若论起来，我俩都不属于火爆脾气，却是内心极拧而认准一条道走到黑那种人。我俩同样不善交际，却为获得第一手史料，采访数百名陌不相识的历史亲历者。私下里，冯其利对我说，他和我一样遇到过不少拒绝采访甚至态度不友善的被访者，只是我俩都不愿吐露，以免谁都难堪。我对他当面说过，这些坎坷经历，等暮年回想起来，也许是一笔人生财富。然而遗憾的是，他已没有共同回忆往事的明天了，实在令人伤心又痛心。

也许谁都不信。圈内人只知我俩关系不错，多误以为我俩是经常见面的莫逆之友。虽则早在上世纪八十年代我俩便常通电话，但直到十几年前才见面详聊。事实上，此前我俩是一对异常熟悉而又从未谋面的老友。

作者（右）与冯其利合影于 2011 年

早年，曾屡遇此种情形——采访皇族时，我前脚走他后脚便到，或是相反。总之，一死一活，是朋友对于我俩采访的形象“戏说”。据冯其利对我透露，他至少踏访五百人以上，绝大多数是为皇族看坟的直系后人。而我仅寻访过三百多人，多是皇族直系后裔或与溥仪有接触的当事人。有人开玩笑说，冯其利踏勘死的——坟地或看坟之人，贾英华采访活人——皇族或皇族后裔。此话并非妄言，确乃实情。

我俩同是京城普通平民子弟。凡认识冯其利之人，都以为他是祖辈老北京。实际他原籍是山西原平县，1949年当新中国开国大典前七天，出生于京城前门西河沿一个汉族家庭。

他和我同样，皆得益于溥杰的扶持。当年冯其利硬着头皮叩响溥杰于护国寺的宅门时，皇弟亲手开门接待了这个素昧平生的陌生小伙儿。听说他研究清代王爷坟，溥杰鼓励他向专家请教，还写了纸条让皇族纳其登门采访。于是乎，他开始找到了一个侧重研究的主题——清王爷坟。前些年，他又转而研究起京城清王府，亦获成果。而这恰恰是清史研究的一个空白。

他跟我差不多，对衣着打扮和吃食从不讲究，只喜欢钻故纸堆。尤其他不修边幅是出了名的，经常满脸胡子拉碴，披一身旧衣裳，手里还多半提个塑料袋。了解冯其利的，知道他是一位业余清史学者，不认识他的，多半会误以为他是个外地上访户。平时他话不多，可若谈起京城附近的王爷坟来，他却口若悬河，滔滔不绝。对于时髦话题，他不感兴趣。可如果侃起他的研究领域，再若遇见个浅薄的不同歧见者，他能引经据典不留情面，八台大杠抬起来，十里不下肩。轻易没人能驳倒他。

我偶提及冯兄之“怪”，妻拙倒有话：你以为你不怪？在穿着打扮上，你比冯其利也好不到哪儿去。妻子还说，你只对晚清感兴趣，谈起就没完，其他再也无话，在这方面，你俩活脱脱一对怪人。

说起来，不啻一个笑话。记得，最初冯其利给我留的第一个电话，是京城电冰箱厂传达室的电话——若有急事，可打这个电话，烦请传达室叫他一下，还嘱咐我说话客气点儿就行。开始还成，谁知到后来传达室死活不肯去叫他，而告知领导有交代，来电话找冯其利的大都和工作无关，一律不管叫。再到后来，传达室的老人意外告诉我，别找他了，他早就下岗了。临撂下电话，还发了几句牢骚，称冯其利是个怪人，没给厂里带来一点好儿，甚至有人信口雌黄地说，冯其利成天跑坟地，把厂里跑黄了。听来简直不啻离谱的天方夜谭。

如此看来，对工厂而言，“怪人”冯其利不仅是编外人员，也成了多余的人。他进厂多年，始终身无一技之长，总给领导招烦。那时，只能他给我打电话，而我无法找他。不然就得让人给他捎个话才行。

他跟我真实地开过一次玩笑，说是自己刨坑把自己埋了。九十年代初，电冰箱厂遣散数百下岗职工，因怕职工闹事，让他充作下岗培训的临时教员，讲一些无关紧要的京城历史人文。他明知讲完课照样下岗，依然备课讲课，忙个不亦乐乎。听课的职工不解地问他，你跟我们在课堂上说这么多废话，讲完不也一样下岗回家走人？他嘿嘿一笑，照讲不误。说白了，只要沾点儿京城的历史文化的事儿，他就上瘾。

好儿没落下，惹祸不少。一次我到“皇子”毓嵒家作客——当时，他只是一位走出监狱扫大街的“扫帚大叔”。岂料，毓嵒老人叹了一口气，说冯其利和他刚回北京不久的儿子发生了误会，无法调解。到后来，冯其利来电话说竟致发展到有人用砖头砸他家窗户的怪事，可死无对证。而冯其利则称身家性命受到了威胁，肇事者是谁却始终查无实据。但他搞清史研究家中被扔砖头却不假。他忆及此事，一个劲儿检讨自己是一根筋，不懂圆滑才惹出了乱子。想来，这只能说是他人生的一个奇异插曲。

毕竟有人理解。多年前，我到溥杰家作客，老人偶然提及怪人冯其利，并无半点儿反感，反而褒奖有加，还问我认不认识这么一个人，我说当然认识，可从来没见过面。溥杰呵呵笑着说，你俩可都挺怪呀，意思是说我俩是一对怪人。接着，溥杰直言皇族根本没人研究这些旧事儿，可一个八杆子打不着的汉人，却对皇家的坟茔着了迷，还研究出不少道道儿。说到这儿，杰二爷断言，冯其利干了我们皇族没能干的事儿。于是，溥杰给了冯其利和我一样的待遇，凡我俩找上门拜望皇族，谁也不能拒绝，而力主皇族支持他对于清代王爷坟的研究。

作者（右）与冯其利一起探讨清史

平足偏能踏坎坷。按说他天生平足，无法长久走路，可他的足迹遍布京郊荒野。实地查找这些茫无头绪的清代王爷坟，谈何容易？仅清朝历代皇帝及王爷的坟墓即达数百座，分布范围极广，更无确切记载，这无疑是清史研究的冷门。可他硬是十几年如一日钻进去，连头也不回。

莫名其妙。相交多年，冯其利一次都不让我到他家去，我感到挺奇怪。有一次忒好笑，我要跟他交换一份资料，他就是不肯让我去家里，居然约我到他家楼下见面。寒冬腊月，如何在露天院里聊天？索性，我约他去我下班后的办公室。或许出于衣貌取人，传达室偏不让他进来，打电话找我核对不算，还非让我下楼到传达室接他上来。我一见面就乐了，他那身打扮确像外地上访人员。难怪传达室左拦右阻。交谈后才知，他全家人三代六口仅住在四十多平米的房里，他实在不想让我看到家内这种窘况。

谈起家里的境况，冯其利唉声叹气，说是自己没本事，全家人吃饭或孩子写作业，只能共用一张小饭桌。他的研究和写作只好躲在窄小的阳台上凑合，自然是夏天闷热、冬天冰凉。他感觉这样似乎已挺知足——躲进阳台成一统，管他冬夏与春秋。

他自感愧疚。囿于条件，儿子没能享有更高教育，只能到一家医院膳食科打工，他自嘲说，谁怪你爹没本事呢。实际，若论冯其利的清史研究本事，一般教授根本无法与其比肩。他不善投机钻营，成了一个刻板的“老古董”。其实，这也正是他之所以成为清史专家的原因。

那次临下班，冯其利来我办公室长谈了几小时。同事见到这个衣着简朴而满脸白癜风的老人，无一不面显疑惑，我干脆向同事公开作了介绍：这就是清史专家冯其利，还让同事给我俩人拍了合影照。

晚饭时，我在单位的餐厅里特意点了几个菜招待他。平时他不太喝酒，因为前几年在我出生地街道的聚会上，他始终滴酒未沾。这天，我翻箱倒柜拿出一瓶收藏几十年连商标纸都变黄了的“女儿红”，他竟破例端起了酒杯。我俩一人一半，痛饮了一晚上。

实际上，这次冯其利前来乃有事求我帮忙，他的朋友写了一部小说，斡旋许久终无法出版，说是如果我能帮此书出版，他可获几千元酬劳，或可接济一下生活。遗憾的是，我先后找了几家熟悉的出版社，都没能办成。几个月后，冯其利又无奈取走了小说稿。至今，我依然感到歉疚。忆及席间追溯起许多陈年往事，我俩感同身受，屡屡碰杯，他甚至耳根子都红透了。这天晚上，我俩聊了许久许久……

一次冯其利打来电话，欣喜地说可以在他的办公室接待我了。

原来，北京档案馆聘请他当了一名编外临时工，他在名片上打印了手机号码，客气地送给诸友，上面诚实地写着：“北京市档案馆临时工”。

如约来到他的办公室，才知他借用了档案馆副馆长对面的一张办公桌，毕竟好歹成了一名临时工，我为之高兴不已。他自豪地把我介绍给副馆长，还把我带给他的几本新书，一并当面转送领导，而且一再强调说，馆长对他极为关照，永远忘不了。

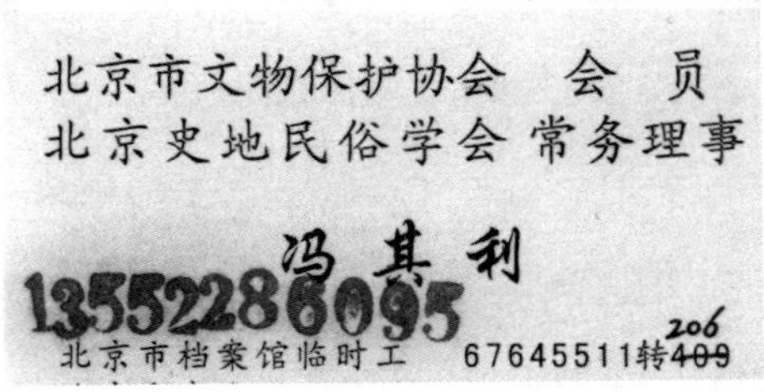

冯其利送给作者的名片

这天，我俩在馆长的办公室探讨“皇子”的墓地，他还向我提供了实地拍摄的照片。谦虚的冯其利，拿出他写的书，提笔给我签名，出乎意外，他竟在书名下题辞：“英华教我。”

这弄得我挺不好意思——委实不敢当呵。不久，我让妻子到档案馆送还照片，还给他捎去了八月十五的月饼。哪知，妻子归来告诉我，冯其利被馆里辞退，没了办公桌，只能在档案馆大厅见个面——那是任谁凭身份证都能进入的公共场所。他在那里接待了我的妻子。我听后，一阵心酸。

冯其利向作者赠书并谦逊地题辞：英华教我

实话说出来，也许不好听。几年间，他在档案馆抄录了一摞摞的资料。可依我看来，实在浪费了他人生的宝贵光阴。我问过才知，他抄录资料或定期到广播电台录音为的是能有一点儿微薄收入。至今忆及往事，仍甚感实在可惜可叹。

对于晚年他痴迷于研究京城井盖，我则持反对意见。一次我送他出来，他仍在西单街头默默数起井盖来。我倒认为这种事谁都能研究，而他积累的大量清代史料亟待整理，却无人能替代，这将是给世人留下的一份重要历史资料。可他没听进去，认为手中的史料几十年甚至上百年也整理不完，内心的悲观使他迷失了主攻方向。这是我深深为之惋惜的。

平时，我俩各忙各的，没有频繁交流，连电话也很少通，心却是相通的，诚为对方出书或研究进展而彼此勉励。一次，明清史专家阎崇年因叶赫那拉的一个问题让助手来电交流，因皇族原版族谱在我手里，遂写了多半张纸的文字，又在电话里与冯其利手中的史料核对。平时一向严谨的他，却出现了差池。下午，他又打来了电话，意外告知上午他看错了行，其实上午我就发现他的思维出现了偏差。事后验证他已患脑溢血，却依然埋首于故纸堆而无察觉。

冯其利晚年的刻苦，足堪为楷。当他疾病缠身之际，却始终痴迷于图书馆和档案馆查阅历史资料，他出门须乘几站公共汽车，总随身携带一个小马扎，路上累了就坐在路边歇一会儿。在图书馆里，他有时带一点儿干粮，渴了喝几口白开水，一待就是一天。我听后感叹不已，显见，他吃进的是草，挤出的却是奶。

对于我所著之书，有的记者形容说并非用笔而是脚写出来的，即大量采访所得。实际在这一点上，我俩也一模一样。这位清史研究的“独行侠”，常年独行于村野山林。据冯其利对我说，他与妻子原本是厂内同一车间的工人。连妻子也没料到，婚后他整天跑坟地的成果，终有一天变成了“豆腐块”——当第一次署名“冯其利”发表在《北京晚报》那天，他欣喜地无法入睡。连续多年，他成了晚报“副刊”的捉刀常客。

由此，他受到激励，十几年间终日奔跑于京津冀等地的清朝坟地，四处考察清代刻碑，成天风餐露宿，在山野之间迷路不止一次，以致夜宿于古庙之中。他吃尽了苦头，却积累了大量第一手珍贵史料。

然而，出书何其难矣。历经坎坷，他的《清代王爷坟》于1996年终获出版。在他去世前八年，他的又一本专著《寻访京城清王府》面世。其实，早在多年前，我便在“皇子”毓嵒家见过冯其利所撰写的王府述略，不过那是一个油印本，据说因无钱出版，搁置已久。在众多记述王府和皇族阴宅的著述中，他这两部书显然与众不同，颇具独特的史料价值，因为这不仅是查阅原始档案史料也是实地踏勘的成果。当我如此评价他的书时，他憨厚地笑着说，有你这评价，我足矣！

我俩同样患有腰椎肩盘突出。近年才知他的病症极其严重，以致尾骨突出一块骨头，但他始终咬牙强撑着去泡图书馆，连裤子都磨破了好几条。直到他躺倒在病床，还总惦念着去图书馆或档案馆查资料，痴迷到如此程度。无奈，天夺其寿，惜哉。

当我准备在央视《百家讲坛》讲述“末代皇族”之前，他让我一定提前告知。岂料，当我打去电话，家里没人接，手机也无人接听。一位前去录制现场的朋友悄悄告诉我，冯其利已病重住院，语言交流都很困难了，我内心顿时“格登”一下。不久，旋即传来他病危的消息。

他似乎有预感。因为晚年他经常挂在嘴边的一句口头禅是：我的时间不多了。正如一语成谶，2013年夏，冯其利突然病倒，住进医院，之后又骤然失语。从此竟不会说话了。延至一年之后，他又病情加重。2014年11月24日晚，冯其利因患脑梗塞在北京同仁医院病逝，享年65岁。

当听到他病逝的消息时，我正夜改书稿，随即与友人核实无误，听说翌日凌晨六点举行告别仪式，我一夜未眠，脑海里翻腾着多年以来与他的交往以及我俩为数不多的几次长谈。

凌晨四点多，我睁着充满血丝的双眼，起床去北京同仁医院参加遗体告别。京城媒体唯法晚记者崔毅飞及时赶到并发布了消息。一位草根学者的离世，显然未引起众多媒体的关注。然而，值得深思的是，不同媒体的反应，以及价值的判断，显然折射了当代价值观取向的一个侧面。

曾经有人问过我，你最佩服的清史专家是谁？我回答说：冯其利。问者竟然不知冯其利何许人也。我只得补充说：我钦敬的不止是他的学识，更是他一生处于清贫而执着不懈的奋斗精神。

于是，有了以上这个“怪人”冯其利的故事，而且是并无半点虚构的真实故事。

郑成思周年祭*

斯人仙逝周年，撰文悼念以纪。

去年炎夏之际，我正因病住院卧床，惊悉郑成思先生病逝的消息。因无法参加告别仪式，只能悄悄溜出医院，借路边一个街头誊印小店，向治丧委员会发去传真唁电，以示悼念之情：

> 惊悉郑成思先生逝世，不胜哀痛。素知郑先生人品高尚，治学严谨，为人正直，世人所仰。楷范遗风，山高水长……

说起来，偶然与郑先生结缘，始于《末代皇帝的后半生》著作权纠纷案。早在1989年年底，我所著《末代皇帝的后半生》出版之后引起轰动，被评价为“成功的续补”，哪知继而被东北一位专业研究人员和溥仪遗孀李淑贤以著作侵权为由提起诉讼。若无此机缘，我不可能结识郑先生。

显然，这桩著作权诉讼，因末代皇帝遗孀出庭且事涉末代皇帝，因而受到广泛关注。庭审时，法庭内座无虚席。从高法到北京各级法院，从国家版权局到北京市版权局以及新闻媒体等各界人士会聚一堂。其中最引人注目的是，国际版权协会顾问郑成思自始至终参加了庭审全过程。

尽管案情扑朔迷离，但正如郑成思后来著文所分析的，“此案

* 原文载于周林主编《郑成思纪念文集》，知识产权出版社，2007年9月版。

的关键之一是案情的事实过程”。

究竟是谁与李淑贤合作在先？到底是谁侵了谁的权？……当庭出示的大量证人证词，足以证明李淑贤与我当初的合作，从而进一步印证了此案的是非曲直。结论正如法院判决所认定的事实：

> 1980年6月，王庆祥从李淑贤处取走了溥仪日记、文稿和贾英华整理的溥仪编年、写作采访线索、溥仪病历摘抄及贾英华整理的李淑贤口述回忆资料（口述资料约二万余字——经计算机统计，为三万余字），并于同年10月完成《溥仪的后半生》初稿。

应该说，至此案情真相大白。

谁也没料到，当庭审休息时，郑成思悄悄送给我的代理律师杨月臣一本书，是他所著的《版权释义》，又神情凝重地说：“托你转给小贾，让他好好保护自己的版权……”

当然，这是律师事后告诉我的。当杨律师转交我这本著作之后，我感动莫名，竟一时激动得说不出话来。这个奇特场面，在我的一生中留下了不可磨灭的印象。

使我绝没想到的是，历经长达两年的诉讼，当人民法院宣判我胜诉之后，郑成思主动在家约见我和妻子。记得，和善的郑先生亲切问起我的经历，当得知我年轻时当过八年瓦工，他也深情地忆及年轻时曾当过矿工，下到直不起腰的坑道里手工采掘的艰苦往事。谈话当中，他意外地对我说：“我险些害了一个人哟……”

我顿时惊愕万分。原来，法院开庭前，原告律师曾向郑成思请教过，法院也曾向他作过咨询。他对比《末代皇帝的后半生》

与原告一书确有不少相似之处，曾下过断语：一般规律是后者抄袭前者，一般业余抄袭专业作家的较多。哪知，庭审之中，郑成思才发觉最初判断有误，所以发生了庭审休息之际赠书那一幕。

君子之交淡如水。那次临别之际，郑成思亲手赠送我一枚极为精致的水晶法铃。他特意说起，这是出席海牙国际版权会议的纪念品。这使我感动至深，体味到郑成思为人之正直和真挚。

郑成思亲赠贾英华出席海牙会议的纪念品——象征法律与公正的水晶铃

尤其使我万万没料到的是，郑成思竟亲笔撰文在 1993 年第六期《中华儿女》杂志，以《〈末代皇帝的后半生〉的版权纠纷》为题，记述了这桩轰动一时的著作权案始末。他在这篇长文中，作出了精辟分析：

> 对于这个判决，败诉一方并未上诉，故其形成终审判决。这是近年我国出现的大量版权纠纷中，败诉一方对一审判决不上诉（即对判决表示满意）的极罕见的一例。

> 笔者认为，该案的判决之所以使败诉一方无由上诉，重要原因之一（或许可说是主要原因）在于该案的审理及判决中应用了正确的版权原理，使当事人（乃至公众）很难从中挑出什么不妥之处。
>
> 早在 1991 年 11 月的一次开庭审理中，主审法官（即我国称为审判长的法官）就要求原告举出来既不属于创作思想、又不属于公有事实的（被告书中与原告）相

同之处。原告关于被告之书的主题思想（如“末代皇帝”与“溥仪”与之相同），史实排列顺序（如从溥仪被特赦写起，写到其病故）与之相同，均被作为“创作思想”的相同而排除在“构成侵权”之外了。原告关于被告之书在细节描写上的几十处自认为“最能说明抄袭”的“相同”，则由被告当庭举出的其正当来源（出自被采访人、出自当时新闻报道或出自其历史档案馆资料）予以排除了。而且，贾（英华）还当庭举证某些细节描写的相同之处，恰是王庆祥利用了他的劳动成果所致。

1991 年 11 月的开庭结束时，主审法官又一次要求原告继续提供既不属于创作思想、又不属于公有事实的相同点，以便在下次开庭时加以对比。直到 1992 年年底，原告也未能再提供任何这类证据。故此，法院作出了否定侵权的判决。

除此之外，还有一些该判决之外的细节值得一提。前面讲过，在法庭辩论中，贾曾指出过：倒是王的作品中未经许可使用了贾所整理的成果。在法庭审理的证人作证中，在贾出示的其 1980 年前即已整理出的成果与王书对照中，均可以看到：并不能排除事实上是王侵了贾的版权。主审法官于 1991 年 11 月的一次庭审中，曾要求王宣读一下溥仪日记中一段不足二百字的原文，而王竟在十几分钟内未读明白，他也承认溥仪日记文字极难辨认。从这种阅读溥仪日记的速度可以推判：王在 1980 年 6 月到 9 月这三个月中，若不利用贾已整理过的成果而是从头开始以溥仪日记作为素材，则不要说写出一部书的初稿，恐怕连日记本身都难以读完。

《末代皇帝的后半生》著作权案落幕，此案写入大学和中学教科书。我偶然看到，郑成思在接受《中华儿女》杂志记者采访时，又再次提及数年前发生的《末代皇帝的后半生》著作权案以及他的感受。我当即拨通了他家的电话，他在勉励之余，透出无限感慨。

不言而喻，我遂与郑成思成了莫逆之友。不久，《中华儿女》杂志欲聘请法律顾问，慕名想邀郑成思出山，由我牵线邀请，他欣然接受，由此，杂志社组成了一个法律顾问团。因郑成思屡屡表示，期望我有新的“末代作品”问世，自此我每逢有新作问世，先要给他送去，以示知遇和感恩之情。

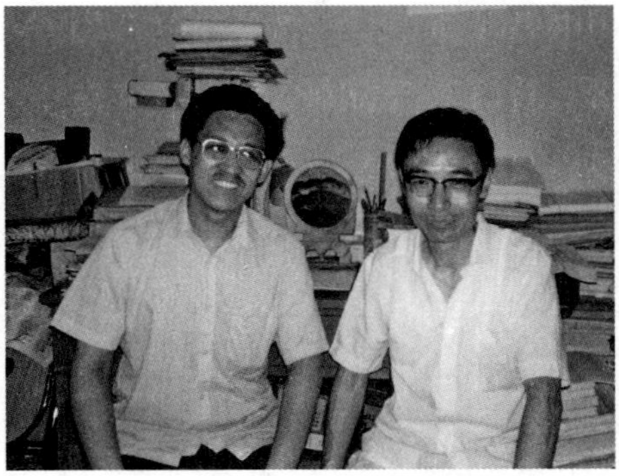

作者与郑成思合影

当我所著《末代皇帝最后一次婚姻解密》出版后，再度引起轰动，我给郑成思送去此书。继而，发现《末代皇帝的后半生》著作权案中败北者又在《再解密》书中辱骂我二十多处，郑成思鼓励我一定提起诉讼，维护自己的名誉权。如今，《末代皇帝最后一次婚姻解密》一书引发的名誉权案，以我作为原告终审胜诉告终，获赔最高罚金十万元，而我正欲将此消息告知郑成思时，他却倏然离世，这使我感到由衷惋惜。

天公不公，竟夺好人天寿。郑成思乃国际知名知识产权专家，正待施展才华之际，谁知却过早逝去，实为一大遗憾。如今郑先生走了，然而，斯人虽逝，音容宛在……

丁亥年八月十九日写于京

难忘与歌手高枫一夜之缘

——相约成功之际

歌手高枫静静地走了。与音乐界素无往来的我，拿着“高枫昨夜去世”的报纸，浮想连翩，陷入久久的怀念和追忆。

上帝给世人的缘分，也许是捉摸不透的。有缘千里相会，无缘当面不识。我信这句话。相交未必相知，也许短暂相处，倒也能成为难遇的“知音”。我与高枫仅有“一夜缘”，至今难忘。

偶遇知音，缘起音乐。而偶然的邂逅，只有短短一夜。那一夜，是难忘的一整夜。

记得九十年代初，我一度患重病卧床。当病情渐缓，我遂想起溥杰先生的嘱托——撰写《末代皇弟溥杰》〉，惟恐手里的录音带掉磁，于是乎思量起尽快把溥杰的珍贵录音转换成金属带，且采用降噪技术。我求到了一位老朋友——国际广播电台著名音乐人戴以戎。她曾采访过溥仪的《我的前半生》执笔人——李文达，同时也捎带给我作了一次英文专访节目。她的豪爽，成就了我与高枫的偶然结识。

她找到一位影视部承包经营录音棚的友人，他爽快地答应让我在其他歌星录制间隙，转录溥杰的回忆录音并作技术处理。当眨着眼睛的繁星刚缀上天幕，我迈入影视部那生疏的录音棚。

窗外，月朗星稀。几名著名歌星正在棚内录制歌曲。静静等待中，走进一位个子不高、长着小圆脸的年轻小伙儿。他戴着一顶耷拉着帽沿而且皱巴巴的旧蓝布帽，满脸堆笑地跟在场的每人握手寒暄，样子异常谦恭。

“认识一下，我叫高枫。”他天真地孩子气而又动作很大，像表演似地伸出右手。忆起当年他这个动作，历历如昨。他微笑着不错眼珠地直视着我，透着纯真、温情、青春，总之是我一生中鲜见的那种眼神。而后我才知，他的境遇也跟我一样，掏不出钱来包棚录音，而是来“蹭录”的。

“同病相怜”。我俩聊到了一起，也要一齐等到后半夜，音棚才能挤出空暇让我俩来录制。多少有些尴尬的相同境遇，使我和高枫似乎有了共同语言。一夜之际，我俩天南地北，不着边际地乱侃胡聊，为的是不让瞌睡使我们沉入梦乡。

总算轮到他录唱了。进了棚，音乐骤起，他那略显倦怠和忧郁的神情马上发生了一百八十度大转弯，他的眼睛猛然一亮，变得激情万丈，满脸堆满笑容，动作甚至过于夸张地挥动着双臂——“可爱的大中国呵，好大的一个家……”

唱到入情之处，高枫总投入地闭上双眼，近乎顿足捶胸同时又低垂着一颗似乎深沉思考的头颅——显然，他在用全身心奋力吼唱。在录音棚外，我不解地评论说：高枫的动作太过于夸张了吧？过了许久以后，我才渐渐明白，这正是高枫表达激情的特有方式。

听过他录的歌曲，等到他走出录音棚，我看到他兴奋的目光和额头沁出的汗水，不由对他发自内心地祝福说：“高枫，你一定能成功!”

“真的?”他用力握着我的手，眼睛发亮，“谢谢，我一定努力!”他认真的样子，仿佛一场盛大演出谢幕时，激情犹在。而后他又像孩子似地右手攥拳，使劲挥动着。近年来，我多次从电视中见到——每逢此时，我便想起他跟我握手后这个略带夸张的动作。

我记得，当时对他颇为自信地预言：“相信我，我从没看错过人!”没想到，他也对我说了一句同样的话：“我看人凭直觉，也从没看错过人!”

相视而笑之后，我俩相约成功！

挺好玩儿的是，我建议他再进棚录音时，摘掉那顶破帽子。岂料，他半开玩笑地说，摘了帽子就没激情了。果真，后来我见电视中高枫多次戴着帽子唱歌。真逗。

“是吗?!”当他从朋友口中偶然得知，我就是《末代皇帝的后半生》的作者时，显得挺惊讶又孩子气地发问：“老贾，你多大岁数呀？真的挺年轻……”

“你才二十多点儿，你才真正年轻呢!”我笑着说。

在异常直白的自我介绍中，高枫极为诚挚地说，他孤独地租住在东郊——大约是东三环附近一个农民简陋的家里，没有电话，也无手机，只留下了他的呼机号码。自然，我也应邀给他留下了联系地址和电话号码。

彼此口无遮拦的诚恳交谈中，我得知他是南方人，最初刚来北京是学画画儿，从工艺美院毕业后当过美工，因兴趣所致才转行唱歌。他喜欢音乐，还能作词、作曲。有一段时间他非但没看到成功的曙光，甚至连维持生计都几乎成了问题。对他辞去固定工作而转行的做法，他的家人都不同意，认为他不务正业。他说偏要争这口气，一定要成功。甚至有人对他说，如果混不下去，就劝他赶紧回武汉。而他说，非在北京混出个名堂不可，音乐人只有在北京才有可能混出大名堂来……

夜长话多。我俩除进棚以外，大都在闲聊中等待。聊天之中，他听说我是作家，于是希望我给他撰写歌词，由他来谱曲。他说自己既喜欢写现代的歌词，但内心也崇尚古典，认为那些有深度，这让我感到挺诧异。因我俩都是来“蹭录”的，有几次我俩刚录一会儿，就被缓过劲来的著名歌星客气地从调音台旁“轰”了出来。那一夜，我俩交换了不少惟彼此才知的苦笑。

至今仍然记忆犹新，我开玩笑地给他看了手相，他似乎挺信。如今，在午夜的互联网上看到他最后一张专辑的封面，着实让我吃了一惊。他用手托着摘离身躯的头颅，一根管子插入自己嘴中。这近乎谶语式的自我设计的封面，使我想起他临终前吸氧的遗照，又忆及那次观看手相和“宿命”的夜半交谈。

在与高枫彻夜长谈中，我也曾聊起我曲折的创作经历。谈起人生感慨时，我还说：“文章憎命达。艺术也如此。”临了，又送了他一句话：“千金散尽还复来，天生我材必有用！”算是我与高枫的共勉吧。

英年早逝的歌手高枫

当启明星升起时，望着东方破晓的火红朝霞，我与高枫再次相约成功，彼此祝福！临别之际，我握过他的手，站在门口默默地望着他骑着那辆除了铃不响，哪儿都响的破旧自行车自西向东而去。

一骑绝尘。这是我与高枫相见的最初一面，也是最后的一面，此后再也没有见到他，直到他离开喧嚣的尘世。然而，在我的脑海中始终挥之不去的是他那略带忧郁和倦怠的目光。而印象更深的则是，他在进棚后音乐骤起之际猛然发亮的眼睛，以及他颇带夸张的激情动作。

在我的心目中，他始终是一个未离尘世的童心未泯的大男孩儿！

平日，我不怎么看电视。邂逅高枫过后的一天晚间，我在一台电视晚会上，猛然见到了那个熟悉的身影，高枫正以他特有的夸张动作演唱着《大中国》。女儿正坐在沙发上观赏。此时，我不由脱口而出：

“我认识他，他叫高枫！”

作为“追星族”的女儿大为惊讶，激动地连续问了我两遍：“真的，真的?！爸爸，你真的认识他？他可有才了，可红了！”

“真的？真的？……”于是，在女儿不断发问中，我给她讲述了成名前的高枫——我们这两个掏不起钱“蹭棚”录音者的经历，也追忆起我和高枫的偶然相识，以及那个奇特的不眠之夜。

除了天分以外，锲而不舍的追求以及那难能的激情，无疑是成功者的希望！——这是我对高枫的评价。

眼瞧着电视中引吭高歌的高枫，我自夸地重复说起我在那春寒料峭的黎明，对高枫的预言：你一定能成功！年初，我那部《末代皇弟溥杰》出版，拾掇录音带时，我又不禁记起了高枫。回想起来，我不仅钦佩他的音乐天赋和才能，也赞赏他的执着追求。然而，可能更多的是我辈所不及的“取舍”——他能“舍”去有保障的固定工作而从事喜爱的音乐艺术……

可以说，“人生大取舍”成就了高枫！或许人生意义不在于长寿或短暂，而在于一种不舍的追求境界。

如今，我跟在“书海”里跋涉的女儿，在电话里谈起高枫“走了”的消息，当然又短不了重提高枫当年那辆哗啦乱响的破自行车，他所戴的那顶皱巴巴的旧蓝布帽子，他租住的冬天四处透风又没电话的农村陋屋……他的执着，他不懈的努力！或许女儿能从追述我与高枫这一对“蹭录者”的故事中悟出点儿什么？……

其实不止这些。我想多说两句的是：在人生的旅途中，无论成功的人还是平凡的人，在享受生命的同时，要爱护自己和他人；在追求人生意义的同时，要能抵御或拒绝世间各种不良诱惑，洁身而自好。从高枫早逝的青春生命，使我想到了一句话：人生短暂，珍爱生命！

这些我从高枫“走了”之后的感悟，伴着一缕淡淡的忧思，送给了远在大洋彼岸读书的女儿。

记于壬午年中秋夜

文史札记篇

史鉴堪为良师在

——兼谈晚清研究的“定海神针”

茫茫史海，千帆竞渡。若论及浩渺无际的史海之中的“定海神针”——档案史料，我确乎情有独钟。

对于文学创作者而言，如再将其喻为亟待发掘的无价宝藏，那毫不为过。而对于文学传记作者来说，那更非同小可，除了想入非非的任意编造，是须臾离不开的。

也可以说，档案史料是文学传记创作这艘重载船的航标灯。

仅从自身创作来看，浩如烟海的古档史籍委实使我受益匪浅。年来，我大病初愈，虽许久没动那支秃笔，但提起档案史料，实在难抑万般感慨，倒也想略谈及档案对于我的晚清人物传记创作之裨益。

早在年届而立之前，我撰写《末代皇帝的后半生》初始，并未深切感到史料的至关重要性。刚动笔之际，仅就手中掌握的有限史料便想当然欲展理想的风帆。

作者业余自费采访晚清以来三百多人物的部分采访记录和史料

祸兮，福所倚。毕竟始料未及，而初稿被人“取走”，突遭变故之后，手中字纸皆无。这倒也好，激发了我重新搜集原始史料的志向。坏事，变成了好事。

“梦游沧海觅无路。”虽历经坎坷，所有业余时间统统被我用作寻访，意外寻找到许多罕见史料。寻访三百余人，且大多有本人签名厚及盈尺的几大本数千页记录，遍搜各档案馆数以千万字计的稀有史料，这，成了此书的重要史料基础。也成为重新认识溥仪这个历史人物的第一手原始依据。

倒应多赘几句。被寻访者都是一些什么人呢？从白发苍苍的满清贵胄到年近古稀的平头百姓，从皇帝的弟弟到皇宫太监，从监狱的管教人员到国民党将军乃至军统特务头子，从中国最著名的历史学家到伪满皇宫最后一个“皇妃”，甚至连二三十年代的当红明星及宣统皇后近侍的亲属……我也煞费心机逐一寻觅到了。不仅让这些被访者大多签名题字，而且凭着我的诚恳和一腔热情，还与他们交上了朋友。有些人，至今仍彼此保持着深厚交谊。

凭着诚恳和一腔热情，与被访者交上朋友。图为作者在家接待来访的皇妃李玉琴并合影

作者与溥杰在其家中合影

如今，确乎是难以想象的。在当年，却没当回事。每逢下了班顾不上吃饭，便骑上破自行车大街小巷四处遍寻被访人线索。所有节假日都成了我难得的“业余”。新年、春节这类稍长假日，我大都奔赴外地，下班直接上火车连家也不回，简直成了常事。甚至连婚假期间，我也偕妻奔波在寻访路上。事后，这成了笑话——婚假期间并未完婚，因在外边旅馆男女分住，自然也就“随缘”了。

须知，风餐露宿不在话下，冰霜雨雪也无奈我何。最难的是，我仅一个普通工人，无任何证明我有从事晚清史料搜集的身份。于是乎，不知多少次我被人拒之门外，也有时进了门当听说我并非历史研究者，又被陌生人铁青着面孔轰出门外，如是者再三，直到受访者被我的顽强劲感动而重新迎进门楣。

遥想当年，千般艰辛只徒增一番世事经历而已，万般感慨倒陡添人生之旅的无穷回味。

或许就是缘分罢。有的老人见我远涉千里，寻觅至养老院里与其同炕而眠，同锅而食，感动得无偿赠予我溥仪当年寄给他的多封信件。无疑，这成了极为珍罕的溥仪研究文物史料。

弥足珍贵的口碑，可以补偿史籍的缺憾，档案史料自然能够印证历史的真谛。休假期间，怀揣着面包，不知多少次遨游于古档史海之中，饱尝艰辛，也曾偶有一得之功的窃窃自喜。说句可能有点儿夸张的话，京城的档案馆或图书馆差不多被我跑了个遍。遍寻无着或一无所获而垂头丧气打道回府，说来并不算少，也正因为此，我与档案史料结下不解之缘。

夜灯之下，翻检泛黄的故纸，凭借着珍贵的史籍，将溥仪这个复杂的历史人物所构成的“谜团”，一个个揭开，一桩桩模糊不清的历史事件好歹渐次有了清晰的脉络。记不得多少次，东方露出了鱼肚白，我不觉困意却感到欣慰。“天道酬勤”，这话不假。

说起来，挺有趣。书成之前，斗室之内，简陋得连台黑白电视都是老丈人借给的。但我没有感觉生活困顿，却有一种精神富有的充实，困窘之中，我曾戏言，我是精神上的“百万富翁”。

这虽属聊以自慰，却没有真正意识我搜集的史料的价值。溯至八十年代末，在《末代皇帝的后半生》的首发式上，全国政协副主席兼全国政协文史资料委员会主任孙晓村一番话，才使我稍稍顿悟。这位年近八十的老人，笑着激动地握着我的手，说：“你可不简单哟!”

而后孙晓村又指着那几本厚厚的采访记录，郑重其事地说：“这是真正的‘文史资料’呵！这，我可要征集喽！……”

也正是凭藉这些原始史料，我又相继撰写了《末代太监孙耀庭》等书。遗憾的是，我早在多年前收集大量史料，草成《末代皇弟溥杰》初稿，还未及问世，忘年挚友溥杰便辞世。此前，忘年挚友即溥仪的《我的前半生》执笔人李文达，也因病谢世。这两位晚清史的“活档案”，曾是我的活档案和“史料库”。我曾写诗叹曰：“我有疑史可问谁?”……

全国政协副主席兼全国政协文史资料委员会主任孙晓村在
《末代皇帝的后半生》首发仪式上与作者握手。中为溥杰。
孙晓村激动地握着作者的手，说："你可真不简单哟！"

在将近两年以来，我与两位忘年交相继倒卧病榻，而当我病情稳定之际，两位老人却已走了，万分遗憾地走了。每每忆及，我便不禁后悔莫及，为何当初没从他们那里多多讨教一些呢？

谈到这儿，似乎渐渐走了题。然而，我想说的是，档案是珍贵的历史，历史并不全是档案。一些属于"活化石"的历史老人应及时抢救，力求留下完整的口碑史料。这是文史工作者的历史责任。过了那村没这店。晚了，说什么也没用了。行了，再多说便不免有"说教"之嫌了。得，就此止笔。

癸酉年三月二日

末代皇后婉容的裁缝*

暮春之际，老友新增兄陪作者周进携来一部书稿——《末代皇后的裁缝》。

见到书名，我当即极感兴趣地浏览了一遍，尔后对书稿内容提出一些修改建议。事隔几月，作者经修改又配了不少历史照片，邀编辑黄国义一起前来探讨此书细节。窃以为，一部历史纪实书籍的价值，不在于人物大小或观点之新旧，最重要的是史料的真实性，尤其是穷尽心血挖掘到的独家史料。仅从这一点来说，此书无疑具有文史价值。

在历史长河中，末代皇帝——爱新觉罗·溥仪，显系一位独特的传奇人物。随着影视和书籍的推波助澜，他已为全世界家喻户晓。当今，他一生的主要经历无一不被高倍放大。对于末代皇帝的研究，似乎已成经久不衰的热点。然而，对于溥仪和婉容在坎坷人生中尤其满洲国内廷生活的细节，依然显得欠缺，此书则弥补了这方面不足。显而易见，这正是此书的史料价值所在。

如今，尤其影视对于历史人物“戏说”成风。其实，本人并不反对“戏说”，只不过，影视或书籍要明确分清是纪实还是演义。作者围绕末代皇后婉容，对于一位小人物——伪满御用裁缝作了详尽采访，充实了溥仪和婉容在伪满内廷的生活细节。这对比个别所谓研究者的望文生义和想当然，史学价值自然不可同日而语。

---

* 此文为周进著《末代皇后的裁缝》所作序。

在注重档案史料研究的基础上，扎扎实实采访和调查研究，深入挖掘口碑史料，是我一向推崇的。诚然，历史人物的基本脉络，一般是由重大事件和史实构成的。而人物是否丰满及性格特点的展示，则靠细节来体现。细微之处的描写，有助于了解历史人物的思维方式和真实情感，我也同样主张不能虚构。这并非苛求毫无意义的细节末梢，而是刻画历史人物所必须而又欠缺的。在当今浮躁而又功力主义彰显的情形下，作者这种存史求真的态度颇值得倡导。

婉容是中国历史上最后一个封建王朝的末代皇后。她是对于溥仪的前半生有着重大影响且不可或缺的人物。她并不是满族人，而是达斡尔族人。她自幼生长在世袭贵胄家庭，其母是京城赫赫有名的朗贝勒之女。她在大婚之后成了皇后，却没有享受到天子夫妻的幸福。深囚于宫中的苦闷生活，使她染上了大烟瘾，直至溥仪被逐出宫之后，她在天津、长春仍然陷于毒瘾而不能自拔，以致自暴自弃，被溥仪软禁于伪满小朝廷一隅，精神变得越来越不正常。伪满垮台后，她在东北四处辗转流浪，最终病逝于一个偏远小城——敦化阴冷的监狱里。

世人不多见的皇后婉容彩照。她所穿的半截袖上衣，即裁缝春儿亲手缝制

记得，多年前我曾为六卷本的《世界末代皇帝》系列写过一篇序。那时，甚感那几部书的不足就是细节不够翔实。皆因在历史人物的描写中，细节往往最能打动人，最能体现人物的性格。这部书的主人公，是一位在满洲国伺役末代皇后婉容的裁缝。而婉容从天津抵达长春之后，恰恰由于溥仪不让她过多

与外界接近，有关她生活中的各种细节，只零散见于一些有限的记载。

客观地说，有的书对婉容的描写并非十分确凿可信。这部书，则可以对婉容的生平记载以及溥仪这些历史人物的研究，提供一些细节的帮助。

周进积数年之功，对口碑史料作了艰苦发掘，实属不易，也十分有益。史料确凿，文笔流畅，尤其图文并茂，乃此书特点，也令人更为可信。望读者能够喜欢这部以细微之处见长的纪实作品，亦通过此书拂去历史的风尘，从一个裁缝的眼中透视那个飘逝的年代和悲剧式的人物——末代皇后婉容的侧影，而对历史更迭的一瞬，至少留印一个淡淡的剪影。

掌控大清的帝后权臣*

历史乃一面古镜。

清史亦如此。余弱冠之年夙夜读毕溥仪的《我的前半生》，竟一头“扎”进其“后半生”无以自拔，进而对“晚清”陡生兴趣，遂以拙功撰十部“末代系列”。弹指之际，已近半个世纪，想必系难解之缘。

世间本无凭空之癖好。若溯秋平初撰文史散文肇始，或许概源于其曾祖——天津卫巡长的一则晚清轶事，猝然激活其“史穴”，倒也真说不定。数年前，偶阅其刊于《西城文苑》作品，尤感于其行云流水般文笔，暨对清史解析深度、趣味——似借文字作彩绦，不经意间串起一颗颗散落的文史珠玑。

纵观民国以来文史领域，迄今问世的清史类文论，宛如过江之鲫，不可谓不多矣。然，基于有清以降史实而挥清新诙谐笔法撰之“文史大散文”，并不多见。窃以为，此书假散文“形散神聚”融汇浩瀚清史，兼或细腻点睛评点，读来轻松洒脱而不失严谨。

慈禧是掌控晚清的独裁者

尤难得的是，作者诸多妙论，居然骤使拂去蒙尘的陈年“老珠儿”璀璨耀目，颇透新意，亦顿令枯燥的清代历史

* 此文为任秋平著《掌控大清的帝后权臣》所撰序。

变得霍然轻松。数万字长文读来，丝毫不令人感觉晦涩，而颇享愉悦之快。除却作者文字功力扎实、别致，更多了一分新时代蓄涵的敏锐与灵俏。

前车之鉴，后人易辙——乃史学探究之衷。何以真实而生动阐述使世人参悟史谛，则须练就绕指柔般礼禅功力。作者于此点把握得张驰有度，不疾不徐，犀利洗练，超乎一般才女衍文——见识兼具文采，尤值荐之。

期冀更灵动文史鸿篇，以擦拭清史这面不可再得之古镜。

兹序。

癸巳年一月十九日夜

乱世掌国

——平议民国大总统*

无疑是缘分，得识夏双刃，居然偶遇于网上购书。因而，引出了这一篇飞来之“序”。

自幼，我生长在北京，自然接触了众多与皇城文化有关的人物。当我小学三四年级时，读到第一部有关晚清人物的书籍，就是裕容龄女士依据亲身经历所撰写的《清宫琐记》。记得，母亲从附近租书铺借来这部书时，全家人抢着阅读。无论是星期日还是平日，夜晚的灯光，总是映照着这部并不太厚的旧书。六十年代，在霞光街路东一个院落里——她的住所，我有幸见到了裕容龄这位传奇老人。

此后，我始终想得到这部书的初版本。前不久，我在网上购得了这部整整半个世纪前出版的第一版《清宫琐记》，这使我喜出望外。售书者，便是夏双刃。我与他联系之后才意外得知，他不仅是晚清、民国历史的爱好者，也有苦心孤诣撰写的专著。当我阅读过他从网上发来的《乱世掌国》书稿时，更是感到投缘。

民国尤其是北洋时期的历史，虽然研究者并不算少，但囿于历史原因，很难在史料和观点上有所突破。而读过夏双刃这部书后，深感他特别在引用史料及观点上，有其独特的视点，堪称功不可没。

北洋时期的一个显著特点，可以概括称之“走马灯式”的政

---

* 此为夏双刃著《乱世掌国——平议民国大总统》所作序。

权更迭。当然，这是一个在皇权垮台之后，陷于迷茫的历史时期。然而，却也是一个各种思潮交锋的“新锐”年代——各路精英无不在探索中国向何处去？建立一个什么样的政权以及社会制度，这成了不可回避的根本走向。可以说，民国时期是中国有史以来，即封建王朝垮台之后，最集中体现历史交汇的开放阶段。

书中所记述的北洋时期七个代表人物，可以说集中体现了这一复杂历史现象的特点，无论从政治、经济、军事乃至文化上，都反映了尖锐的历史嬗变。仅以这一点而言，这部书从史料发掘及研究的角度，都具有重要的参考价值，也反映了目前历史研究方面的一个重要趋势，即在断代史及历史人物的研究上，青年人不拘泥前人的趋新观点和探索精神，这是尤应充分肯定的。何况，据我所知，他还是一个业余历史研究者，在当今物欲横流的情形下，尚能在本职余暇，清心寡欲地埋首于故纸堆，探讨历史人物的谜团，无疑是难能可贵的。

从人本角度看，在历史研究中，除基本社会制度和构架之外，对于历史代表人物的研究暨深度是最关键的。因为，一个历史时代的代表人物，常常是解读这段历史的一把钥匙。从北洋史来看，这亦是史同一理，颇值得推荐之。或许，读者会从这部书里，透过北洋时期这段历史各个代表人物在历史舞台上走马灯式的“亮相”，而从中感悟到那纷繁而鲜活的历史轨迹。

鉴此，匆匆作此序，聊表对作者和此书的褒勉之意。

丙戌年一月五日于北京

纵论世界末代皇帝*

绵绵延续而又曲折错综的历史，本身就是一个人类不断演化迭进的过程。作为历史学家或文学家而言，无论他从哪一个角度去真实、而非臆造地论证或记述社会发展的某一侧面或进程，都无疑具有隽永的历史价值。

从这个意义来说，联芳先生确做了一件有益之事。他所主编的《世界末代皇帝演义》这套书，无论从历史性或知识性、趣味性上，都颇具一定收藏价值。

中国的末代皇帝——溥仪，已为世人所熟知。他不但历经晚清、北洋军阀、民国时期，也活到了新中国，经历了社会主义以及“文化大革命”初始……他极富传奇色彩的一生，引起了世界上不同肤色之人的兴趣。他的一生，不仅是一个封建代表人物的经历，也折射了一个时代的变化缩影。有关他的书籍，多年来畅销不止，也说明了人们在不断地思考着超出他这个人本身经历的诸多重大问题。

与此相关的是，世界其他国家的末代皇帝，作为封建社会或资本主义社会最高统治者或代表人物，究竟与中国末代皇帝有何不同？他们都是一些什么样人物？又是如何退出历史舞台的？在大浪淘沙的历史潮流裹挟下，一个个又落得了怎样的结局？……《世界末代皇帝演义》，无疑可以回答上述疑问。此外，它在题材以及丰富的史料方面也颇具价值，有助于世人拓宽视野，引

---

* 此为《世界末代皇帝演义》丛书所作序。

发深层次思考。如果换一个角度，客观地看，世界上的末代皇帝并非都是无所作为者。“生于末世运偏消”，时代的进化，决定了他们的消亡，这也是一个非常值得研究的历史现象。

封建社会普遍具有两大特点，一是世袭制，二是等级制。皇帝，无疑是这两大特点的集大成者。他和所依附的制度崩溃，往往也是从这两方面开始的。研究这些历史特点，有助于从中汲取教训，建立更完善的社会制度，推进历史的进程。

封建时代的灭亡，在人类历史上具有特殊意义。它不仅使此后生产力的发展大大前进一步，也从制度上废除了落后的世袭制和等级制，为铲除人身依附创造了条件。这一灭亡过程，实在值得记述与深入探究。

历史不会重演，但足以借鉴。作为历史学工作者，如实生动记述这一崩溃的历史进程的代表人物——末代皇帝，是件很有益之事。绝非妄言，如果再过若干年，回过头来看这件事，意义就更大了。

也正因为丛书的执笔者大都是史学专家、学者，而并非文学家，他们在精选史料时，从客观史料出发，没有更多虚构和无端渲染，所以更显得客观真实。虽谓之“演义”，其实这有别于一般意义上的“演义”。历史上的演义，如汗牛充栋。但凡提起，无不以《三国演义》或蔡东藩的历朝演义为题。以这两例名著而言，作者大体是以真实的历史为基本背景，在人物刻画和细节上经过虚构以及文学夸张，但在大的历史事件和主要人物上，作者绝非向壁杜撰——至少采用了多种说法的一种。

而《世界末代皇帝演义》与之相比，则又显得更为可信。作者除在景物描写方面，凭借史料作了稍许符合实际的想象之外，基本内容都有史料可依。这种“演义”，或可称之“演”历史之景观，陈历史以“释义”。

历史学，走出“象牙塔”，历史学者走出书斋，走大众普及的路，这无疑是一条成功之路。任何学问，如果没有民众参与，它就失去了价值，尤其作为传媒作用的书籍，如果没有读者，它也就丧失了任何意义。如此看来，文史结合的作品，多年来经久而不衰，也从另一角度说明了这一点。

对于不断前进的人类而言，历史总是颇具启迪性，其“营养”之丰富，是任何其他学科无法替代的。另言之，但凡真实描绘史实的作品，便具有历史价值，也就无疑拥有读者。

自古以来，便有文史结合的著作问世。然而，真正能够传之于世、脍炙人口的，恐怕也是文史结合的作品居多。当然，并不排除其他纯历史学或文学上的精品之作。换言之，那些具有历史价值的作品或可反映人类重大足迹的力作，是能够真正历经淘汰而流传于世的杰作。

若论及文史结合的传世之作，似应首推《史记》。它不仅较为真实记录了时代的更迭，也以其盖世文采传颂至今。究其原因，不外史论结合的成果。研之，严谨求真，读之，琅琅上口，诵之，文采飞扬。

对于《史记》，鲁迅曾有过精辟的评价——“史家之绝唱，无韵之离骚”，赞誉其为文史结合的典范。至今，《史记》在《二十四史》中的独特地位仍不可替代。足证，文史结合的作品，显具无可非议的生命力。

“无文无以行远”。谁都知道，再有历史价值的题材，若无动人的文学描写形式——或称文采，以阐述其内容，则不免显得干瘪枯燥，读者阅之无味，自然也就谈不到什么隽永的生命力或传诸后世。

文学，历来以情节取胜，以文采夺人，以情感人，这是一般枯燥的历史教科书所不及的。而文史俱佳的作品，弥补两者之短，往往激起不灭的“火花”。《三国演义》等名著历经数百年，广泛流传于民间，至今仍脍炙人口，便是极好的范例。

当然，极而言之，书籍生命力的根本评判，在于读者。读者，乃真正的“上帝”。毋庸讳言，若把世界上所有末代皇帝陆续介绍给中国的读者，自然是一件很有意义之事。这样，有利于以生动的内容让各层次的读者了解世界史上的一个横断面——封建社会的解体，是一个多么斑驳陆离的过程，有着如何深刻的历史内涵。

囿于史料的局限，作者基本依照现存史实而成书，但亦采用某些文学笔法增加一些色彩或神来之笔，或许，这将会吸引更多的读者。

当我的老友——中国社会科学院世界历史研究所张联芳诚恳地邀我为这套书作序时，我甚感诚惶诚恐。皆因我不过是写了几本中国“末代”作品的业余作者。再者，这套书的著者，多为我国颇有造诣的专家、学者，乃至还有我的授业老师。在力辞不准之下，我出于对这套书的认知，也基于对史学前辈的尊敬，拉拉杂杂撰写了这篇并不像序文的《序》，以就教识者。

甲戌夏　于北京三里河三区陋室

意外淘得两部奇书

新春伊始，殊料意外淘得两部奇书。欣喜之情，伴随飘降瑞雪，不由跃然纸端。

一部是溥仪的《我的前半生》。这并非群众出版社在 1964 年所正式出版的，而是溥仪在抚顺战犯管理所写成的上下两册“反省笔记”。这原本是用钢板刻写的油印本，于 1959 年 12 月，由群众出版社编辑部撰写“出版说明”，1960 年 1 月由“新华书店内部发行组发行”。版本鲜见，价值颇高。

其实，早在多年之前的一次拍卖会上，我便将上下两册的《我的前半生》未定稿版本，欣喜地收入囊中。似应说明，此书乃当年群众出版社为征求修改意见，为毛泽东等国家领导人及各界专家所专门印制的，不仅有版本价值，亦颇具珍贵的文物价值。恰巧在这次拍卖会场，邂逅故宫版本专家翁先生。他特意告诉我，隆福寺旧书店近日发现了一部《我的前半生》内部版本，但一时弄不清其来历及版本价值。

我连饭都没顾得上吃，当即偕妻径奔隆福寺旧书店。经理老陈按照中国书店对旧书已标明的底价，爽快地以五元钱价格“让”给了我。仔细阅过，我断定，这是溥仪在狱中由胞弟溥杰和五妹夫万嘉熙代笔的油印本所印行的，遂欣然阐明了此版本的价值。可惜的是，只拿到了上册，下册却仍不知遗落何处。为人义气的陈经理，满口应承继续代为寻觅。时至年底，翁先生又在电话中欣然告知，下册找到了线索，顿使我喜出望外。

年初的一个星期六，我正静坐家中，翁先生和陈经理同在一个拍卖会上与我通话说，下册确已找到，就在书库里，陈经理答应拿到手再给我打电话。一月中旬的一个星期天，翁先生再次来电，让我前去取书，我随即兴致勃勃赶赴隆福寺。谁知，此书不见了，发动全店的同仁一起在旧书库里四处翻腾，这部下册却怎么也没能找到，然而却意外地发现了我八十年代末的拙作《末代皇帝的后半生》初版，我慨然签名赠书。当日，我遗憾地离去，怅然若失。

没过几天，听到翁先生从旧书店里打来电话，我又火速赶往隆福寺。原来是一位老师傅在库房旮旯里偶然找到了。至此，《我的前半生》罕本的上下两册，尽管一波三折，终于“完璧”。据专家分析，这种版本在当时最多不过印刷了上百册。历经“文革”的冲击以及岁月的打磨，估计如今存世已属稀见。

作者收藏的溥仪《我的前半生》未定稿各种版本

步出早已打烊的书店，在马路边的街灯下，我双手捧着历经近半个世纪风雨而微微发黄的旧书，激动之情，难以言表。夜色之中，天空洒落下若有若无的洁白雪花。

意外淘得的第二部“奇书”，是慈禧太后的女官——裕容龄在整整半个世纪前所著《清宫琐记》第一版原版本。红绿两种封面的烫金字精装版本，据说是从香港旧书店淘来的。绝不夸张，这简直又使我大喜过望。自幼，我生长在北京，自然接触了众多与皇城文化有关的各色人物。早在上小学时，我读到的第一本晚清人物的书籍，便是裕容龄依据亲身经历所撰写的《清宫琐记》。

时光荏苒。六十年代，在霞光街路东一个幽静的院落里——她的寓所，我惊喜地见到了裕容龄这位传奇老人。她静静地半躺在藤椅上，异常白净的面孔，已有了老年褐斑。此后，我始终想收藏这部书的初版本，但一直未能如愿。前不久，我竟偶然在旧书网上购得了这部原版《清宫琐记》，网上售书者，竟是远在深圳的一位业余研究学者——夏双刃。

作者见到的《清宫琐记》作者裕容龄年轻时跳胡蝶仙子的剧照

这就是人们常说的“缘分”。

搁笔之际，眺望窗外，漫天皆白，一派茫茫的银色世界。

酉末戌初，窗外雪霁之际匆涂于旧宅

电字溯古

——从古希腊文和甲骨文谈起*

偶见一本科普读物，其中声称“电”字是舶来语，乃由希腊文演变而来的。果真如此吗？

那本书指的是，公元前五世纪希腊哲学家台利斯偶然发现，摩擦过的琥珀能吸引灰尘等细微物质。当时，他仅把这种现象解释为琥珀里有一种所谓特别的“精灵”。而中国早在商代的甲骨文中即出现了“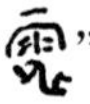”字，其实，这便是最早的“电”字，足证中国汉字——“电”的出现，比台利斯提前了几个世纪、甚至上千年。

若再探讨起来，我国商周时代的“金文”中，亦有电字的最初形——“申”字，金文写作“”。清末时，我国甲骨文研究家罗振玉则力挺这一观点。

其实，在汉代，著名学者许慎所著《说文解字》中，进一步明确解释说：“申，电也。”而对于甲骨文中的“”（申）字，我国甲骨文研究专家叶玉森解释为：“此象电耀（左火），屈折形乃初文电字。”这句话的意思是：其形宛如电光的闪耀，屈折形状就是最初的“电”字。《金文诂林》中解释为：像云中有闪电之形（殷代已然），在周代时乃加“雨”为意符，写作電。从此，

* 此为作者二十多岁时的一篇习作。时为反驳一位大人物关于“雨”字头甲骨文的考证小文，始终未能问世，直到殊获甲骨文权威胡厚宣先生亲笔信笺支持，迟至三十岁出头才勉强删改为一篇“电字溯古”的科普文章发表。偶捡陋文，兹作纪念。

申、电分成了含义不同的两个字。

当代甲骨文专家康殷，则进一步阐释说：甲骨文、金文、并释“申”，像闪电蜿蜒伸展之状，是电光形的装饰化，给终无定型的闪电描绘出一种想象的代表形象，和现代人用“电”形象征电光的意思相同，足见中国古代人民的智慧。另外，两千五百年前的《诗经·小雅·十月之交》中，便有了“烨烨震电，不宁不令”的记载——《朱熹》解释为：“烨烨，电光貌。”全文的意思是，电光闪闪，雷声轰鸣，显得国家不安宁，国事不善。

再看，萌芽于殷周之际的《易经·颐》，其中亦记载着：“雷电合而章”，其意是雷电交加，显得突出明晰。从以上这些记载，可以清楚地看到，我国商周时期，便已形成了完整的“电”字。

须强调的是，希腊人台利斯至多只指出了摩擦生电的现象，而中国周代“电”字的产生，则进一步明确提出了阴阳相交为“电”的定义。这与现代对于“电”字的科学定义，已极为接近。《大戴·曾子·天圆篇》后注，进一步解释为：“阳之精气曰神(申)”。据考，曾子是与台利斯几乎同时代的人，他则更具体提出：“阴阳二气俱则雷，交则电”——意思是说，阴阳这两种气，在一起则成为雷，相互交织则成为电。

无独有偶。古代典籍《庄子》中也有类似记载：“木与木相摩则然，金与火相守则流，阴阳错行……于是乎有雷有霆。”这就是说，木与木相摩擦则燃烧，金与火在一起时，金被熔化而产生流动。如果阴阳出现交错的情形……就产生了雷和电。这则记载，也阐明了摩擦生电和阴阳相激的科学道理。此外，《淮南子》中还有“鬼出雷入”、“电以为鞭策”等描述，正如其注释所说：“电入言其疾也”——电入，是形容其速度之快；电，激气也——电，乃“气”搏激（击）的产物。

尽管以上古人的认识，难免有不尽科学之处，但也足以说明当时人们对于电的传送速度已有了一定认识。

距今近一千九百年前的许慎，在《说文解字》中则更明确阐释道：“电，阴阳激燿（左为火）也。”——电，阴阳相搏激的结果。东汉学者王充在《论衡》中记载：“顿牟掇芥，磁石引针”——玳瑁摩擦产生的静电可拈起纤细的芥草，磁铁石可吸引金属针。古人这种认识，至今在科学发展史上仍具有重要的地位。

来信对作者这一研究表示支持的甲骨文研究第一人胡厚宣

由此可见，中国电字的形成，有其本身发展的过程，中国人自古以来对电的认识并不落后于其他国家。可以说，中国是世界上认识“电”最早的国家之一。

往事追忆

琐忆我的母亲

一支笔，重似千斤，拿起又撂下，继而又重新拈起……几度踌躇之际，眼前猛然显现出年过半百而浑身湿透的母亲，冒着倾盆大雨疾步迈进屋内。她拿着从天坛挖来的偏方草药，脸颊上不断流淌着雨水夹杂的汗水。此时，我患重病卧床，感动得一句话也说不出来，哽咽在喉。

谁能相信？这篇追忆母亲的文章，竟然写了十几年仍未完稿。缘因不知怎样才能真实记述清楚我的母亲一生。

自幼记得，我的母亲酷爱读书。她时常说，我的最大享受就是躺着看一天书。这从小熏染着我终生喜爱阅读。至今记忆犹新，东四六条东口有一个旧书铺，母亲时常从那里花钱租书。一本书拿来，全家人要传个遍，大多总被超时罚钱。大约我上小学四年级时，母亲租来了一本裕容龄的《清宫琐记》。谁想，没多久我居然在同学家上课外小组时，意外见到了住在同院且已垂暮之年的裕容龄。返家后，我兴奋地告诉母亲，可母亲将信将疑，刨根问底询问这位慈禧女官的情形。随之，这成了我们母子二人连日议论的热门话题。

母亲借来的《清宫琐记》给幼小的作者带来重要影响。图为他收藏的此书首版。

说起来，我家居住的东四牌楼一带皇亲国戚着实不少，老北京聊天时，总免不了涉及这个常叙常新的时髦内容。其实这对于我后来研究晚清史，何啻启蒙？提起读书，母亲总是笑着说，如果借来一本书，英华总爱刨根问底，非问出谁也答不出的一百八十个问题来哟。

外人不知，我父亲能画几笔，尤其画葫芦最妙，再就是寥寥几笔写意“山水”。尔后才知，父亲的书法习摹乾隆体。可母亲最不愿提及此事，说这叫“百无一用”。长大成人，我才知她有意漏掉的后一句“是书生”三字。

如今想来，也许这从中隐含母亲对父亲一生学非所用的抱憾。饱读私塾的父亲，自诩一向郁郁不得志，直到上世纪六十年代中期，才勉强任过几天夜校教员。母亲对父亲调侃说，这又吃上你“老祖儿”的饭了。父亲一向恃才傲物，从不备课，但听说学生反映还不错。若非提交讲案不可，大多嘱我为他拟稿充数。据说他还代教过几天绘画，一次父亲拿回当堂所画的葫芦给家人看，母亲淡然说，这才是你的正路呢。父亲自恃善饮，可母亲最烦父亲这种癖好，时常说你爸不喝酒，算是明白人，一喝上几口猫尿，可就没了正形。自幼，父亲常用筷子沾酒往我嘴里送，倒使我未成年便小有酒量。父亲喝酒多半辈子，直到血压急剧升高，才忌掉白酒，任谁劝都不再狂饮。母亲见此，叹了一口气，他如果早就忌酒，没准儿还能多活上几年。

可母亲心量宽，遇事想得开。她说这是自己一生最大长处。她嗓子好，还爱唱歌。尤其唱起“一条大河”，韵味十足，街坊都夸她唱得蛮像郭兰英。每当母亲做针线活儿时，满院子都能听到她悠扬的歌声。

善良，正直。这是母亲教给我的做人道理。自然身教胜于言教。当老街坊——溥仪帝师之子朱毓鋆被遣返回京，急欲出手几幅旧字画缓解极度窘迫的生活，我母亲立刻启用“摇会”互济的钱，接济朱老一家人。大凡街坊有了难处，只要求到她，无不伸手相助。她的口头禅是：宁说千句有，不说一声无。这使她在四邻八舍有了众口一辞的好人缘。

实际，我内心多少有点儿惧怕母亲。“三年自然灾害”期间，有一次我去买茶籽油，途中不慎丢了油票，蛮以为母亲会雷霆大怒，殊料，归来后母亲根本没责备我一句，反而口气轻松地为我解脱——丢了东西，又不是偷了东西……这件小事让我记了一辈子。由此，我懂得了宽容和理解。

那年，我刚十岁出头儿，母亲为缓解一家六口饥腹，带我去近郊田地里捡拉秧剩下的玉米，结果，母子俩被疑为偷庄稼，让民兵带到公社审了半天才放走。聪慧的母亲为便于捡庄稼，在京郊几村认了干妈，却再也没带我去。晚年，母亲躺卧病床上，还时常忆起这些酸楚的陈年往事。

由于粮食不够，更无肉可吃。姑姑家每当逢年过节杀猪，便给我家送来猪肉和猪饲料充饥。不幸的是，母亲因劳累过度且营养不良而患了结核病，多年住院治疗。她昼夜织毛衣，年关前带我和弟弟到姑姑家，她独自候在街口，而嘱我和弟弟给姑姑送上毛衣磕头拜年。姑姑心知肚明，自然贴补我家一些过年钱。此事过后，母亲郑重叮嘱全家，务必一辈子记住人家好处。

家人偶尔生病，因生活拮据，从不敢上医院，母亲总有绝招。若患感冒，弟兄几个最怕母亲让猛喝一气滚烫的姜汤水。这时，母亲非要眼看着我们一口气喝下肚，浑身冒汗，还会抱来一床厚被子，非从头到脚捂上，不准透气，直到昏昏然睡去。一觉醒来，感冒准好。

无论家人哪个部位发炎，母亲则大多拿来眼药膏涂抹，说是连眼睛都能治，还有哪儿不能抹？这似乎成了百病全治的“大力丸”。无论谁伤着，没破皮就用紫药水抹。若皮肤破了，便涂红药水。家里的“偏方”，不过如此。

漏屋偏遇连阴雨。一天，父亲刚发下的全部工资在家里不翼而飞，全家人急得简直不亚于火上房。然而，母亲并不急躁，反而温和地挨个询问孩子，家里有谁来过？听完之后，母亲立刻判断是来过我家的一个男同学偷走的，因为这个同学平时父母在外地，而他独自住在奶奶家，经常到我家来玩儿。母亲悄然嘱我，速唤他来。果然，母亲跟他一番单独谈话之后，这个同学即返家拿回了偷走的钱。至今，我也不知母亲当年跟他说了些什么。然而，母亲的准确判断以及处理急事之冷静和神速，始终使我钦佩不已。

母亲千方百计养家餬口，去买旧缝纫机时，因没车钱竟从东单肩扛数里徒步回家。等我长大成人，才知这即使对于一个壮小伙儿也非易事。没有吃不了的苦，只有享不到的福，这是母亲时常挂在嘴边的一句口头禅。

只图多买几块淀粉熬的黑糕，父亲经常带我去酒馆狂饮啤酒，只有这样才能买回黑糕勉强填饱家人肚子。见此，母亲总是轻叹一口气，对父亲埋怨说，你早晚给儿子带成酒鬼。母亲其实亦颇有酒量，但平时滴酒不沾。八月十五，因为买不起月饼，母亲便亲手给家人做，味道比商店买来的还好。

虽然父亲脾气暴躁，母亲一般尽量迁就他，但大事从不让步，多数到头来还得听从母亲的主意。连父亲晚年也不得不佩服地说，你妈在大事上有准头儿。上世纪六十年代，父亲自愿报名赴宁夏开发大西北，已获所在单位批准，母亲却坚决反对全家离京，理由是孩子要在北京上学。

夫妻之间争吵了好几天，末了儿，母亲说如果不行，我找你们领导谈清楚，这些孩子去宁夏会增加单位负担。最终全家没能迁至宁夏。前几年我去宁夏出差见到作家张贤亮时，笑着谈起，若非母亲当年多说几句话，我差点就跟你一块成了宁夏人啦。出差返京，我跟母亲这么一学舌，母亲也笑了。由此看来，如果不是母亲执意反对全家迁居宁夏，我这十部“末代皇族系列”作品自然无由问世。

母亲凡遇大事从来不慌。“文革”当中，公安派出所半夜突然带走母亲。临走时，母亲镇静地对家人说：“你们甭怕，我没事儿。”全家人眼睁睁一夜未睡，静等大祸降临。母亲在派出所突遭公安人员夜审，天亮之后才被释放回家。然而，她比谁都平静，既不解释也不多说话。见全家人还没吃饭，随即指挥姐姐和我一起动手赶紧做早饭。饭桌上，没有了往日的喧闹，屋内一片寂静无声。母亲依然神态自若。

事后，一位“外调”归来的同学悄悄告诉我，才知母亲的旧档案里存有一份揭发材料——日本投降后那年，她乘坐一班飞机从济南降落北京，那架飞机上大多是国民党高级官员。对此母亲的解释是，由熟人牵线而偶然搭乘。详情我至今弄不清楚，只知母亲生于兵荒马乱的民国，早在十六岁，便将家人挣的大洋裹在腰里，只身从济南乘火车送回老家。足见母亲自幼便经多见广，非济辈可比。

母亲记忆力极好。她在夜里找东西，不用开灯，哪怕一个小布条摸黑也能找到。一位老街坊曾经举例说，你母亲聪明极了，解放初就考上了你家斜对面的陆军总（医）院，如果不是她主动放弃，没准儿如今也像某某老街坊一样拿现役军官退休金了，不信去问你母亲。我果真追问起了母亲，但她没正面回答，却反问我：现如今我不也有退休工资吗？其实，母亲话锋一转，说的则是另外一个故事——她出主意创办了街道“五七工厂”，但她不肯当头儿，只喜欢被人尊称无职无权的“师傅”。创业之初有人搬弄是非，母亲凭着过人的记忆力对往来账目了如指掌，当众巧妙回应，立马质问得对方哑口无言……

我不止一次见到，街道几位主任悉数坐在裹着被子斜卧着的母亲床前，跟她探讨企业经营的难题。实际上，母亲从未在街道挂过任何头衔，显系个人智慧和人格魅力，使她在邻里间享有莫名其妙的威信。直到逝世前，母亲仍自豪地每月领取着街道企业的退休金。

低调的母亲广结善缘。著名舞蹈家戴爱莲的弟弟小戴，是个一米八高的帅小伙儿，然而由于患有幻想症，始终没找到工作。自从成了母亲的徒弟，俩人形影不离且相伴上下班，小伙儿病情居然缓解不少。小戴的母亲出于感激之情，时常骑着一辆红色二六自行车来看望我母亲，她得知我在研究溥仪，还竭力帮我寻找到一份“文革”中整版批判溥仪的珍贵的红卫兵报纸，冒雨送到我家——直到多年后，历史博物馆仍向我征集这件纸介文物。没几年光景，徒弟小戴忽然去世，母亲黯然伤心了许久。母亲待人行事极富人情味，在邻里有口皆碑。

自打溥仪遗孀李淑贤搬到八条胡同，遂成了我母亲的好友，时常来我家串门。1976 年，唐山大地震波及北京，京城人全居住在大街上临时搭起的地震棚里。母亲吩咐我弟兄三人先给李淑贤搭起了地震棚。但她不敢单独住宿，而和我家人同睡一个大床铺。在余波不断的夜半，李淑贤屡屡向我全家人讲述起她和溥仪婚后的真实生活……

母亲也有遗憾。全国政协召开溥仪追悼会，李淑贤诚邀我母亲陪同参加，可她不想去。临头一天，母亲想了想，嘱我对李淑贤说一声，可以陪她前去。可全国政协只派来一辆卧车，李淑贤掰着手指头数人——我一个，你一个，加上七叔的五儿媳以及仇鳌（据说当过毛泽东的老师）儿媳妇等等。无奈，此事只好作罢。母亲对此并没当回事，行前只叮嘱我一句话：李淑贤让你代笔给溥仪骨灰盒写墓志这事儿，你要听一下溥杰的意见，其他人甭管说什么，可不用理会。

历经波折，《末代皇帝的后半生》一书出版。我在“后记”写道：“此书谨献给予我支持和力量的母亲”。此后短不了有人问起这句话的来由，我直言，一语难尽。的确，母亲在关键时刻对我的鼎力支持，三言两语无法说清。

我和李淑贤最初合作撰写“溥仪后半生”一书，是李淑贤当面和我母亲商定的。尔后一个受组织委派前来“约稿”之人，“取走”我全部手稿和我整理的溥仪日记等资料，竟以自己名义发表。李淑贤起初和我一起向《人民日报》反映了真实细情。而《人民日报情况汇编》披露真相后，李淑贤出于某种原因而变卦，试图否认此前的合作。洞知全部真相的母亲，气愤地找到李淑贤，责问她：“你为什么坑英华？当初，你怎么求我让英华跟你一起写书，为什么现在不认账了？我拽你找老街坊评评理去……”

作者开始了人生第一次“搏”——即十年艰苦采访和创作。图为采访接触过溥仪的卧佛寺志宽和尚

坦言之，当我手中寸纸皆无，面临是否重起炉灶之际，母亲并不赞成我重写这部书，劝我不要置气。当听说有人污蔑我没能力写书时，我愠怒了，开始了人生第一次拼搏——即十年艰苦采访和创作。母亲随即转变态度，舍弃一切工作和薪水，到我家专门照料我，鼎力襄助我写成“后半生”。

当我把第一本样书亲手送给母亲时，她拿起书，仅说了一句话：“不容易啊。”因为唯有她最了解其中坎坷。母亲躺在床上一口气看完书，进而提出疑问：你把李淑贤写得太好了吧？溥仪和她婚后关系没那么好呀……

我苦笑着，向母亲作了诚恳解释。如果后半生将溥仪婚后的真情全部披露，一是世人不一定能理解；二是李淑贤也不会答应，难免从中作梗。母亲最懂我——隐恶扬善。在这一点上，母子自然达成共识。

开朗，达观。是母亲留给子女的无形遗产。《末代皇帝的后半生》官司轰动海内外，我压力极大，睡不好，吃不香。母亲见此，拽我坐下之后，劝了我几句宽心话：

> 你记住，这不过就是一个笔墨官司。有什么了不起？自古以来，笔墨官司多了去了，打这样的官司不算寒碜。你是我儿子，书是你写的，理在你这边，怕什么？

法院开庭那天，母亲偕街道居委会几位主任亲赴法庭作证。她当面指责对方律师可不能当黑心律师啊！开庭归来，母亲调侃地对我说，从小起，我就教孩子学好。没想到社会这么复杂，早知道，还不如从小教你们点儿“坏”呢！说完，她竟自哈哈笑了起来。

我预先向母亲透露了一个讯儿，几年后，我会动笔撰写《末代皇帝最后一次婚姻解密》。母亲叮嘱我，你要考虑好，提防有人捣乱就是了。母亲确料事如神，尔后引发了一场官司，虽以我胜诉告终，却耗费了几年光阴。

另一部书《末代太监孙耀庭》背后，也有母亲的身影。起初缘于好奇，母亲首次前去广化寺看望老太监孙耀庭，谁料两人一见如故，遂结成好友。隔不久，她便要到庙里探望一趟这位历史老人。我每次去庙里，老太监几乎总忘不了问起我母亲。此时，老人的眼神总是一眨不眨地盯着我，惟恐漏下任何一句话。老太监对我母亲的评价是：这老太太可绝非一般人，是个有历练的大明白人哪！

作者的母亲去广化寺看望老太监孙耀庭时合影

一天，老太监亲自监厨，指点仆人烧了一道菜，趁热送给我的母亲。仅隔一天，我母亲又亲手做了一碗香喷喷的米粉肉，送至庙内老太监手里。老人尝后赞不绝口，说，绝不比宫里御膳房做得差哟。

《末代太监孙耀庭》出版前，我将一幅母亲与老太监孙耀庭合影放入书内。凡认识我的人，谁见了照片都说，你可真像母亲啊。有意思的是，不久，母亲还亲自去附近书店询问卖书情形，又拿了几本书找到几家书店试销，居然挺受欢迎。母亲笑呵呵地返回家，对我说：

> 我这倒不为挣钱，本来我平常没什么事儿，四处走走，锻炼一下身体。这书上有我和老太监的合影，人家认出我是作者的妈，可欢迎啦。

说来也挺怪。不少采访过我的人都挺喜欢打听我母亲的近况。皇妹韫龢听说我母亲跟她一样，也喜欢随手剪下报纸上的生活小常识，不止一次提议见面交流。皇叔遗孀王乃文，也时不时询问我母亲身体状况，多次邀我母亲前去她家打麻将，母亲一拖再拖，终未成行。

记得那一年，北京流行“非典”。一天夜间，母亲忽然打来电话，吓了我一跳。拿起电话才知，她提醒我“五一”不要到家里去看她，因为相隔不远的菊儿胡同有了“非典”病人。我没听劝阻，依然去母亲家看望，她显得挺乐观，说，大伙都没事儿，就挺好。

她有一颗平常心，却不乏智慧。暮年的母亲，曾偕我二姨逛遍京城景点。她买了一张能通往京郊任何景点的乘车月票，归来时常给我讲述趣事。她去妙峰山顶游玩，一个几十年没见面的街坊孩子，居然在众多游客中，神奇地认出了我的母亲。其母是民国军官的姨太太，相貌出众，也颇有文化，家里几个孩子既聪明又漂亮，跟我家关系一直不错。母亲偶遇的街坊孩子是个出狱就业的

"大淘气"，在山顶上为游客用纸"剪影"挣钱，据说极为神似。母亲归来那天晚上，聊起了许多从前街道上的旧事，半夜未眠。

过后不多日，母亲在前往我家路上，忽然晕倒在十三路公共汽车内，到医院才发现是初犯脑梗塞。恰巧，母亲发病住院之前，我也因病住进另一家医院。我赶忙出院守候在母亲病床前，直到大年初七。多日昏睡的母亲清醒之后，自言自语地说："我们这些人，都是在唱《淮河营》哪。"

我坐在母亲身边，一时没听明白："您说什么？"

"我们这一屋的病人，不都是往鬼门关上爬吗？"母亲特有的幽默语言，却使我感到心酸。原来，母亲微笑着说出的是京剧《淮河营》的一句唱词。

母亲时常念叨起，出院后到前门外听戏品尝小吃。随后，二姨逝世，我始终没敢告诉母亲。有时她问起来，我总支吾地说二姨患高血压，不宜走远路。母亲还忆起，二姨小时候上学不用功，总是课间偷跑出来，悄悄溜回家向姐姐询问答案，有时干脆让姐姐代写作业。说到这儿，母亲平静地笑出了声。

病床上的母亲，总在追忆往事。我随口问起母亲，近来看晚报没有。她说，只能瞅瞅题目了。没一会儿，她却向我妻子忆及往事——英华小的时候，我给最小的孩子喂奶前，掏给英华两分钱，让他买张《北京晚报》来，等喂完奶，晚报也看完了，又让英华到街上再把晚报卖出去。那时家庭生活困难嘛。接过母亲的话，弟妹告诉我，前一阵子，母亲坐着轮椅四处游逛。每走过一个旧胡同，就聊起这里住的是英华的同学，叫什么名字，什么模样，过去上学多么淘气，说得绘声绘色。

母亲出院之后，眉飞色舞地对我说起，前几天乘坐弟弟新买的卧车，去六条胡同看望弟妹的母亲，虽然坐着汽车去，回来却是坐轮椅回来的。我追问是怎么回事？母亲笑着对我说，弟弟把车钥匙落在车里，打不开车门了，让外孙女回家去取备用钥匙，我可等不及了，说：我还是坐轮椅回家吧。

再度住院，母亲明显瘦弱多了。见了面，母亲安慰我说，通教寺的尼姑给我全身作了按摩，还念了吉咒，出院后，一定要去礼佛烧香。躺在病床上，母亲始终念念不忘孙辈的几个小孩儿，还时常问起我女儿楠楠从国外打来电话没有。母亲反复嘱咐我，不用告诉她奶奶住院，让她专心在国外念书。

为使母亲高兴，我让老人尽力握住我的手，还直夸她真有劲，实际上想借机让她活动一下不灵便的左手。母亲倒也真听话，凡一提醒，她就伸出右手掰弄左手几下。一天，母亲忽然提出，要给我父亲及爷爷和奶奶在广济寺立牌位。弟弟跟我商量，我毫不犹豫，立即让妻子付费速办。入院才二十多天，母亲总在询问，什么时候出院？她连梦里都想返回平时居住的平房小院。

阳春三月。我在病房抚摸着母亲的脸庞，说："您脸色不错，真滋润。"一旁的保姆说，多像抹了油呀。我插话说，我从小没抹过油。听到这儿，近来极少说话的母亲，忽然接过话，说："小时候，英华看隔壁一家人抹雪花膏，对我说，我也买点雪花膏吃吧？"说话时，母亲嘴角露出了许久没有的笑意，"这孩子，不知道雪花膏不能吃呀？"病床旁边的人听到后，都笑了。

母亲的病情稍见好，由于担心医院费用太高，总闹着要出院。我反复安慰母亲，一切全包在我身上，姐姐和兄弟几个都无需出钱。您一点儿也不用发愁，我还有稿费呢。母亲没再言声，但从她淡定的眼神看得出，她的心踏实下来了。

母亲的病情日趋加重——大小便失禁。卧床不起。她刚吃过晚饭，却不记得吃了什么，问起我女儿楠楠的生日，她却一点儿不糊涂，连我弟弟的女儿比楠楠大半年也记得清清楚楚。母亲一直盼着我女儿从国外读书归来，说，楠楠回京后，要陪我去前门吃饭看戏。我问母亲，您的身体行吗？她说，我能成，就是坐着轮椅也想去。

八月炎夏，母亲再次住进医院，竟然认不出家人，甚至认不出我来了。然而，母亲仍然念叨着楠楠从国外返京是（九月）十九号。一天，弟妹告诉我，母亲躺在病床上叨唠说，楠楠离回国还有两天。我惊讶不已，简直是奇迹。

夜幕降临。我正在灯下给母亲喂稀饭，女儿楠楠从国外来看望奶奶。躺在病床上的母亲听说楠楠来了，顿时两眼放光，显得十分激动：楠楠，你从国外回来啦？……

楠楠走近病床，给奶奶喂水。奶奶嘱咐她，好好作功课。停了一会儿，又叮嘱她，好好学习。临走，奶奶叫她离得近点儿，女儿贴近奶奶脸庞说，明年再来看您。奶奶平和地说，明年不一定见到见不到啦。母亲的声音，微弱得几乎听不见。

见到母亲静静望着楠楠，我对母亲说，您嘱咐楠楠几句吧。母亲提高了声调，说：在国外好好学习。接着，我又对母亲说，您再叮嘱几句？她停顿了一会儿，又像回忆起什么，幽默地说：……挣钱钱儿，买糖糖儿……我看得出来，在母亲智慧的双眼里，似显现出了童真的目光，那么单纯，慈爱。实际上母亲并没说全。当楠楠两岁时，刚学会走路就背起了书包。我母亲问她干什么去，楠楠说，上班班儿，挣钱钱儿，买糖糖儿。此时，母亲一定回想起了当年这一幕。

母亲旁边的病床有一个双腿患病的女孩儿，时常使母亲惦念不已：大夫怎么不来瞧瞧她的病呀？受到奶奶感染，楠楠给女孩儿带去了一些小衣服。临别，奶奶握住楠楠的手，深情地望着她。我让母亲像往常一样与楠楠的手对拍一下，然而，母亲已经虚弱得抬不起胳膊，只能由楠楠主动去拍奶奶的手。

临近新年，母亲时而清醒时而糊涂。然而，我问起她小时在山东济南跟随长辈作生意的情形，她却依然记忆犹新，清楚地回答说：济南二道马路未五路。就连当年店铺的名字，母亲也记得异常清楚——“巨丰祥”。

母亲一度病危。弟弟打来电话——打蛋白针太贵，至少几百块钱一针。我回答说，多贵也得打，花费由我负责。此后，母亲的病情一度好转。躺在病床上，母亲平静而达观地对我说，我这一辈子快走完了。我劝她，别那么悲观。她说：我知道，人总得走这条路。

新年，女儿从国外打来电话，我让女儿再跟奶奶说几句话。此时奶奶的声音变得极其微弱，已听不太清了，但脸上仍露出浅浅的微笑。一生奔波而劳累的母亲，在北京宽街中医医院溘然长逝——这是2007年10月22日晚八时。

母亲病逝之后，我收拾遗物时，无意从一个旧盒里翻出来三枚旧印章，分别是：刘志军、刘志筠以及刘志君。在母亲这些昔日的印章里，收藏着一些什么故事？已不得而知。有幸的是，母亲生前见到我的“末代皇帝系列”问世，还一字不落地阅读了前几部。回想起母亲最后一次住院前，一天傍晚，我推着病重的母亲坐着轮椅走到街口散步，母亲这时已经变得忽而明白忽而糊涂。半晌没说话的母亲，不错眼珠地望着车水马龙的人流，突然问起我：“你说，这些人都干嘛去呀？”

“一人一个目的，这哪儿说得清呵？”我以为母亲又变得糊涂了。

“这怎么说不清呢？乾隆考过刘罗锅，问进城门的有多少人，都干嘛来啦？你知道吗？”

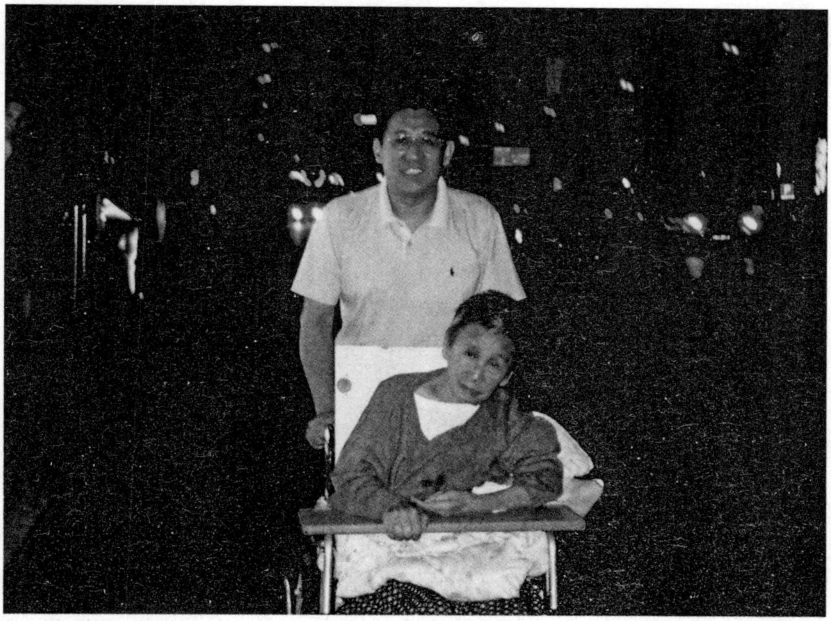

作者手推着坐在轮椅上的母亲，逝世前最后一次夜晚逛大街

“这还不简单，”我笑了，想试试母亲果真糊涂没有，“进城门的就两人——一男一女。”

“不对，”母亲反驳我，“是两人不错，可不是一男一女，而是一个为名、一个为利。对不对？”

我恍然大悟。母亲内心根本没糊涂。归途，我推着轮椅上的母亲，缓缓行进在平安大道。在街灯照耀下，母亲又叨唠起两句话，我将此视作母亲留下的遗言——话虽简单，在我看来却蕴含着朴实的含义。

“你到我这岁数就明白了，人活一辈子不容易。平安就是福呵……”

终稿于甲午年一月二日

老夫聊发少年狂
——佯充模特过把瘾

夜阑人静。猛抬头，窗外飘零碎雪，漫天皆白。岁末年初，闲暇之际，久久端详着手中一叠刚冲洗出来不久的照片，倒生出了一股莫名其妙的感慨。又陡增一岁，青春不再矣……

细想再三，世间万物，渺渺人生，上穷碧落，宇宙苍穹……倏忽间，人世竟又度千年。洞天之外何如？不得而知。正临龙年本命，无端倒多少生出了点儿凄楚。谁也说不清风水流年，轮回倒转。惟青春难挽，刹不住闸，朝看满头青丝，弹指间已是双鬓染霜陡如雪。岂料，染发成了掩饰年轮的时髦风尚。

已近天命之年，说不上“宿命”，但我信机缘。撰写“末代”系列像上了瘾，多年熬夜码得一部五十万字《末代皇弟溥杰》。即将付梓之际，编辑告诉我亟需一幅近照上版。午夜正欲翻箧倒柜之际，友人忽来电问我，愿否拍摄一张照片？因其与一名专业摄影师相熟，真是打瞌睡来了枕头。次日清晨，刚起床就被连拉带拽径直进了一间摄影棚。

珊珊来迟的翩翩少年，似一阵旋风刮进门，抬眼方知是新丝路模特公司首席摄影师。因我天生底色重——肤色不算白，他连头都没抬，淡淡地说，既来这儿就得听他的。于是乎，他随手给我这张老脸明显坑坑凹凹之处，填了点儿不知什么粉霜，又为我隐隐欲现的抬头纹“噌噌”抹了几刷“腻子”，打足灯光之后，才说让我自己摆出姿势拍照。我傻了眼。

摆啥姿势？上台亮相，大约是三十多年前业余京剧团演样板戏的事儿了。若提当年，倒颇有“白头宫女在，闲坐说玄宗”的味道了。今夕是何年？世纪之交！非要老黄瓜掸水——充嫩，真难为了我。

他倒有招儿，顺手抄出一本本十大名模的靓照，用嘴一努：瞅，这都是我照的。你就按上边的姿势摆吧……谁知接下来，不是“摆”而差点儿成了摆弄。我故作老练状，替换着身穿那两身旧“行头”在灯光前搔首弄姿，倒也忙个不亦乐乎。

作者近二十岁时业余排演京剧《沙家浜》剧照，雕塑家付天仇以此作为雕塑的板型

只觉眨眼之际，却是两个多钟头疾闪而过。年轻摄影师反倒兴致勃勃，还不惜“励志”般夸我眉眼端正、禁得住“特写”。可这一折腾呵，我这老胳膊老腿儿的，着实累了个够呛，隆冬季节，鼻尖竟然冒出了汗珠。正调试着灯光，友人一阵风似地急匆匆跑进来，拿着一件新买的毛衣，两眼放光：穿上这个试试，老穿西服太单调啦。果然，新罩上的一件新潮毛衣，又似乎使我年轻了几许……

连照相带洗印，直到一位十大名模把照片捎来亲交我手，距世纪钟声敲响也就差不了几天了。瞧着照片上的我，简直不忍卒看。人家说照片上的我“面嫩”不少，而我却一阵悲从中来。靠涂脂抹粉难掩老之将至。如若照片上的敝人印上书，读者见了我恐怕不免口呼“打假”——打“贾”，我本来就姓贾（假）嘛……

呜呼，青春易逝。照片上的我，离现实中的我毕竟有了距离。我身高只一米七几，想来也成不了老年模特，就在相片上过一把瘾罢。立此存照，也好留作世纪之交的纪念。没准哪个服装厂家不开眼，非要找个免费平面模特不可，在下倒也愿当个以身相许的“靶子”。再说了，待老得不成样儿之际，或许能成垂暮之年的一丝回味，也未可知。

作者业余客串平面模特——老夫聊发少年狂

机缘凑巧。事隔不久，一家杂志社受某品牌服装之托，居然邀我在杂志封底作了数月平面模特广告。犹记得，当年文学老前辈冯牧因其侄女跟我约稿没成，故曾讥讽过我：贾英华的稿子成了忒难“约”的哟。如今，我倒愿“野人献芹”——主动投篇稿子给一本无名杂志。缘因十几年未见的一纸明信片，成了没有约稿的约稿信。

悠悠电话线那端，在随风呼啸中听完我的故事——远在深圳的廿年老友，脱口给我未曾动笔的拙文起了一个名字：“老夫聊发少年狂！”未见行文，却先有了这么一个疯颠颠的题目。

拙文若非要个副题，就叫作“佯充模特过把瘾”罢。絮叨草成，就此打住。

千禧之年午夜，写于北京

我为末代皇帝溥仪捉刀题写墓志内幕

时光荏苒，数十年转瞬逝去。多年以来，短不了有人追问起，为什么末代皇帝溥仪的墓志铭，当年竟然由我这样一个无名之辈捉刀题写？这恐怕要从头说起才更清楚些①。

众所周知，1967 年 10 月 17 日，溥仪病逝于北京人民医院。1970 年，溥仪遗孀李淑贤先后从东观音寺、东厂胡同辗转迁至东四八条胡同，遂与我家成了同一居委会的邻居，两家往来日渐密切。跟李淑贤关系堪称“莫逆”的母亲嘱咐我们哥仨，凡李姨家有事一定速去帮忙。1979 年年初，全国政协酝酿重新召开溥仪追悼会，李淑贤经商全国政协嘱我代她草拟了溥仪家族参加追悼会的名单。但又听说先要召开国家主席刘少奇的平反追悼会，这样迟至 5 月 26 日中午，我才收到全国政协召开溥仪追悼会的邀请函。

此前，5 月 21 日接到李淑贤电话，约我到她家谈事。下班后，我即来到她前几年搬来的北新桥草园胡同家里。她本打算上星期五再迁居团结湖，因其居住的那幢楼仅两户搬进，每到晚上便漆黑一片，所以想等些日子再说。据我当天日记所记载，当晚李淑贤找我来商量两件事，一是购买新居电表；二是全国政协要求最终确认亲友参加溥仪追悼会的名单。缘因名单乃由我代为草拟且征求过溥杰的意见。

5 月 26 日下午，再次接到李淑贤的电话，约我 28 日晚到她

① 参见拙作《末代皇帝的后半生》最后一章，1989 年 6 月，群众出版社、解放军出版社第一版。

家，再次商量溥仪追悼会事宜。落座之后，李淑贤多少显得有些神情不佳，告诉我，原来全国政协通知明天从八宝山公墓取回溥仪骨灰并派车接送，但她惟恐明天太赶得慌，所以今天上午便由以前同院的小王陪同乘公共汽车到八宝山提前取回了骨灰。此前，李淑贤曾邀我一起去八宝山公墓挑选了一个标价七十五元的梨木骨灰盒。当晚谈话之际，我抬头望见，溥仪的骨灰盒正摆放在卧室南边的玻璃柜上。

说完，李淑贤轻叹一口气：全国政协本来通知溥杰和她一起去取回骨灰盒，再到政协机关商议溥仪追悼会几个未定事项，诸如溥杰和李淑贤二人谁捧骨灰盒，谁持溥仪的遗像等。然而，溥杰因另外参加一个会议，只递过来一句话，怎么都行，都听从政协安排。头天，李淑贤自然也接到了全国政协通知，29 日下午召开溥仪追悼会，会后须由她和溥杰等亲友护送溥仪骨灰到八宝山公墓第一室。

如约而至。29 日中午，我来到李淑贤家，见到从前有过两面之交的皇族后裔——罗恒年与妻子谭台明月（据说是溥仪在伪满所封“贵人”谭玉龄的亲戚）早已在她的屋里等候多时。下午两点四十分，全国政协派来一辆伏尔加卧车前来接亲属。事先，我劝李淑贤别穿脚上那双白凉鞋，她说临走再换皮鞋。哪知，车行半途她才想起忘记换鞋。结果，李淑贤穿着白凉鞋参加了追悼会，在多数身穿深色衣服的人群中显得尤其扎眼，这使她事过许久仍然感到后悔不已。

谁料，这正赶上京城入夏以来最炎热的一天，气温高达三十度。路上的行人无不汗流浃背，走进政协礼堂内才显得凉爽多了。我与李淑贤在关厢医院的同事老马之子小张，连跑带颠儿地迈入全国政协礼堂，只见进门处摆放着签到簿和笔墨，我代小张用毛笔签了名。当天，近亲家属都被邀请至东厅休息室，溥杰早已到场，但遗憾的是妻子嵯峨浩没能前来，而嘱胞弟公元的两个女儿代为参加。

追悼会召开之前，全国政协领导王首道和刘宁一在东厅接见李淑贤和溥杰以及王耀武、廖耀湘等亲属，不仅上前握手且慰问一番，还逐个询问家里有什么困难。显见，大厅内洋溢着多年不见的热烈气氛。

三点三十分，追悼会准时召开——却并非单独为溥仪举行追悼会。抬眼望去，会场正中间的横幅上写着一行大字：爱新觉罗·溥仪、王耀武、廖耀湘委员追悼会。横幅之下，依次陈列着三位逝者的遗像以及骨灰盒，台前还摆放着几盆翠绿的万年青。

作者参加了全国政协召开的溥仪追悼会

再看会场四周，摆满国家领导人和各有关方面送来的花圈。

最显眼的是，中央政治局委员邓颖超、乌兰夫、彭冲以及全国人大副委员长朱蕴山、全国政协副主席王首道、刘宁一所送的挽联。公安部和群众出版社送来花圈不算稀奇，可不知为什么，全国政协委员聂真也在其间。追悼会近三百人参加，离我不远处，伫立着与溥仪生前关系最密切者——《我的前半生》执笔人李文达和原抚顺战犯管理所所长金源。看上去，到会者无不神情凝重。

尽管谁都没说，但内心都十分关注对溥仪的历史评价。会议由王首道主持，刘宁一致悼词。当王首道率众向逝者遗像三鞠躬之后，刘宁一在悼词中高度评价溥仪后半生对于祖国及统一大业所作贡献。此时，我瞅见溥杰和不远处的皇叔载涛夫人王乃文，不约而同地赞许着轻轻颌首。

下午三点五十分，追悼会结束。全国政协领导人走过去与站在大厅东南角的溥仪、王耀武、廖耀湘三位的遗孀和亲属依次握手，以示慰问。随后，参加追悼会的众人也按序走过去与逝者亲属一一握手。当我走到李淑贤面前时，说了一声：节哀。这时，她抬起脸朝我露出一丝不易察觉的微笑，又点了点头。我走到溥杰面前，刚说了一声溥杰先生节哀，老人听到我的声音，马上抬起头，干咳了一声，三个字脱口而出：哎，哎，好。说完，他紧紧握住我的手，好半天才松开。

过了一会儿，与会者逐渐离去，我随溥杰和李淑贤等几位亲友又站成两排在溥仪的遗像前三鞠躬。然后，一位工作人员取下溥仪的骨灰盒交给李淑贤，而溥杰双手捧着遗像走在人群前边，由众亲友一同护送前往八宝山公墓。

我随众人登上一辆大轿车，于四点十五分抵八宝山。李淑贤和溥杰等人已乘卧车抵达。与我同车前往的有溥仪的两位侄子——溥仪在《我的前半生》中提到的小瑞和小固，即毓喦和毓嶦，以及溥仪早年寓居张园的主人张彪之子张挺、罗恒年和谭台明月夫妇等十六位亲友。

途中，刚从天堂河农场劳动改造归来的溥仪的两位侄子——毓喦和毓嶦，正巧坐在我前一排座位上，脸上由于长年露天劳作晒得黑黝黝的。他俩旁若无人地闲聊起在天堂河农场耪了十年地，又提及一位记者询问过去进宫时有无腰牌，这种往事不仅他俩不知连溥杰也记不清楚了。一路上，车上的众人毫无半点悲戚之意，倒显得神情轻松，像是去郊外野游。

进入八宝山公共灵堂之后，首先由李淑贤将溥仪的骨灰盒摆放在灵堂正中间。接着，她和溥杰并列站在前边，我们随后走过去伫立在第二排，一同向溥仪的骨灰盒再次三鞠躬，时值四点二十分。此后，李淑贤和溥杰与在场的人们逐一握手。起初，随溥杰前来的两个日本外孙女不敢进来，在屡屡召唤下才走进灵堂，谦逊地和每人握手，到了我面前深鞠一躬，连声用不太利索的汉语说，谢谢，谢谢。

仪式结束之后，溥仪的遗像和骨灰盒被郑重摆放在人民公墓第一展室东侧的椅子上，旁边紧邻著名科学家童弟周。我细看了一下，溥仪骨灰盒的编号是：193。

正在此时，李淑贤步履匆匆走过来，低声叮嘱我：可别忘了，骨灰盒上要题写墓志，不然，怎么知道是谁的呀？其实，前一天她便提及过此事，还让我在她家用毛笔练过几遍。行走在苍松翠柏之际，我对李淑贤提议说，我考虑还是请溥杰先生写吧。相距不远的溥杰听到之后，马上搭腔说，我老不写字了，你来吧。我诚恳地说，这可不是小事儿，执意请溥杰来写。哪知，溥杰扭过头来，悄悄对我小声说，如果再来一次"文化革命"，我还要命不要呵？……

见状，李淑贤一时显得挺为难，无奈地说，索性就在骨灰盒上面刻字吧。这样，我随李淑贤和溥杰来到刻字处，谁想锁着门。我让他们稍等一下，径自去办公室询问，才知刻字处下午四点已下班，三人只得怏怏而归。

作者与忘年挚友溥杰探讨书法

路上边走边聊。李淑贤听我说，如果用有机玻璃刻字，需花不少钱，她又犹豫了：怎么要那么多钱呀？不行就在溥仪骨灰盒上直接写吧。究竟由谁来写，溥杰与我推来推去，最终溥杰发了话，说，还是英华来写吧。他的理由是，英华正写溥仪的后半生，又跟郑诵先学过书法。李淑贤见溥杰执意不肯，便表示同意溥杰的建议。实际上，在家里她便曾对我流露过不愿由溥杰来题写。于是，这件颇具历史意义之事，无论怎么推都没能推掉，郑重地落在了我的肩上。我一再强调，溥仪可不是一般人物，这事必须经全国政协点头才行。溥杰惟恐此事落在他头上，连忙对李淑贤说，那大嫂就辛苦一趟吧？最后，经李淑贤请示全国政协，最终讨得一句简单的回话：政协尊重你们家族的意见。此是后话。

临别，李淑贤当众说，下周一由她和我再来一趟八宝山。至于骨灰盒上如何题写，起初商定只有爱新觉罗·溥仪这几个字。最后，李淑贤和溥杰商来议去，认为还要写上溥仪的身份和生卒日期，这样，李淑贤和溥杰便议定墓志的题写内容，越简单越好。

作者正在为末代皇帝溥仪捉刀题写墓志

归途，聊起当初溥仪逝世时，溥杰仅在溥仪的简易骨灰盒上用毛笔写上了四个字——“溥仪骨灰”。溥杰一再谦逊地说，大哥溥仪的字下过功夫，比我写得好多了。谁想，溥杰此时又提起我的书法老师郑诵先，说，郑先生字写得好，是章草大家。我问溥杰先生，您怎么知道我跟郑先生学过书法呢？溥杰笑了，对我说，你有所不知，郑先生早年当过张学良的秘书，我跟少帅再熟悉不过了。原来，溥杰与郑诵先也是多年故交。大家在门口站着稍许寒暄了几句，便分别乘车回城。我与李淑贤及载涛的一位孙女小七儿，同乘全国政协派来的卧车返回李淑贤位于草园胡同的住宅。

此时与李淑贤同住一院的仇鳌的儿媳彭平先，参加完追悼会已先一步到家，闻声过来只在屋里稍坐一会儿便告辞。李淑贤执意留我一起吃了晚饭，席间，她忆起溥仪去世当年周总理特别关心溥仪后事，指示说，一定要处理妥当，还让皇族从八宝山革命公墓、福田、万安公墓这三个公墓当中任意挑选一处公墓入葬。据说，周总理之所以提出福田公墓，是因为他知道溥仪的父亲载沣便葬于此处。李淑贤追忆说，她当初提议溥仪葬在八宝山人民公墓合适，载涛和溥杰表示同意①。方案上报之后，周总理又作出指示，溥仪可以安放骨灰或土葬。经过一番讨论，皇族成员选择了火葬方式。

这一天晚饭后，李淑贤不禁感慨地聊起了溥仪的生前身后事，甚至忆及溥仪唯一跟她发过的一次脾气。那是 1964 年 5 月，溥仪夫妇刚从外地参观回京，周恩来总理提出让溥仪参加接见外宾，亦请李淑贤陪同前去。由于她与溥仪刚闹了别扭，遂推说身体累了不想去，结果溥仪大为光火。陪同周总理接见归来之后，溥仪的怒气消退不少，告诉妻子，周总理心很细，一再询问李淑贤怎么没来？溥仪只好撒谎说，妻子生病了。说完之后，溥仪又批评妻子是资产阶级享乐思想，实在要不得。李淑贤听后，当即大哭失声，又带着一腔怨气反驳说，我不是资产阶级，我是无产阶级！这时，溥仪反倒冷静下来，耐心地跟妻子摆开了大道理。谈起这些陈年往事，李淑贤显得痛悔不已。

当晚，李淑贤心情郁闷，我陪她聊天直到十点半，再次约妥周一同去八宝山公墓为溥仪写墓志之事，这才起身离去。

依照约定，6 月 2 日那天上午，李淑贤和我一起在北京站乘坐

---

① 另一种说法是，载涛提出溥仪葬在人民公墓。拙作《末代皇叔》采纳此种说法。

地铁来到八宝山公墓。工作人员为我们打开了第一展室上锁的屋门。我的同事即团委干事小季帮我在溥仪的骨灰盒上打好格，我便拿出准备好的毛笔和白漆开始书写。其间，李淑贤见我满头大汗，不但掏出手绢给我擦汗，还拿出一把扇子为我扇凉消暑，直到中午十一点多，我才写完。李淑贤让小季给我俩在题字后的溥仪骨灰盒前，拍摄了合影。于是乎，有了这一历史瞬间。

作者为溥仪捉刀题写墓志后与李淑贤合影

眼看临近午饭时间，我们三人到马路南边的小餐馆吃了一顿简单午餐。小季返回厂里上班，我陪李淑贤继续前往团结湖小区，再次查看她即将迁居的新楼房。

如前所述——1980 年 6 月 2 日，在八宝山人民公墓第一展室，我用毛笔蘸着白漆，在梨木雕漆的溥仪骨灰盒正面留下了几行隶书：

全国政协委员　爱新觉罗·溥仪生于一九零六年正月十四日，殁于一九六七年十月十七日

一九八〇年五月十三日

这里，生年袭用旧历，而卒年却采用了新历。它的含义是：

新与旧在溥仪身上得到了神奇的统一。他生在衰败的清末，成了旧封建王朝的最后代表，而以新中国公民的身份逝世于新时代。这岂止是一个人的生卒记载——溥仪的变化，分明是中国划时代巨变的缩影。

我默默望着溥仪骨灰盒上的编号，一个联想涌入脑海。不啻一个绝妙的“天赐”编号——似乎概括了溥仪的一生！

“一……九……三……”

“一”位普通的公民安息在这里，逝世于人民医院的“九”号病房，生前曾“三”次称“帝”——“三”岁时便做了风雨飘摇之中的清朝末代皇帝，然而，“九九归一”，他终于成为新中国的一位普通公民。我并不“迷信”，倒宁可相信，骨灰盒上的编号，纯出于偶然，但是“一九三”的命运落在他的身上，却绝非偶然。

他以一位获得新生命的见证人的身份，向世人（这里确无国度的概念）述说：这个数目字，就反映沧桑变化而言，早已镌刻在了历史的里程碑上！《三字经》开篇第一个庄严的字——“人”的含义，以及最早见于《周易》中那个神秘莫测的“九”的组合，已为愈来愈多的世人所揭示。

历史是如此巧合——溥仪从皇帝成为公民，逝于人民医院，葬在了八宝山人民公墓。

而我一个普通的年轻人，无意之间，竟然成了为末代皇帝溥仪题写墓志的捉刀人①。

---

① 此文参考作者本人当年原始日记整理而成。

结缘《中华儿女》

我不迷信，但信缘分。

说起来，十几个年头对于历史的长河或许只是短暂的一瞬间。但对于人生而言，这却是不短的经历。我恰是在已逾“不惑”的时段里，与《中华儿女》结缘而相伴同行，倏忽间，已跨越世纪之交。

清楚地记得十多年前，我刚出版了那本《末代皇帝的后半生》，遂被评论界认为续补了溥仪的《我的前半生》。一时，国内外评介如潮，此书又获中国图书“金钥匙奖”。偶然的一个机会，在友人家里我结识了时任副总编的杨筱怀，便赠书予他。不久，又经他引见与总编王维玲成了忘年之交。筱怀乃行伍出身，言行朴实豪爽，年轻却有大家风范。王维玲是名著《红岩》责编，实属文学前辈，颇具长者之风。

吾三人交往之中，淡茶书香，意气相投，自然成了无话不谈的朋友。而我亦成了被提携的文学青年。

那是1990年，《中华儿女》杂志第二期发表了长篇评介文章——《〈末代皇帝的后半生〉成书前后》，客观记述了我撰写这部传记的坎坷经历。这是除众多书评之外第一篇介绍我的长篇文章，且被多家报刊转载，在社会引起一定反响。

泰极否来。喝彩声未落，我已站在法院的被告席上。许多人傻了眼。

动静大了——一位专业工作者与溥仪妻子联名告我侵权！

作者与《中华儿女》杂志社社长杨筱怀

起初，连《中华儿女》杂志也被列入“被告”之一，原因是文章内不点名地提及了原告之一，即披露了那位历史专业工作者的“行径”。许多报刊不明真相，哑了炮。

缘分遇到了挑战。

忽一日，那位历史专业工作者觅得王维玲处，大吵大闹，非要求杂志刊登“更正”，闹得满楼轰然，无法工作。那种劲头有如黑云压城，临走撂下一句话：这事儿没完！

自然，这场受到国内外广泛关注的官司，也使我感到了无形压力。官司一开庭，国内外媒体又一哄而上，各大小报刊尤其海外报纸纷纷以末代皇帝遗孀状告《末代皇帝的后半生》作者贾英华为题，连篇累牍报道。局势显然不利于我。维玲和筱怀的压力，更是可想而知。但他们没有发表一纸表示脱离“干系”的更正或声明。

这场以末代皇帝为主题的罕见版权官司，轰动一时。法院开庭那天，官司从清晨一直打到日落西山，旁听席聚集了我国版权界的权威人士和各级知识产权界的官员和众多新闻记者。官司一打就是整整两年多，这桩被称之版权“天下第一案”，终于在法律面前见了分晓。

缘分经历住了考验。

官司赢了，我的白发也悄然染上了双鬓，又因重病在身住进医院。

夜阑，我猛然读到了《中华儿女》1993 年第六期所登载——亲自旁听此案全过程的知识产权界权威、国际版权学会顾问郑成思的文章：《〈末代皇帝的后半生〉的版权纠纷》，感到写得那么客观真实，回想起几年来的委屈和坎坷，一时夜不能寐。(见前文《郑成思周年祭》)

霜后知枫叶。事后，我才听说官司结束后，筱怀亲自策划邀请陌不相识的郑成思撰写这篇文章，且亲笔撰写了“编者按”，为这场海内外瞩目的著作权“公案”审慎地涂抹了浓重的一笔。试想，在众目睽睽事态不明朗的情形下，维玲与筱怀顶着国内外舆论的重重压力，作出这样的举措，有着何等胆识！

我无以答报。鉴于所历版权官司，我遂提议并出面聘请国内知识产权界权威人士担任杂志法律顾问。这正中筱怀的下怀，他欣然接受了这一建议。于是，《中华儿女》杂志上出现了知识产权法律顾问团的阵容。

近年，这桩曾引起海内外广泛关注的版权官司早已作为依法保护公民著作权的案例收入中国政府白皮书，公昭世界，且以公民享有出版自由为题，编入了大学和中学教科书。

以文续缘。

文人唯以一笔作答。为酬挚友知遇，我在“九七”香港回归之际，策划并荐老友撰写了董建华其人以及纪念前国家主席李先念等重头文章，时常自以为是地献计献策，亦先后以己之拙作献芹于《中华儿女》，将《末代皇帝与毛泽东、周恩来》、《末代皇弟溥杰》等连载于此。而婉拒其他媒体的高稿酬，只作投报之缘而已。

前不久，《中华儿女》在 2000 年第六期又登载了《贾英华与末代皇族的奇缘》，评介了我近年的“末代系列”创作，多家报刊整版转载，对于我又是一种激励和鞭策。细忖之，茫茫人海，悠悠大千世界，十几年之中，我与《中华儿女》又何尝不是一种奇缘？

我愿以此文与友共勉，继续与《中华儿女》结缘。有感于兹，遂诌改旧诗一首，聊表慨然。

人生交契无老少，论缘更况欣同调。
与君虽无一日雅，临风相思赤心照。

千禧之年七月炎夏于北京

中南海琐记

或许，追忆确乎琐碎了些，开头也稍嫌扯远了点儿。然而，这样也许更真实贴切。

那一刻的历史，永远难以掩上岁月的风尘。谁能忘怀？亿万人在凄凄寒风中悲泣，泪痕洗面的少女搀扶着皓首老翁，健壮的汉子哭红双眼偕妻默哀，无数人相伴无言伫立于长安街头。十里长街披上了黑纱，呼啸的寒风发出悲切的哀思——送走了共和国总理周恩来！灵车过处，无不是撼人心魄的号啕恸涛。自此，每逢我路过中南海，总不禁驻步凝望大红宫墙。因为那里曾是周恩来总理工作过的地方。

谁想，几年之后，命运驱使我步入大红墙，来到中南海作了一名普通秘书，办公室紧挨着西花厅。周总理不在了，但其精神在中南海内却如日光熠熠，无处不在。这绝非文学饰语，无论谁在这里生活几天，便会感同身受。

刚刚迈入红墙的日子，突出的感觉是新奇。而随着时光流逝，倒不知不觉习以为常。因为我察觉自己的新奇，在这儿不过是平凡常事。

殊料上班第一天，同事在饭厅手指着一位笑呵呵的卖饭老人，悄悄告诉我，那就是当年周恩来总理的厨师。更使我尤为诧异的是，我正吃着饭，一位副总理竟走过来坐到我身边，吃着同样饭菜，只不过多了一杯啤酒、半碟花生米。尔后我才知啤酒就摆在售饭窗口，无论谁掏钱都可以买到。饭间，那位副总理与同一餐桌的同事谈笑风生，还断言我是新来院里的，和蔼地询问我过去从事什么工作，这使我更感惊讶不已。饭后，同事在路上对我说："这有什么新奇，前两天另一位副总理也在餐桌上跟大家一起吃饭呢。”

新奇之余，我想或许这是偶然的。又一次排队买饭，见我身后站了一个人，回头一看，原来是前不久去过我办公室的国务院副秘书长。我稍微留意了一下，无论国务院秘书长或副秘书长，午饭时都无例外拿着碗筷、饭票，跟我们这些普通秘书以及服务员、司机一起排队，同在一个食堂吃着并无两样的饭菜。据我所知，一些部委领导甚至司局长都另辟餐厅或小灶，而中南海里官民共餐……这又使我感到惊诧不已。

闲暇之际，我向一位老同志谈起感慨。他没多说什么，却向我聊起周总理生前一次抱病劳累至凌晨，人民大会堂餐厅为周总理做了一点儿简单餐点，他过后却不忘提醒秘书交饭钱之事。他的口气淡淡的，似乎，在中南海这是再普通不过的事儿。

一般人总以为中南海的人员，生活上总会多少有些特殊照顾，其实这只是想象而已。说个真实的笑话——一次，原单位的老同事来中南海找我，正赶上年节买年货，他还以为不花钱，我解释说跟外边一样得用钱买。他不信，亲自询问过价钱才默不作声。如果非说特殊的话，就是院内的工作人员可购买每月仅便宜几毛钱的五斤鸡蛋和两月一次农场养的活鱼。此外，便只有餐厅里不花钱的鸡蛋汤。

不错，在国务院会议室长年摆着上好的龙井茶，但从没人去占便宜。即使部长到中南海开会，也要交纳茶叶钱。有一次，我帮着张罗个小型会议，由于一位新任职的部长初次来中南海开会，喝过茶后不知要交钱，一位女服务员走过去小声提醒说：“一包茶叶一毛钱……”这时，主持会议的国务院领导听见了，忙打圆场说：“今天喝茶我请客。”顿然，会议室内泛起一片惬意的笑声。

中南海的工作人员并非不食人间烟火。工资偏低，福利不多，这些也会成为人们茶余饭后的话题。然而，这并没影响工作，遇到紧急公务，干一个通宵属于常事，绝没人抱怨。许多外人不相信，在国务院总值班室值班一天一夜，只有四毛钱补助，后来虽然涨到了一块钱，仍然不抵街上饭馆涮盘子的临时工。一位在中南海工作过四十多个年头的老同志，水平不低，文字也不错，年过半百仍仅是一般干部，像如此任劳任怨的干部为数不少。研究物价，会议由他们通知，文件也由他们起草，消息自然是这些人最先得知，但从没听说有人让亲属到外边抢购①。

在中南海里，无论官职大小，凡相识见面总彼此打个招呼，连总理一级的领导人见到普通工作人员亦如此。见面互称官职者并不多，譬如年龄小的，见面便叫小王、小李，年龄大的，彼此则多以老王、老李相称。在饭桌、乒乓球台、棋盘上更无尊卑之分，短不了有小青年跟部级领导争论得脸红脖子粗。

“我给你们拜年来啦！”临届春节之际，总理大多会逐个办公室看望秘书局的普通工作人员，热情询问大伙工作、学习，握手、合影……机灵的集邮爱好者，还会趁机拿来首日封或邮票，请总理当场签名、题字，意愿大多都能得到满足。也有时，秘书局新春联欢会正开得热火朝天，总理竟然推门而进，在百忙中和大伙欢聚一堂。

当然，中南海内插曲也不少。一位刚进院不久的年轻秘书，在国务院值班室值晚班时，忽然接到一个红机电话：“你是谁呀？”

不知这位秘书心情差还是刚来没经验，仅简单回敬对方一句话：“你是谁呀？”

对方没直说姓名，仍然耐心地询问值班的是谁，是不是新来

---

① 此文写于八十年代。当时社会上确有抢购的现象。

的工作人员。这位新来的值班秘书不耐烦地告诉对方："我是老张……"接着，又反问了对方一句，"你到底是谁呀?"

"我是……"对方和蔼地通报了自己的姓名，原来这是一位副总理。新来的秘书被吓懵了。然而，这位副总理并没批评他，只是态度平和地交办了一件公事。次日清晨，在食堂吃早饭时，那位副总理在餐桌上顺便打听了一下："听说你们秘书局新来了一位老张？……"

偏巧，那位"老张"正坐在旁边不远，听后一缩脖儿，愧疚地蔫溜了。这遂成了中南海内一桩笑谈。

如此看来，宽厚谅解是中南海的一种风气。不久，我又听到周总理生前一件往事。这是当事人在餐桌上聊起的。一次周总理乘坐汽车驶出西北门，恰巧一位中南海的通讯员骑着摩托车正要进门，两车差点儿撞到一起。这可将通讯员吓坏了。谁知，周总理立刻叫司机停车，然后走下车来，亲切询问他伤着没有，这位通讯员被感动得泪水夺眶而出。更令人没想到的是，周总理事后怕通讯员受到处分，亲自给其上级领导打去电话，要求不能处分他。这在中南海内，一时传为佳话。

耳闻目睹这些并非虚构的故事，使我渐渐对中南海有了新了解。原来，这里的人事事都以周总理为楷模。凡与周总理打过交道的人大多认为，他人情味浓，但对工作要求极严格，这在中南海内人所共知。许久之后，我才知自己所在的秘书局就是过去的总理值班室演变而来。周总理过去身边的工作人员，时常忆起他生前的一些琐事……

一次，周总理在紫光阁正接见一位外国元首。年轻的女服务员照例端着茶壶，过来给外宾沏茶，刚刚走到客人面前，哪知周总理轻轻一挥手，小声说：请回去……女服务员不知怎么回事，返回休息室就哭泣起来。岂料，外事活动结束之后，周总理却又找到她，当面解释说，你端过来的壶嘴角度不对，正对着外国元首，滚烫的茶水如果烫着外宾会造成多大的国际影响？往后记住，壶嘴一定要朝外。女服务员听后，感动得再度落泪。

见微而知著。另有一位警卫员曾回忆起周总理，其中最简单的一件小事，也许最耐人寻味。寒冷的冬季，周总理与外宾会谈几个小时后走出西花厅，见到一位年轻警卫员穿得很单薄，便亲切拍着他的肩膀，叮嘱说："这么冷的天气，不能穿得太薄，小心感冒呵。"这件小事，在中南海竟流传了几十年。

中南海的传统是代代相传的。当夜半时分，通讯员冒雨将紧急信件送到总理住所时，他会招呼通讯员喝一口热茶暖暖身子再走。"君乘车我戴笠，二人相见下车揖。"昔日古人传说中的故事，竟然成为现实，而且就发生在我的身上。一天下班，我买了一袋大米和不少蔬菜，肩扛手提往家走。正在路边擦汗之际，一辆卧车停在了路边，原来是总理办公室姜主任正巧路过，不由分说帮我把这一堆米、菜放入后备厢，又将我送回家里。

类似之事，发生过何止一两件。一次我冬天步行上班，正走得满头大汗，一辆卧车停下来，里边有人招手让我上车，原来是就任国务院总理秘书的妻子，上班顺路把我捎到了单位。同一处室的老同事升任副部长，我前去联系一件公事，谁知他已备下午餐款待我，使我感动莫名。凛冽的西北风怒吼着，我下班正顶风行走着，哪知一辆卧车缓缓停下来，一位老人硬把我拽进车里送我回家。这便是刚刚奉调进京的浙江省省长、新任国家电监会主席柴松岳，此前国务院总理刚和他谈话不久。这些事我并不仅仅将其视作个人品格，也是中南海接地气亲民风的老传统。

"海"内有高人。这也是外界所罕知的。中南海内除埋头公务的官员以外，也“隐”有各类不同的顶尖级专家，譬如原国办秘书局吴空便是其中一位。他家学渊源，精通文史，临离开中南海即将赴任中央文史馆副馆长前夕，利用休息时间带着我在中南海内足足逛了几乎一天，倾情向我讲述了他肚里的中南海典故。从西花厅的由来到紫光阁的今昔，从“三海”的掌故到瀛台的传说。

他深知我喜欢研究晚清史，甚至领着我逐一实地考察，告诉我假山院里哪一幢是明代建筑，哪些是清代新建，连小院的拱形门楣是明代所建而清代重修，也讲述得一清二楚，使我不由惊叹其知识渊博。此后，他撰写了一本中南海沿革的书赠我留念，还邀我去中央文史馆参观书画展。这给我留下了毕生难忘的记忆。

对于中南海内的办公条件，外界其实也并不清楚。八十年代，酷暑连续几年冲击北京。在京城三十多度高温下，国务院办公厅发出通知，为紧缩财政开支而一改夏季在北戴河办公避暑惯例，全体固守中南海办公，还要求国家机关带头不休假。可有些人听说之后，说起风凉话，误以为中南海办公室都有空调。当中南海的领导提议让新华社记者实地参观后，见多识广的记者竟大吃一惊，休说秘书局办公室没有空调设备，连办公桌都是五六十年代的旧物。

更令人难以置信的是，有的办公室仍使用着清末的旧茶几。窗帘、沙发大都洗得褪了色，国务院常务会议室地上铺的是过时的旧地毯，一些地方已磨成光板。参观过中南海的新华社记者，随后评述说：“这一切，让人体会到了一种久违的朴素。”

其实，这种朴素只是中南海的一个侧面。倘若，朋友从这琐碎记述中，感悟点儿什么，这篇琐记便不算枉然……

红领巾生活追忆

岁月沧桑，或许能磨去记忆的棱角，然而对往事的追思，却难以使我忘却红领巾时代那段颇有意味的生活。倘若回首琢磨起来，可以说，少年的经历，对于我的人生烙上了潜移默化的印迹，直到如今，无论如何也无法忘怀……①

红领巾，我是在小学三年级才戴上的，后来还当过少先队小队长、中队长和大队长。可起初我并不是一个特别要强的孩子。我的陡然转变，纯出于“偶然”。

提起此事，现如今也还有点儿不好意思。那时我在北京东四七条小学念书。一次期末考试前，老师给班里同学补课。几个淘气的伙伴站在列队里，小声地相互打赌——谁能在老师点名时敢答一声“你爷爷到”，我们就“服”他。此前，几个同学无不夸下海口，可当老师点到名字时，却都规规矩矩地答了声“到”。眼瞧叫到我了，几个小伙伴悄悄冲我眨巴眼，我心想，这几个人怎么说话不算话。当老师叫到我的名字时，我便大声照着当初约定，喊了一句——你爷爷到。顿时大祸临头，那位女教师被气得脸红脖子粗，怒冲冲走过来，一把将我拽出队列，我立时傻了眼。

眼瞅同学逐一走进教室，唯独我被孤零零罚站在教室外边，空望着小院里那株核桃树发愣。我情知自己错了，不该这么无礼对待老师。末了儿，老师叫来在同一学校而比我大两年级的姐姐。她见我被老师罚站在教室外边，又听说了前后情形，气得落泪不

---

① 此文写于1991年春。

止，数落了我好半天。末一句话，我始终记得清清楚楚：“你呀，这么不懂事，真不争气。”除了这句话外，给我印象忒深的是姐姐胸前的红领巾。

“我也要戴上红领巾”，我暗暗下了决心。姐姐答应不将此事告诉患病的父母。我开始争气，学习成绩迅速上升，纪律也有了进步。可惜，不久实习女教师调走了，没有看到我戴上红领巾。记得入队那天，我穿的是海军服式的衣服。入队仪式上背诵的誓词已记不清了，主要的三句话，至今仍铭记在我的脑海里：要诚实、爱学习、爱劳动。

诚实，是无须说的。因为我的“实在”早就因为那一句“你爷爷到”出了名。小伙伴都“服”我说话算数，由于发奋学习，我的成绩在班里数得着。对于劳动，我更没得说，因为从小时起，我就是个能吃苦的孩子。这样，我戴上了红领巾，尤其在班里人缘挺好。

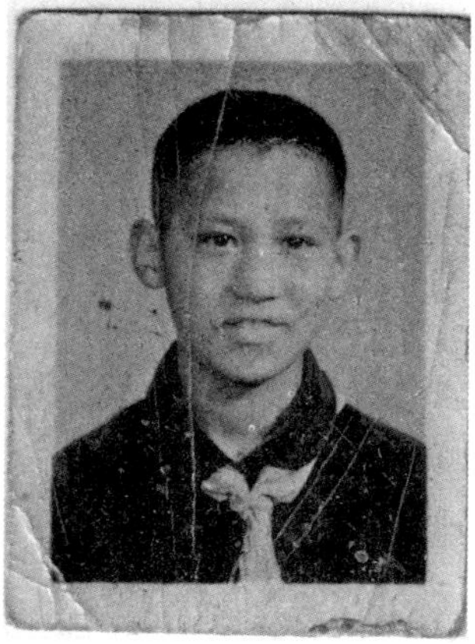

作者唯一留下的小学佩戴红领巾的照片

红领巾之间的纯真友谊，至今仍使我心驰神往，对于三年自然灾害，当时谁也不明白怎么回事，只知粮食不够吃，上课经常肚子叫。我始终忘不了一位同学当我在课间饿得直吐酸水时，悄悄递过来一小块豆饼，“吃吧……”看得出来，这在他的衣兜里已经揣了多时，当我狼吞虎咽之际，他微笑地看着我。将近三十年了，那位同学充满童真的诚实眼神，始终伴随着我人生的旅途。

感染是无形的。当我路过东四五条胡同口时，见一位老人带着小孩儿在路旁乞讨，好可怜啊！可我掏遍口袋，只有一个五分钱钢蹦儿。我看到小孩儿可怜巴巴盯着我的那双眼睛，犹豫了半天，终于将五分钱塞入小孩儿手中。走出好远，见到那个小孩儿仍感激地望着我的背影。

然而，谁想老师听说后却告诫我，那俩人是“盲流”，作为少先队员不应该给他们钱，一分钱也不能给。这事儿让我糊涂了好多年，弄不清怎么办才对。直到很久之后，我才明白“盲流”的真正含义。年岁渐大，老毛病可依然没改，见人不如我，便动怜悯之心。

及至成年之后，日本友人盛邀程思远夫妇、李欣将军、尚传道（民国期间长春市长）及我吃饭，宴罢走出王府饭店，见一位外地老妪伸手向我讨钱，说是还没吃晚饭。我遂掏出几张毛票，哪知忽拉跑过来好几个人，我掏光身上所有钱也没打发完。回家途中，出租车司机对我说：您真是大头，那几个人其实谁也不比您穷。我弄不明白了，一时语塞。哎，童心未泯，改也难。很难说，此事没有我红领巾时代那“五分钱”的影子。

小学时，虽身为少先队中队主席，却不能按时交纳学费，这使我感到愧疚不已。但也无奈，父亲经常有病，持家的母亲为让丈夫和子女吃饱，常常半饥半饱，竟至患了严重的肺结核病，长期住在医院，家里生活困窘。每逢交学费时，我就会急得不得了。如果规定哪天交，我便会因交不上学费而请假缺课。即使老师让回家去取，我也只好在大街上转一圈再对老师说，家里没有大人。实际，因老父有病，家里就是姐姐和我管事。父亲每月的工资发下来，先买下粮食，然后再算计着凑合买点儿蔬莱度日，此外再无余钱。

偶然一天，我生病发高烧，正躺在家里休息。听邻居小孩说，北门仓附近扩充马路，有的地方还挖出了一些废铜烂铁，我立时兴奋起来，颠颠儿地跑去了。果然不假，那地方原是民国年间的兵工厂旧址。我拿小铲整整挖了一天，找到了一些铜丝，居然卖了几块钱。那简直高兴得忘却一切，什么生病、发烧呀，甚至连吃饭也统统抛到了九霄云外。当天晚上，我烧得更厉害了。可我第二天就高兴地跑到学校，向老师递上一半学费，发着高烧，却心安理得坐在了课堂上……

我至今记得，那时班里的黑板报由少先队负责编写。我因家里有年幼的弟弟、妹妹需我和姐姐轮流照管，只能上半天课，下学就得回家，自然成不了编写黑板报的主力，只好在课间跟着跑跑“龙套”。我印象最深的是，当班里的黑板报出到一百期时，大作家叶圣陶闻讯，亲笔在宣纸上写来五言长诗一首，以示祝贺。至今，我仍然记得其中的诗句：黑板报“出到一百期，百尺竿头上，继续再努力……”当老师在课堂上念完这首长诗，全班同学无不报以热烈掌声。此时，我曾异想天开地突发幻想，我也要当个作家。

殊料，命运驱使我中学未毕业便迈入工厂大门，在八年的瓦工生涯中，我陆续为班组写了三百多期黑板报。当疲惫的体力使我多次不想再坚持下去时，叶圣陶先生的诗句成了勉励我的动力。黑板报成了我锤词炼句的课堂，若干年后，我的那本《末代皇帝的后半生》初稿草就，妻子看后，戏评书稿像黑板报上的表扬稿加批判稿，我顿时笑了：“我确是写黑板报起家的啊……”

至今，我也不能不相信，我的作品里确有当年粉笔末的痕迹。

说起来，如今的“红领巾”也许难以置信，在整个中小学时代，我因家庭困窘（我和姐姐上下午错开上学，总留有一人在家照看弟弟、妹妹），大概只参加过一次春游动物园的活动。最令人难忘的，是一次春游天坛，我照例在家照顾弟弟和妹妹。但老师要求每人写一篇作文，题目是：春游天坛。这可把我急得够呛，于是我绞尽脑汁查阅了天坛的介绍，还找到几个参观过天坛的同学询问，他们不约而同谈到了充满趣味的回音壁。由于我平生首次作了一次竟不知何为“采访”的采访，在课堂上我飞快写完了这篇并未去过的“游记”，居然意外获得好评。

祸福相伴。老师最终听说了此事。紧接着，我因家境困窘无法参加少先队组织的春游等集体活动，又被“罢免”了中队主席。庆幸的是，多年之后当我执意写我所没见过的末代皇帝溥仪时，幼时那次“采访”成了我真正意义上的初次尝试，而今回想起来，倒是蛮有意思的。只不过，当初始料未及罢了。

近年来，日本友人总爱询问，八宝山公墓的溥仪骨灰盒上的题字为何由我捉刀代笔时，我倒愿意追溯起我的所谓第一幅书法，居然是公开书写在东四六条胡同南墙上的一幅字：各位同志请注意，请不要随便倒脏土！——那是小学四年级的一次“学雷锋”活动。

下学之后，我组织了一次义务劳动，即用盆、铁锨和簸箕，重新清扫干净散落在马路上的沙土。等打扫完，路灯已亮了多时，同学公推我在灯光下书写了上述启事。在小学的一次作文里，我真实地记述了这次活动。

往事也会带来遐想。小学时代，每个少先队员在夏天一个星期打多少苍蝇，都要公开写在墙上的卫生竞赛统计表上。起初，学校还要求将打死的苍蝇放入火柴盒，由红领巾值日生检查，后来时间久了，只好凭觉悟。有的同学上报的数字简直玄了，一个班个把星期竟能统计出打死数百只苍蝇。我偶然闪过一个念头，如果照这种统计办法，中国的苍蝇那还不早就被打没了？这个并非虚构的故事，倒颇值得玩味深思，那时老师也得层层上报。如果不填上那些没谱儿的数字，即使我们这些少先队干部不着急，老师也早就急得抓了瞎。一次，我因家中有病人，如实在统计表上填写了一个“无”字，年轻的老师顿时生了气：“先填上一个数儿嘛，下个星期再补上。”然而，数字越欠越多，再也补不上了，墙上的数字成了名副其实的弄虚作假。每逢想起往事，便多少有些内疚。几十年后，偶尔问及幼时伙伴，才知他们当初上报的统计数字也“纯属虚构”。此时，内心并不觉得安慰，反倒更不是滋味了。

红领巾时代，除留下难忘的追忆之外，我还曾长期珍存着小学毕业时北京市教育局颁发的“优秀学生”奖状和成绩册。几经变迁，这两样纪念品始终没丢，当得知被家人无意间裹在废品里卖掉，我竟然大为光火。自然，别人难以体味，这是多么来之不易啊。尤其使我受益匪浅的是，小学课本上“有志者，事竟成”这句话，成为我撰写《末代皇帝的后半生》屡遭坎坷时，自我鞭策的座右铭。这被我写入了拙作“后记”里。抚今追昔，红领巾年代，酸甜苦辣，反复嚼之，别有一番味道。

难忘呵，当年胸前飘扬的鲜艳的红领巾。

品　读　篇

商道

——读《闯业》感怀

大道无形。

这绝非一个人的故事。读毕俊杰所撰写的这部厚厚书稿——《闯业》，颇受感染，遂欣然应邀作序。此乃我第一次为经商者的传记撰序。

这是一位传奇的云南企业家，从乌蒙山区走出来的农民工——段政廷，历经坎坷而成长为优秀企业家。即使在滇东，其经商规模亦不算最大，却坚信并践行着大商之道。

或许，这对引发世人对现代经济社会的深入思索，不无裨益。

一

商德。

历数古往今来，重农抑商的意识，俯仰皆是。殊不知，"商"始终是历史发展的助推剂，社会的繁荣与商业的兴盛，须臾相联。

《史记》引述《周书》曰："农不出则乏其食，工不出则乏其事，商不出则三宝绝，虞不出则财匮少。"也就是说，商人若不从事流通，那么粮食、器物、财富便可能断绝……

正因功莫大焉，司马迁在《史记》专为古代巨商作"列传"，其中首推范蠡。在封建社会"重农抑商"的传统观念下，司马迁仍客观褒扬古代商贾巨子的"道德商范"，对范蠡的经营之道予以肯定——"故善治生者，能择人而任时。十九年之中三致千金，再分与贫交疏昆弟。此所谓好行其德也。"换言之，商德即对财富持分享理念，商家的品质则是富而好礼。用今天的话说，企业家应有高度的社会责任感。鉴于范蠡践行高尚的商业品德，遂被后人尊为“商圣”。

从司马迁的记述中，无疑可以发现中国古代商业文明最具价值的，便是高尚的“商德”。

近年来，众多农民迈入都市，在“民工潮”中涌现出一批靠拼搏实现人生转型的企业家。段政廷便是其中的杰出代表人物。我从此书中，不仅感受到这位优秀创业者的智慧，也由此引发对一种文化现象的思考。

当改革开放的春风吹遍山乡之际，一位祖辈生活在滇东乌蒙山区的年轻人，其巨大的创造潜能被时代唤醒，毅然走出偏僻山乡，以大山般的胸怀进城打工创业，彰显山区人特有的质朴品质。作者试图用文化视角去解读一位新时代的创业者，从文化的视野剖析创业者的心路历程，从某种意义而言，二人以各自角度共同诠释着一种时代文化。

利缘义取，是其经商哲学。研究表明，山区民族具有吃苦耐劳、坚韧不拔的毅力，同时又颇具智慧和开放的胸襟。从本书仅可窥视企业家的个性和品德于一斑，然而，他所创业十五载的发展轨迹，正是中国民营企业在改革开放波澜壮阔画卷中的缩影。

小胜在智，大胜在德。

二

商略。

难以想象，一个毫无战略思维的军事家焉能在短兵相接的鏖战中大获全胜？商界亦如此。从古代冷兵器时代诞生的方略、谋略和策略，已被商家奉若克敌致胜的法宝，商略已成为其统称。

不言而喻，经济乃社会进步的物质基础。而商业对于现代经济更是举足轻重。这使我蓦然回想起一位企业家面临新的商战困境和挑战时，会选择去攀登一座座令人望而却步的高山，这正是欲从征服大山过程中寻找大自然赋予山区人的顽强精神。这种文化品格一旦融入商道，便注入企业常青的文化基因，成为激烈的市场竞争中成长的新一代企业家的内在品质。

遇阻而曲终人散，这是不少民营企业的结局。逆风而行，能走多远？无疑取决于商略的抉择。正确的商略当使其企业，不仅摆脱困境且发展壮大。这并非虚言，正由于睿智的企业家洞察潜在的危机，果断调整产业结构，毅然向实业发展，从而避免了两年后金融风暴的冲击，在一批批“庞然大物”纷纷倒下之际，他的企业却终于得以“过冬”而发展壮大。

难能可贵的是，如今，他坚定了继续调整结构，发展低碳经济的思路，亦形成了企业独有的管理模式。一个乌蒙山区的农民，执意创建企业文化的理念，以其人格魅力，悟出独到的心得——文化，即“关乎人文，以化成天下”，中国人的文化皆融化之和，企业文化的要素是“以人为本”，唯激发企业文化中“人”的巨大潜能，才是“化”成之道。

从大山里走出的闯业者段政廷

悟，缘于切肤之痛——他幼年曾因交不起十六元学费而辍学。也许正为此，他才领悟，一个凝聚正确经营理念的学习型企业，才是成功之道。

一位崇尚文化，酷爱学习的商者，久思而谋定“儒商”的商略。

商略——唯命系所在。

三

商魂。

企业的生命力，贵在创新。诸如产业结构调整创新、文化理念创新以及管理创新……无异于企业之灵魂。

道可道，非常道。他幡然顿悟，原以为拼命挣钱就是幸福，但挣了很多钱以后，却发现并非他想要的。他最终明白，为民谋利、为民族做出贡献才是根本所在。这使我不禁想起了本书传主的一句警言："如果一个人的心灵和财富不成正比的话，他会制造悲剧。"此话已触到了问题的极点。

设想当年司马迁撰写《史记》之际，纵览富商大贾云集，眼中决不仅范蠡、子贡，更富甲一方的巨商断乎大有人在，但司马迁独择高尚商德的人载于史册，正期冀教诲后世，务以诚信为本，商业文化和商业文明乃经商的"灵魂"。以史为鉴，可知，缺失文化的企业家和企业其命运注定是短寿的。

如今，企业家创造社会物质财富的过程中，让员工同时享受心灵的幸福感。或许，这正是作者择选乌蒙山区的农民创业者为传主而苦心孤诣的寓意。

诚然，传主信奉"天生我材必有用"的座右铭，并非偶然。昭通这片神奇土地抚育了龙云、卢汉、罗炳辉等优秀的中华儿女。如今，段政廷已成为昭通商会常务副会长兼秘书长，麾下齐聚数百家昭通企业。他志存高远，时常笃信地自勉，"没有比脚更长的路，没有比人更高的山"。

这无疑昭示着企业家的"大商"之道。

是为序。

庚寅年七月二十四日撰于北京月坛南街

种玉为月

——写在《小川》问世之际

种玉为月。

或许，这个源于神话的美丽故事，不过时常被人喻为一种美好的梦想而已。然而，有的人一生为此付出，姑不论能否实现，其精神可嘉而不容否定。倘若得以圆梦，那就是“种玉为月”变成了现实。

如今，洪梅的第一部散文集带着油墨的淡香面世，她的文学梦得以初圆。谨撰此“序”以贺之。

初冬午后，伴随着敲门声，一对陌生夫妻经人辗转介绍，拘谨地迈进我的办公室。经询问，才知眼前年逾不惑的端庄女子竟是一位业余作者。她从地处偏僻的刘家峡千里迢迢赴京，却为出版一部散文集，这使我颇感意外。

手捧普通女工一笔笔写成的三十万字书稿，我顿感沉甸甸的。

起初，仅粗粗浏览了数页，只道是创业史类的文章。谁想，次日再读时，别致的文字竟吸引了我，一口气读完，已是繁星闪烁的午夜。

推窗望去，万家灯火仿佛闪耀着刚刚读完的一页页稿纸。掩卷而思，似可窥见一颗饱含生活激情的青春之心，赫然跳动在皎洁的月光之下。

一

明月几时有？把酒问青天。

谁料，听到的竟是一曲坎坷的追梦文学的故事。

诚如书中所言，她自幼“伴着水电站的成长而成长”。那座水电站，就是刘家峡水电站。它虽在祖国饿着肚子的怀抱里孕育诞生，却居然囊括了六十年代中国电力建设史上所有“第一”。时至今天，仍被共和国的子孙在教科书中吟诵。

她的书中，生动记述了父辈在小川的奋斗历程。既不乏国家领导人留下的缕缕足迹，也记录了上一世纪发生的多彩生活，语言生动、文字清新，展示了一个现代女子的文学才华。

试想，人生纵然长寿，也不过百年矣。古人言——立功、立德和立言。诚如一个普通女子，虽无缘立功于国家——开疆拓土，捍家卫国，然而留下一部人生记录和观感以传之后人，亦称立德、立言于世，足慰平生。这，亦难免使苟活于世的众多大男人汗颜。

苍狗白驹，世事变幻。物质的东西，无法“永远”，而留下的锦文华章，则可能传诸于世。

人生须有目标，即使不能完全实现，也要有追梦的理想。若此，活着总算有盼头——高山仰止，景行行止。虽不能至，心向往之。

好人、美人、美文，无疑是天底下最使人惬意之事。素与善良之人交往，无疑可以净化灵魂，陶冶情操，可称作“赏心”。美人，可以养眼，美文可以悦目。那就是说，好人、美人、美文足以使人赏心悦目。三者若不可兼得，哪怕苟得其一，亦是人生一大快事。

上善若水。水一般的聪灵清秀女子，又能写就秀水一般的散文，倒实在令人欣然。文学梦，无疑可以净化灵魂。她多年锲而不舍的追梦，铸就了一颗纯洁的心灵。一个中年女子，多年来拖着倦怠的身躯，每日下班料理过琐碎家务，孤伴青灯而默默耕耘笔端，痴迷地在文学之路上几十年如一日彳亍行走，这多么难能可贵。

我时或联想到，世上若多了这般女子，会少了多少腌臜之事。对比世间一些男人胸无点墨，动笔不会写文章，开口便是铜臭气味，而只会堆着一脸假笑，四处阿谀逢迎拍马，唯以请客送礼金钱开路，纵然官至上品，又如何让人看得起呢？

读过她的博客，才知道这是一个外表淑女，内心单纯却颇有文思的才女。毫不夸张，她的文学梦堪称坎坷。她追求爱情，在青年时期甚至不惜以死相许。为实践文学梦，她曾走过尽舍安逸，乃至抛家舍业的离乡背井之旅。

然而，她的文学梦，肥皂泡似地陡然破灭。

二

月落乌啼。

岁月的沧桑，没有使她失去梦想。

在尘世趟过一阵浑水之后，她又沮丧地躲进书斋，重新静悟人生。

她的率真，实属难得。在她看来，对女人来说，丈夫的品性太重要了。醉后方知酒浓，爱过才知情重。她有过真爱，仍然秉持着人性的挚真，这份无污染的环保情爱，在当今已属罕见。

试看她的笔下，不仅关注诸多社会问题，也关注教育，关注饮食安全……心怀天下，忧虑中国乃至人类的大事。她激奋地写道，为此人人都应当担起责任。其真情和善良之心可见一斑。

她以细腻笔触，解析人间百态，入木三分——“有人事事想贪；有人不甘于岑寂，如孔雀洒屏，自耀文采；有人那么气宇轩昂，头和屁股一起晃；有人看似唯唯诺诺，其实做尽了‘扎实’

的实事，谋取了更多好处；有人虎落平阳，乖戾表情掩饰在香烟的雾霭中；有人频频出入领导身边，表面规规矩矩，连坐姿都是屁股虚搁，紧夹着双腿。不曾想，人家时来运转，也学会了扔脸子给不再是领导的领导看，那真是‘卧薪尝胆’的功夫……”

她写读书——“久经翰熏墨陶的女性，身上散发的书卷气是任何名贵香水所无法比拟的，香水毕竟是外在的喷涂，其香味无本无续，会渐渐淡去。一个满身静气散发书香的女人真的很美，哪怕她无香车宝马、穿金戴银；没有精心美容，新潮时装。但那款款的文静倩影，永远是清丽的风景。那发自内心的书香，日愈芳馨，更见浓郁，足以伴随一生。”这似乎是她倩影的真实写照。

她写品书——“一个属于意识形态，一个属于感官基础。前者抽象，后者具体。品书比读书要高一个档次，说其档次高，是指知识档次和思想档次，没有更高的思想境界是品不出书籍的精髓来的。既能读书又能品书的人是一种才华，也是一种豪气。”

她评述各类人等，笔者虽不一定苟同，但对于其敢恨敢爱，却是钦服有加——“温莎之恋，佐证着爱情胜过一切功名。在今天，已经成为全人类的精神财富。许多曾经的故事已经变成一页枯萎的历史，没什么人记得。但是，我们所有人都知道，有一个国王，为了爱情，放弃了一切。”

其秉笔纵论天下文人、艺术家，古今中外，无所不涉。姑不论其观点高下，笔触却真诚得可爱。她评论艺术，点评影视，涉猎颇广。她直面人生，敢于妄论情爱——“一切为了爱”，这是沃丽斯的题字，也是她一生笃信的伟大情感。

怀着好奇心，她欲读懂世上的一切，乃至了解各类动物的繁衍。无论其观点然否，倒都显得颇有见地。以至，她忘情地记叙日常生活中的喜怒哀乐。说到动情处，也着实使人怆然掬泪。

更没想到的是，她还居然写起了足球评论：“美丽的战神——败亦英雄。球迷心中永远会为他们燃烧一片高尚的角落。

“是的，人们不会忘记感人的一幕幕：热心的球迷将各国国旗缝在一起共同欢呼；赛后，双方队员友好地互换队服；一个黑人小伙子亲吻一个白人姑娘，以祝贺她们国家队的胜利；紧张的赛场上对方球员为另一方球员按摩痉挛的大腿……”

“是的，善良的人们还如此想象着，此次世界杯足球赛的如期举行，多少会给当今世界此起彼伏的战火浇一点水、降一点温，让全世界都放松一下。据说，恐怖大亨本·拉登就是一个英格兰阿森纳足球俱乐部的忠实球迷，当他醉心于足球的一刻时，心会不会因此而柔软一点呢？”

自然，她未能免俗，喜欢随意逛街。她说，女人穿衣，是一种姿态，一种风格。所以，必定逛街。在她看来，这也是一种优雅。

在优雅的散文中，她透出独立的思考。她写道：“女人的灵秀，男人的悟性都是比知识更为重要的底蕴。”原来，她欲做真女人，便很少委屈自己，成为诗人笔下的“遐思万丈的女人”。

她亦是一个颇有情趣而有趣的女人。她写道：“读书之乐恰如男女之事——夜晚最惬意，多半在床上，其中佳趣不易向外人道也。”

读此，我不禁拊掌而笑。

三

一樽还酹江月。

观庭前花开花落，望天上云卷云舒。

“追梦”的过程，透出对人生的思考。看似简单的女子，倒有从业余诗人到散文作家的曲折转型路径。

在她看来，诗是文锦霞色。她赫然转变的个中原因，在书内自我剖析得再清楚不过，也显然颇有情趣——“渐变的夕阳、渐变的花朵、渐变的海水、渐变的情感，我逐渐放弃了对诗的喜爱。一是因了年龄，二是因了自己缺乏男人的大器和坦荡，器小易盈，突破不了小情调，因此，不再沉迷诗。同时，我也怕误入歧途，我必须摆脱诗人的忧郁心态，做一个快乐向上，对生活饶有兴致而如茶的女人。”

或许，她懊悔当过诗人。然而，世间没有传说中的“孟婆汤”，后悔也没用——“一半为诗，让灵魂轻盈；一半为人，脚踏实地。这才是诗让生活色彩明亮起来的简单道理。”

尽览书稿，我合卷而陷入思索。无论如何回避，她的骨子里，依然透着诗人浪漫的本色。

四

今夕是何年？

无疑，是其种玉成月之年。

“人一天天从年轻成长到中年，又一天天长到年老，坎坷使人淡定，阅历使人从容。”然而，坎坷未必使人淡定，阅历也不等同于历练。

而频经人生历练之后，究竟悟到了什么？各人自有各人的截然不同之悟。

“惟德是依，因心而友。”（范仲淹《淡交若水赋》）她领悟了古人交友之道，懂得了何为爱，也懂得了何为情。她以文会友，摒弃当今所谓金钱关系，俨然融进了“追梦”的忘我境界。

“女人如风来去匆匆。女人的成熟是美丽的，而学识和修养，则是女人品位和魅力的所在。这也许只有在知识的海洋里疯狂遨游过的女人才知晓。”

厚德载物。她懂得了女人的人文品位。女人怕老，然而，文学梦的实现，却是女人青春的延伸。她使女人在追梦中展开了理想的翅膀。对于此书问世，她内心早已有了定论，也似乎有着超然的理性。

她自信地说，有一天，我们都将化作春泥或一缕青烟，那时它仍旧会代我们活着。和别人不一样，这一个理由就足以使自己感到充实。

在她温馨的书房里，没有凛冽的严冬。历经春夏，她无疑收获了初秋的硕果。这部书，似乎就是悬挂文学梦想枝头的弯月。

种玉，果真幻变成了明月。

她的书，仿佛笼罩在薄云之际的一弯月牙，向大地洒下一抹淡淡的清辉。

写于戊子年冬日

云中谁寄锦书来*

纵观近年来，当代信札和名人墨迹的出版，已属鲜见。我之所以愿为金鉴这部书作序，皆因其收藏的信札和墨迹，岂止映现大千演幻之中的“雪泥鸿爪”，也印证了金鉴这位有心人寻访过往历史的足迹。

一

一封信札，一段佳话。

诚然，信札作为一种实用文体，伴随计算机的普及，似乎已日渐罕见。名人墨迹，皆因时代前行，愈来愈弥显珍贵。

偶然得识金鉴先生，缘于几年前研讨叶赫古城之行，遂一见如故。谈及晚清掌故，以致于一改多年午睡陋习，对坐相谈甚欢。至今，依然历历如昨。

毫不讳言，金鉴的《云中谁寄锦书来》，辑录不少当代已故名家信札，实属难得的文史资料。书内大多乃耳熟能详的文化名人，自然亦有我不少忘年老友，譬如单士元、王世襄、朱家溍等一代明清史大家，乃至末代国舅——郭布罗·润麒。值得提及的是，金鉴乃满族正白旗人，为写圆明园史迹遂与史地大家侯仁之教授结下忘年之谊，二人的书信记载了一对老少学人的交往，堪称一段文史佳话。

二

悠悠书信，脉脉真情。

---

* 此为金鉴《名人信札》一书序。

此书也唤起我人生经历的些许记忆。八十年代初，我随郭旃兄（曾任世界非物质遗产委员会副主席）去小石桥胡同的故宫元老单士元家串门。殊料，客厅左右两侧各款款走出一位身穿竹布大褂而温文尔雅的老太太，径自手托一个西瓜和一壶茶。原来，此乃单老金屋所藏“二乔”，遂在我年轻的心灵中留下了颇深印记。

其实，朱家溍本是距我家不远的东四九条胡同的街坊，却与君从无一日雅。然而，我所拍摄的《末代太监游故宫》且在故宫放映的历史纪录片，确是他与几位故宫“元老”审定的。其父朱老铁，亦京城“名票”，连皇叔载涛的如夫人王乃文也时常越我家门而至朱家侃戏。

再说王世襄，更堪称一位“玩”出来的京城文物大家。人所罕知的是，他并非世人所知的那种绝然远离政治的散淡之人，而是颇有主见的耿直老人。一次文化界召开代表大会，他不肯参加也不愿投票，经屡次动员之后，亲笔写下一纸委托，让我代表他与几位老人——中央文史馆馆员投票。其实算是个笑话，他平和地当面对有关负责人说：我信任英华，他投谁的票，我们就投谁。随后，他与妻子静坐平房里围着火炉子烤火，王顾左右地聊起冬天如何养蝈蝈等闲话，再也不提“正事”了。

四处访求有识之士，非有持久毅力不可。尤难得的是，金鉴殚精竭虑，倾力四处奔波搜集史料，实令人钦佩不已。而今，他寻访的名士多已作古，留下的书札却成为了珍罕史料。可贵之处，便在于不可再得。更况，封封信札透出的不止是历史的信息，还有于今文坛上久已不多见的脉脉温情，跃然纸上。

三

名人墨迹，一叶文史。

浏览此书过后，感慨之情油然而生。起初金鉴向一些名家写信，乃为撰写《圆明园景观志略》，请教建筑、园林诸问题。早在九十年代初，金鉴一度酷爱集邮，参加北京东方收藏家协会且搜集名人题签，欲请名家在其所寄邮资明信片上题写一句话或签名即可。孰料，不少名人被他的真诚所感动，弃邮资明信片而破例给他寄去墨宝，对他的创作给予莫大勉励。他曾不止一次感叹，人活在世界上，总该留下点儿什么，而绝不能虚度一生。为此，他视写作为生命，毅然选择了一条充满荆棘与寂寞之路。如今，他业已完成七部书的创作，发表散文、随笔百万字以上。更可贵之处在于，他并未唉叹命运不济，却庆幸与清贫为伴，酷爱文化而“独善其身”，以坚忍的毅力迎逆境尚顽强不懈。这也是我尤为感动之处。

真诚所至，金石为开——金鉴曾给素昧生平的漫画大家华君武去信，请华老在其寄去的空白纸上签名留念。殊料，华老接信以后，居然一时兴起为他绘了一幅漫画，标题是“死猪不怕开水烫”，金鉴遂意外喜获一幅不可多得的漫画藏品。在世的一代名演员——王铁城，为他题写了一句周总理的名言——“与有肝胆之人共事，从无字句处读书”。如此等等，不一而足。端的是苦心孤诣，不期成就此书。

华君武的漫画《死猪不怕开水烫》

记载历史，传承文化——善莫大焉。

甲午年十二月三十一日夜于京

史鉴堪思

——简评《陈独秀传》

传记纪史。陈利明所撰写的《陈独秀传》出版，不仅是人物传记创作的成果，对于近现代史及中共党史研究亦颇具重要意义。

众所周知，陈独秀是中国新文化运动暨“五四”运动的领袖，也是中国共产党的创始人，曾担纲中国共产党第一届至第五届中央委员会总书记，在中共党史上显具独特的历史地位。毛泽东同志曾高度评价陈独秀，“创造了党，有功劳”。囿于以往历史环境以及人物经历的复杂性，对于陈独秀历来众说纷纭。客观地评价陈独秀一生，有利于正本清源，匡正谬史。

清末，陈独秀出生于安徽省安庆独秀山下，因其山而得名，十七岁便榜中秀才。他在中国最重要的历史转变时期，投身革命洪流，虽屡经磨难，其志未改，1942 年病逝于江津，时年六十三岁。世人罕知，他在错综而多彩的人生之中，除政治以外，对于文学、书法乃至文字学也有着深厚造诣。

史鉴堪思。对于历史人物的评价，不怕有争议，就怕无依据。多年以来，陈独秀被凭空泼上不少莫名其妙的“脏水”，诸如被扣上反对共产国际的“大帽子”。据前苏联解密档案披露，从他当上总书记七年间，苏共政治局先后针对中国问题召开过一百二十二次会议，形成七百三十八个决议，平均两天半一个，甚至派员监督实施。试问，这让身处极其复杂环境的陈独秀如何执行？

固然，人无完人，功过须析。然而，陈独秀被毫无依据地诬为大革命后悲观失望的“取消主义”，还被罗织一系列反党、反革命、叛徒等罪名，确属“莫须有”。此书作者让史实说话——查阅陈独秀自1927年10月起，半年内便发表一百四十多篇杂文，抨击国民党反动统治，还多次向中共中央写信直谏良策。相形之下，被强行所安罪名，证据何在?

依据真实史料，还历史本来面目，是这部传记的价值所在。1929年，陈独秀被他所创建的共产党错误定性为“敌人”，开除出党。书中披露了陈独秀未死于国民党狱中，却在遭受党内无情打击以及国民党迫害的夹缝中艰难度日的真实窘况。当他入狱后，蒋介石派夫人劝降未果。出狱后，陈独秀继续主张抗日民族统一战线，还在广播电台发表演讲，但不久又被党内别有用心之人栽赃为“汉奸”。

然而，这并没有动摇陈独秀的爱国之心及不倦的思考。他以自身的率真体验，第一个提出反思共产国际瞎指挥的失误，深刻指出斯大林的错误是由苏联的独裁制度所致，应该从根本制度上解决民主政治问题。陈独秀的独到政治见解，至今仍有着深邃的借鉴意义。

陈独秀

陈独秀最后的妻子潘兰珍

历史是一面镜子。历史上对于陈独秀评价的几次反复，无疑产生了惨痛教训——出于某种政治需要，一度将其纳入“路线斗争”，遂酿成中共历史上第一桩最大冤案。耐人寻味的是，以致连苏联托洛茨基都被平反昭雪，他却仍背着莫须有的中国“托派头子”的恶名。从最初对于陈独秀的全盘否定，乃至近年的充分肯定，殊为不易。实践证明，“实事求是”应成为历史研究和传记创作的唯一准则。

这部关于中共创始人——陈独秀的传记，由国民党革命委员会所隶属的团结出版社付梓“正名”，倒也不失一件趣事。早年陈独秀落魄时，蒋介石欲掏钱资助，曾遭其断然拒绝。胡适建议他撰写自传，然而始终没得到他的回应。

昔日，陈独秀曾在国民党的庭审中，断然拒绝挚友章士钊为其反对国民党统治辩护。而章士钊则以惋惜的笔调，蕴含深意地记述说：

> 陈独秀生前历经坎坷，数度沉浮，晚年萧条，身后寂寞。如今，那日夜呜咽的长江从那杂草丛生、仅插一根电杆的墓旁流过，令人沉思遐想。

庚寅年三月于京

嘤其鸣矣抒友声*

冬至将近。

忘年挚友张顺兄来电，屡促愚弟为其书撰《序》。力辞不准，唯按兄命，欣然动笔。其实，我何尝不想尽力，无奈甚觉辈分太小，怕人耻笑。如今斗胆动笔，记叙廿余年交谊，藉以抒怀。

只能说是天生的性格。打小儿起，我便乐与老人交往——尤其是善良老人、知识老人、智慧老人。从十几岁起，我陆续交识了一批老朋友，最少亦年长我三四十岁以上，至今，多已仙逝。

嘤其鸣矣，求其友声。国画技法摄影作品《相依》

仁者乐山。仁者，寿。虽然，“文似看山不喜平”。而仁者，偏偏也许就以人生的崇山峻岭为崎岖之路而攀越历险为乐，唯寿者居多。

我与之交往耄耋者，多为历练坎坷的老人，而无风华正茂之达贵官宦。譬如末代太监孙耀庭，八岁净身，十五岁进紫禁城，初侍端康皇贵太妃，尔后伺役末代皇后和溥仪之侧。晚年终而乐隐禅林，为我晚清研究极尽鼎力扶掖。遵其遗嘱，其后事由我筹办，余立碑刻铭于天津静海。

又如皇弟溥杰，其经历罕见迭荡浮沉：贵为皇胄，一生曾钟鸣鼎食，及至成阶下之囚，再为共和国公民。其为我拙作《末代皇帝的后半生》题写书名并作序，使我感激之至。然，其低调为

---

* 此文乃应邀为张顺兄书画辑所作序。

人、达观顺势，酒后亦不免尽吐真情。余为其撰《末代皇弟溥杰》传世，窃以为投桃报李。

再如，溥仪《我的前半生》的执笔人李文达，实为吾师友。其一生出生入死，堪称英雄虎胆。惜叹，暮年因《我的前半生》而遭官司败诉，含冤而逝。圈内人皆知我二人殊于常人之情谊，一家大型杂志留出版面，邀我撰文祭之。我犹记得那篇文章题目——“人生难得品德高”。我在文中曾撰诗一首，唯记得结尾一句：“永生师友为我留”。其他忘年之交，无法一一检点。否则此序便成跑题之狗尾。

细检忘年老友之册，而今，张顺兄实为我交往的多位老人中在世挚友之一。

一年前，张顺兄自费付印《诗书画辑》，赠予亲友，颇受称誉。如今，他又将一部书稿置于案头，使我惊诧不已。一位年近八旬的老人，每日勤于动笔，记述他的一生经历，他的交往、情感，他的人生感悟。其交往者既有国家领导人，也有平民百姓，有他的师长，也有同窗好友。

他在体味人生，将悟出的真知献与世人。重要的是使世人看到了一位老人令人怦然心动的真情。从他的质朴笔下，可以窥见他那一代人的跋涉足迹。

智者乐水。智，知也。世事洞明也许便是知者的入世境界。人情练达，或许是将其一生的酸甜苦辣，权作乐水游嬉。遇险而不惊，遇难不言苦，偏以苦为乐。张顺兄便是这样一位长者。

记得，八十年代初，我刚调入华北电管局，便与其成了无话不谈的朋友。他诚恳为人而又不失机敏，学识渊博、聪明过人。最是难得的，他尤喜文善画，给我留下深刻印象。他待人和蔼，为人处世谨慎而开朗，不似我为人木讷、待人交谈过于迂直。与张顺兄交往，使我对自身修养反思良久。时或，张顺兄与我促膝交心，谈至性起，竟乐而忘餐。

老友初于张家口供电局供职，后调入京城，工作屡见思路，长于思考，为人勤勉。当我奉调离开之后，交谊未断。他时常将思考的电力建议与我切磋，其信往往很长，总用毛笔写成，每当读信，便仿佛见他在灯下正奋笔疾书。以至他退了休，仍然勤于动脑不止。书法绘画，每有心得，便约见交谈，或是寄来新作让我欣赏。

他的仗义而为，尤使我感动不已。经历几事，只叙其一。他有一位外地老同事，遭诬陷而入狱，其费尽波折，多方奔走邀来一位律师，没想到恰是我的好友。张顺兄几经周折，数载之后此案终讨得一个说法，深知内情者，无不为之感动。

或许是机缘。老太监孙耀庭逝世前，曾当面嘱我办理后事。而按照老人遗愿我为其撰写碑文且刻碑后，立碑之事却屡屡受阻。当地村民以为太监埋于祖茔，乃不吉利之事。张顺兄闻知，遂动员其好友——天津静海县供电局朱局长出面斡旋。虽经一年多，憾无结果。

或许天意使然。津门有一事托人找我疏通，我遂借助张朱二兄之力，恳请当地玉成老太监的遗愿，竭两年之功终于促成。末代太监的墓碑静静地伫立于天津静海县西双塘村墓地，孙老人终可安息了。我伫立在墓地上，长长舒了一口气，如释重负——老人生前托我之后事，终于完成，尽可告慰老人在天之灵！老太监叶落归根之事，引起海内外广泛关注，众多海内外媒体报道此事。此一颇具历史意义的善举，张顺兄功不可没。

他有福气，膝下有一聪慧文静的才女。早在十几年前的全国作家代表会上，我便与之相识——张立勤，一位著名散文作家。

虽然交往不多，但从父女两代人身上都看到了儒雅、文静的一面。

张顺兄尤擅书画，早年与书法大家欧阳中石乃幼年同窗。其女不仅擅散文，书法也颇具功力。在与父女两代人交谈中，往往可以释去平时虚以应酬的苦恼，体味宁静致远、澹泊明志的意境。

殊与人异。我与张顺兄父女唯一处相同——除推托不掉的应酬，我素喜节假日闭门谢客，读书写字，翻阅古籍，自娱自乐。嘤其鸣矣，求其友声。作序藉以抒发余情，亦聊寄愚弟之心声。

兹为序。

甲申年冬月于北京

人生的答卷要以“诚信”写成

——读王馨吉小朋友作文有感

人生如同一篇文章。这是我阅读王馨吉小朋友这篇作文后所想到的。

在不长的文字里，王馨吉小朋友记述了一次考试作弊的经过及其悔悟。文笔朴实，发自肺腑。通篇文章，不仅叙述了她考试作弊的情景，还描写了发卷时她听到获得100分，好似“打翻五味瓶”的复杂心情。最后，她谈到了对这件事的感慨和认识——得到了掌声和赞美声，却失掉了两样最重要的东西，即诚实和信任。她将对此事的认识，作为人生走向诚实的第一出发点。可以说，这是文章的点睛之笔，也是精彩之处。

人非圣贤，孰能无过。关键要看如何对待，这不仅是少年也是成年人亟待交出的答卷。无诚何以立身，无信何以交友。小朋友，试想一下，一个无法立身，也没有朋友的人能成功吗？在社会呼唤诚信的今天，王馨吉小朋友以自身为例的一篇短文，赫然点出了一个大题目：诚实是走向人生成功的出发点，而人生这篇大文章要以诚信写成。

或许，这就是我们从小朋友的作文中得到的一点儿感悟。

春意

——简析严马茜艺同学的《春桐》

读过严马茜艺小朋友的《春桐》，顿觉春意扑面而来。

她从外婆家的窗口，眼望梧桐树，热盼春天的来临，将春天拟人化地称作“春姑娘”。这种写作手法，给人一种亲切感。她观察细腻，写作有跳跃的动感和层次感。这是严马茜艺小朋友写作《春桐》的成功特点。

她将春天视作春的轻盈舞步，唤醒了沉睡的梧桐，继而，写到了春风、春雨，催开了迎春花，更衬托出了梧桐树的高大，悄然揭示了主题。接着，她拟人化地描写了二月中旬的初春，梧桐树由“吊带迷你超短裙”变成了“短袖七分裤”。一直到月末，梧桐树巴掌大的叶子，像一只只招摇的小手向行人问好，这样，一步步地描述了一幅美妙的“春景图”的形成。

这篇文章构思完整，首尾相呼应。开头描写了如火的夕阳，结尾仍然是夕阳，不同的是，“如血夕阳”，更给人一种火辣辣的动感。文章最后阐明，春桐只是万紫千红的春天的一个剪影。小中见大，透出尚属稚嫩的小朋友写作中难得的一种大气。

祝福*

——读董玲薇小朋友诗作

幻想是理想的翅膀。读了董玲薇小朋友的诗作《星星的祝福》，她美好的想象力和诚挚祝福，令人为之感动。她在诗中，将浩渺宇宙中的繁星拟人化，使我的内心瞬间灵动起来。

细细品味起来，董玲薇小朋友在诗中的比喻，充满了浪漫童趣，也洋溢着一种真情。她充满童真的想象，将天空比作舞台，从大地母亲对星星那甜甜的微笑，进而又联想到母亲节的来临，不仅向中国，也向世界各地的所有母亲送上真诚的祝福。结尾，她将诗句归结到星星看到母亲惬意的微笑，继而“融化到母亲们的欢笑中”。应该说，这是一个浪漫的独出心裁的创意。

在品味着美好的祝福中，读者似乎忘记这首诗并不十分押韵。也许，诗中所蕴含的内在旋律，比纯粹的韵脚有意思得多。然而，若写出不朽的传世诗作，非得苦学韵律不可，包括从古诗词中汲取营养。这或许是我对小朋友爱之愈甚，要求愈高的苛求罢。小朋友必须认识到，知识，是理想翅膀能否翱翔的最重要前提，然而，知识的积累要靠磨玉般如切如琢的拙功。期待着董玲薇小朋友写出更优秀的诗作，也在实现人生理想的道路上获得成功。这是我的期盼，也是我这位大朋友在诗评之外的知心话。

---

* 上述三篇作文评论，系应邀为《中学生作文》杂志撰写。

紫 禁 城 篇

末代太监重游故宫*

一

画面：

重檐八角，凌空飞耸的故宫角楼。叠入巍峨的宫殿挑檐，先占据画面一角，渐次拉开。遥望天际，橘黄色的落日，余晖交映。

古筝音乐，渐起。

旁白：

朋友，当你眺望紫禁城充满神秘色彩的瑰丽黄昏，当你经过旅途跋涉，静静地在这里小憩片刻时，你想到了什么？

是历史长河的绵延无尽，还是人生的短暂？是奋斗的艰辛，还是人世的沧桑？

或许，你已尽览岁月的年轮；也许，你还年轻，还没有来得及思索什么。那么，无妨让我们跟随一位饱经风霜的世纪老人，重游紫禁城，听他讲述七十年前曾在这儿亲身经历过的真实而又世人罕知的历史一页吧。没准儿，你真的能从中感悟点什么呢……

画面：故宫鸟瞰。西、中、东三宫特写。

旁白：

这就是末代皇朝的最后一个太监——孙耀庭。

画面：故宫神武门特写。

镜头从神武门摇下：孙耀庭坐上轮椅。人像特写，定格。

---

* 此为《末代太监重游故宫》纪录片解说词

故宫内放映作者拍摄的纪录片
《末代太监重游故宫》广告牌

旁白：

他生于光绪二十八年（1902 年），自幼长在天津静海县一个贫穷的农民家庭。八岁净身，十二岁进紫禁城。先后伺候过端康皇贵太妃、皇后婉容，尔后还去伪满伺候过傀儡皇帝溥仪。如今，他故地重游，自然说不尽千般感慨。

画面：孙耀庭静静坐在轮椅上，在故宫内缓缓行进。陪同者贾英华及其他人，依次纳入镜头。

旁白：

这位推车的是孙耀庭的过继孙子。他身旁的长者和女士，是过继子长年和孙媳。手持采访话筒的是这次特邀的《末代太监孙耀庭》的作者、孙老先生的忘年挚友贾英华先生。

（同期声）

贾英华：“您有多少年了，从出宫到现在？”

孙耀庭：“七十年！民国十三年出的宫。”

画面：镜头慢推，进神武门、顺贞门。

旁白：

与以往不同。这次重游的路线，按照老太监指引，进神武门——这恰是 1924 年他随溥仪被逐出宫之地。

走进顺贞门，朝东一拐，面前就是“堆秀”。这儿位于御花园东侧，是明万历年间堆造的一座人工假山。每逢重阳节，清代帝后都要登山览胜。而一般人所不知的是，此处也是太监祭祀殿神之地，且细听他娓娓道来。

画面：堆秀。特写。

老太监孙耀庭在堆秀下讲述。

（同期声）

孙耀庭：太监们在这儿祷告，（宫里）小心谨慎当差，在这儿上小供，买“二五眼（点心）”，磕头上供，你要得罪殿神不成，那算有错误了。在宫内倒水，得先喊：“倒水！……”这是宫里的规矩。（堆秀）上面有宝剑、宝座等。

一次慈禧办生日，在乾清宫召见。头一天，管理乾清宫的要打扫打扫，（首领）一进屋：“怎么这么味呢？”一看，慈禧宝座上湿了这么一块。问：“谁得罪殿神啦？”说没人得罪。拾掇完了，首领说，你们呀，跟着我烧香去，把恭王爷给请上。到那儿摆上之后烧香祷告。你猜怎么着，说是谁也没得罪，第二天早上一看，打扫出一个小黄鼠狼来……”

画面：右上角显现乾清宫、慈禧端坐的历史照片。

旁白：

行进途中，老人手指着浮碧亭，介绍说：

（同期声）

孙耀庭：“张勋复辟扔炸弹的时候，就扔在这里头了。”

旁白：

老太监讲，除了扔在御花园这颗外；另一颗落在三大殿后院，仅炸死一条狗，又掉在月华门房上一颗。这成了复辟丑剧收场前的信号。

画面：张勋照片。

镜头：盛开的鲜花，特写。甬道图案特写。

旁白：

瞧，这御花园内掩映在苍松翠柏之间的五色石甬路，镶嵌着足足九百多幅各式图案。什么三国演义、跪槎板、三老观棋啦，令人陶醉其间。然而，老太监肚子里的故事更多喽。路过“绛雪轩”前，他提起慈禧的女官德龄和容龄居住的地方。

（同期声）

孙耀庭：瞧瞧慈禧（过去）召见的时候修的那儿。这儿的铁棚没有了。从前这儿没出廊子，全是大铁棚，玻璃也厚。这是德龄和容龄住过的地方。

画面：绛雪轩远景。渐推出绛雪轩全景，定格。

旁白：

可能，连专业历史研究人员也未必知晓，延晖阁还有个别称。在这儿，他兴致勃勃地谈起了西太后和佛手公主阁的来历。

（同期声）

孙耀庭：八月十五，在这儿赏月。有咸丰的妹妹。慈禧在咸丰那儿差点（让他）摔着（掉下楼），被咸丰的妹妹一手就拽住了。（咸丰说）你真是佛手公主啊。慈禧受处分，慈安直给求情，生下太子将功折罪，生下公主再处置。（慈禧）可巧生下同治来，由这儿她就一步登天了。

画面：延晖阁。自下而上，镜头推定格。

旁白：

所以，咸丰的妹妹被称为佛手公主，这儿便被称作佛手公主阁。

画面：右上角，分别插入咸丰与慈禧照片。

镜头自左向右摇过，定格。镜头拉回老太监上半身。

(同期声)

孙耀庭：这是庄士敦住的地方。

画面：溥仪与庄士敦站在一起，自远而近。推定格。

旁白：

他就是教授溥仪英文的英国洋师傅庄士敦。

画面：重华宫。

(同期声)

孙耀庭：这是荣惠皇贵妃住的地方。这是重华宫。

旁白：

迈进重华宫，就是西六宫了。

画面：右上角，分别显现庄士敦和荣惠皇太妃的照片。

拉长镜头。经重华门，过长泰门，到储秀宫阶前。摇过院中全景。

旁白：

就在储秀宫这儿，老太监曾伺候过皇后婉容。提起昔日的生活，他历历在目，记忆犹新。

画面：婉容的照片。从右角渐大，充满整个画面。渐缩至老太监手指着的回忆画面，特写。

(同期声)

孙耀庭：该（值）班的那一天，早晨六点钟就接班。这儿是明间，当差的住这间。婉容在次间（东间）睡觉。我们在东边这一间

作者陪同末代太监
孙耀庭游走在西六宫

里睡觉。宫女住紧东间，坐更是两个太监。我和赵兴振（一起值班）。到夜里呀，婉容一睡觉，我们就没什么事了。这就拿出吃的来（偷着）吃果盒。我们捡着好的吃。吃完了，婉容忽然间醒来了，想吃点儿，没有了。让她吃点儿蜜柑，上厨房要蜜柑，拿四个盘子洗干净了，拿来了。由此成了例，每天晚上单拿蜜柑。她吃不吃也拿来，她不吃，第二天谁下班就带走了。在这儿一天吃饭哪，有我们几个人照顾，值班就得照顾婉容，吃饭在前殿。

我跟赵兴振还有一个小（杨）太监，我们三个人在那儿。（我）吃饭得看主人脸色。人那要是笑脸，还可以，人家要是憋着气，就少言语。当差的就得看人脸色。

画面：孙耀庭缓步走到殿窗前。讲述储秀宫几间屋的摆设。

孙耀庭：从前，这儿都没这个，这是婉容洗澡的（地方）。

贾英华：原来这是个大瓷盆吧？

孙耀庭：（是）瓷盆。原来这里有多宝阁，没炕。

"七十多年啦！"

贾英华：当时是这地吗？

孙耀庭：是这地。方砖地没变。台阶也没这么高。

画面：镜头推至储秀宫正殿。

旁白：

或许经过近一个世纪的跋涉，他似乎觉得连台阶也变得高了。

画面：老太监沿储秀宫北窗，缓步前行。

旁白：

或许是怀旧的心理，他却固执地不愿坐轮椅而要求步行。

（同期声）

孙耀庭：（不用坐车）走到头。

旁白：

在东间，皇后的寝殿，他伏窗凝望。

（同期声）

孙耀庭：（从前）南边这儿也有炕，北边有床。（早）先，两边都是床。

画面：孙耀庭缓缓行至储秀宫窗前。镜头特写。

末代太监孙耀庭向作者讲述起当年宫内发生的真实故事

旁白：

往事悠悠，老人历历如昨。

画面：渐离储秀宫。

旁白：

谁能想象，皇妃也喝井水呢。在水井旁，老人手指这口井生动地提起了淑妃文绣喝“井不凉”的往事。

（同期声）

孙耀庭：（淑妃）她要喝水，（我问她）沏茶吗，（淑妃说）“不用，我喝点儿凉水。”现上井里打去，我给打吧。打上来提着小桶就喝了。“井不凉”，人家是（水桶）不落地呀，打上来拿着水桶就喝了。

画面：淑妃文绣的宫装照片，运用特技“飞”入画面。

旁白：

近七十年了。他对当年宫中的住所和太监伙伴，仍记得十分清晰。

画面：路过当年与太监赵兴振一起住的西屋，孙耀庭手指着说。

（同期声）

孙耀庭：我跟赵兴振（住在一起）。

画面：显现太监赵兴振照片，特写。

旁白：

他对当年与皇后打秋千的往事，竟记得丝毫不错。虽秋千不在了，顺着他的手指望去，瞧，荡秋千的铁环却依然故我。

画面：北窗下的廊子。镜头推近铁环，特写。

（同期声）

孙耀庭：（打秋千）先是一个人打，后来两个人打。

是这儿，这不是翊坤宫嘛？就在这儿（打秋千），这铁环子（还）没（拆）下去。（皇后）也在这儿打秋千啊！

旁白：

唉，多有意思。这位九旬高龄的老寿星，提起当年与他相好的宫女瑞霞打秋千的往事，竟羞涩得掩面而笑呢……

（同期声）

贾英华：往前走还到哪儿去啊？

孙耀庭：长春宫啊。

画面：镜头延伸，长春宫特写。

旁白：

在长春宫，老太监对这里的旧主人如数家珍。

（同期声）

孙耀庭：（长春宫）原是隆裕皇太后住这儿。到了隆裕皇太后逝世之后，就是敬懿皇贵太妃住这儿，到了溥仪结婚，敬懿皇贵太妃就搬到西边去了。文绣住这儿，（出宫）那是我给送的信儿嘛。

旁白：

溥仪出宫，是中国历史上的一件大事，也是老人所亲身经历的重大事件。发生在 1924 年 11 月 5 日。

（同期声）

孙耀庭：那天我值班。皇后还没起来，我就言语了："万岁爷来了。"（溥仪说）"怎么还没起来？到起的时候了。"皇上出来了，拿个鸡毛毽，找我去了。他刚过的生日。（问我）你想吃什么。（我说）"什么都不想吃。"（他说）"想吃什么，咱们买去。"（我说）"不想吃，牙刚拔了。"我就出来了。

婉容也起来了。溥仪穿着皮鞋来的，西服革履。皮鞋上蹭脏了点儿，我拿布给擦了擦。他又要茶盒子。我说："还没来呢。"（溥仪说）"拿你们皇后那个。"我拿过来沏茶，刚喝了一点儿茶，溥仪正在外间弹钢琴，我在旁边站着听见叫门，一回头，是绍英、耆龄（他们）进来了。我就躲开了，我就出来了。溥仪在翊坤宫那儿一摆手，咱还不明白吗，叫我把电话拨过去，我就拨过来了。我也不知道外面有什么事……

画面：

轮椅推进长春宫。

老太监继续讲述历史往事。

（同期声）

孙耀庭：拨完电话，我就躲开那儿出来了。我问奏疏的，奏疏的正在旁边廊子那儿待着呢。我问什么事儿啊？他说内门都关了，绍英、耆龄、宝熙、荣源全进来了，坏了紧张了。皇后主子问我："什么事呀？"我告诉她："内廷门都关了，绍英、耆龄、宝熙等，找鹿钟麟去了。"反正没什么好事。他们也不知道，反正没什么好事，反正紧张。

待会儿，溥仪叫我："春寿儿，你到长春宫，（给文绣）送个信儿，集中到一块。"文绣说："什么事儿呀？"（我说）"万岁爷让您拾掇拾掇，到储秀宫去，什么事儿不知道……"

画面：配溥仪及出宫系列照片等。特技镜头。

旁白：

孙耀庭就在这天，跟着溥仪和皇后灰溜溜地离开了紫禁城。

画面：镜头推近紧闭的紫禁城的朱红大门。定格。

二

画面：故宫内的巍峨宫殿特写镜头。摇至西六宫的西长街。

旁白：

在通往养心殿的西长街，老人追忆起了当年溥仪差点儿枪毙他的旧事。

画面：西长街。推着老太监乘坐的轮椅缓步行进。

（同期声）

孙耀庭：那天，我下班了。在隆福门那儿有几个人说闲话。溥仪正在北门骑自行车回来。我在屋里，宫里窗户高。我在屋里说话也看不见（他），屋里有（说）万岁爷什么的，他听了会儿，他到屋里一看，见着我了，提着我的耳朵，上了养心殿来了。（溥仪说）“你没事儿尽讲嚼我？”

我说：“奴才讲嚼您什么了？奴才没说别的，就说您那天晚上（和）皇后主子、大格格、二格格在宁寿宫玩儿呢。奴才没说别的。”“你说不说？”“奴才这说的都是实话，一句瞎话没有。”他急了：“你要不说，我拿枪毙了你！”他在炕桌边一拉抽屉，就把手枪拿出来了。“你说不说，你不说我毙了你。”我说：“你毙了我，奴才心屈命不屈。命是造就的，心屈命不屈。”溥仪说：“你说不说？”“我说的就那几句话，实话，一句瞎话没有。你要么把那几个人叫来问一问。”

我央告他半天，磕头磕得把这儿磕得一个大疙瘩起来。“走吧！”“我就谢谢万岁爷了。”磕头就走了。不是他看我，是他的一个随侍的叫李体育，我们尽在一块玩，他上我屋里去了。“今儿害怕了吗？”我说：“那怎么不害怕呢？他要拿枪毙了我，我说什么，心屈命不屈吧。”他说：“您别害怕，那是考验考验你……”

旁白：

小皇帝的残暴，老太监感触至深。

进了遵义门，就到了养心殿。

画面：养心殿内外景。

（同期声）

孙耀庭：在那儿听了这话呀，他就把我提拉这儿来了，揪着耳朵……（音渐小）

旁白：

在这儿，老太监又讲起了如何央告溥仪，最后溥仪终于放了他。

（同期声）

孙耀庭：（溥仪说）你回去吧，我就回到储秀宫回到婉容那儿去了。晚上我还告诉值班的，我看着他来了。虽说（他）让我回来了，看见我回来了，随后他来了。我心里简直就跟打了鼓一样。我怕他跟婉容说我讲嚼他，不要我了，散了（我）得了。真是伴君如伴虎啊！

画面：镜头摇至东长街。老太监乘坐轮椅，由内左门自南向北而行。

行进在西长街上，老太监追忆起宫中的种种旧规矩

旁白：

行至日精门，他讲述起人所罕知的宫内种种规矩。

（同期声）

孙耀庭：宫里头规矩：天天五点来钟，天快黑，快没太阳那会儿，在月华门那儿，（喊）“听差……灯火小心！”那边喊，这边传下去，都知道了。一喊完之后，宫里所有当差的，在乾清宫台（阶）上就不准走了，月台上就不准走人了。一喊“听差”，人家殿神就接了班了。

“殿神是一品顶戴，（戴）小红帽子。咱也没见过。泼水，恐怕泼到殿神身上。头倒水（之前），端着洗脸盆，（要喊）‘倒水！’，说完倒水，这盆水就（泼）出去了……”

（宫）里面规矩大极了。没事儿拍巴掌，这巴掌可不准拍，说笑话拍巴掌不成。拍巴掌如同是死了人一样，规定慈禧这样人物死了之后，让你举哀才举哀（哭丧），不让你举哀谁也不能举哀……这是（宫）里头的规矩。”

主人出来，皇上、皇后，像慈禧那时候（出来），一喊就知道。（要）打斥。我没牙了，“斥！……”（传）挺老远。敬事房的（太监）天天练。不练打不响啊。皇上走到哪儿都要“打斥”。皇上、皇后、（慈禧），只有这三个人许“打斥”。

妃嫔（出来），喊“关防”。敬事房的（太监）他在头里走，主人在后边跟着。“关防，关防……”就知道是主人来了。（如果）撞上了，赶紧脸冲墙站着。主人过去，你再走。嘿，那规矩大极了。还有，“贵人”（过来），（喊）“走走，你快走吧，你躲开吧……”这（宫）里的规矩太大！……

画面：景仁宫由远渐近。

旁白：

老人指着这儿，说年轻时曾经住在院内的东厢房。之前，珍妃曾住在景仁宫的正殿里。珍妃之死，历来众说纷纭。提起此事，老人自有他的说法。

同期声：

孙耀庭：珍妃井在宁寿宫，井口这么点儿。慈禧要跑长安去，在宁寿宫那儿就要走了，一想不成，你们这几个人就数你（珍妃）年轻，国家这么乱，恐怕丢人脸上不好看哪。（珍妃说）“得了皇妈妈，您就带着我吧，就当个小猫、小狗的带着我走吧。”说什么也不成，怎么央告也不成。

光绪也在旁边站着，不敢言语。她姐姐正在旁边站着，也不敢言语。慈禧急了：“怎么着，我这说话你们都不听？我说的对不对呀。就她年轻，在这乱军的时候，给这国家丢人不丢人哪……”说了半天，慈禧说：“怎么着，你们就管吃饭呀，就不管这个……崔玉贵！”就把崔玉贵叫过来了，崔玉贵（正）当二总管哪：“崔玉贵，把她推井里去。”

崔玉贵一看，不成了，就过来了。“走吧。”珍妃直哭央告也不成。到那儿，就推井里去了。到之后，慈禧就走了。她在井里搁了一年多吧。到后来捞上来了，搁在太监公墓了。

画面：景仁宫前。贾英华与孙耀庭对话。

（同期声）

贾英华：您说说，您怎么祭奠珍妃井的。

孙耀庭：穆海臣（太监首领）带我去，买了东西祭奠去，到那儿摆上，烧个香磕个头，就完了。

旁白：

老太监讲，那时，珍妃的姐姐端康皇贵太妃就不去祭了，而让太监穆首领带着自己代她去珍妃井祭奠珍妃。

画面：插入珍妃井的特写。珍妃照片。

旁白：

昔日，珍妃就曾经住在景仁宫的正殿里。触景生情，老人非进殿去不可。

画面：老太监乘坐轮椅，被抬入景仁宫。贾英华与老太监在殿内对话。

（同期声）

贾英华：珍妃过去就住在景仁宫正殿吧？

孙耀庭：可不是（住在）正殿（嘛）。”

旁白：

他，在这里仿佛真的动了感情。在景仁宫正殿，老人讲述了朱批断官司的真事。这段真实的故事，曾被书写在四扇屏上，竖立于景仁宫内，以警后世。

画面：以景仁宫为背景。渐入字幕。

（同期声）

孙耀庭：这是哥俩打官司，一个叫沈仲仁，一个叫沈仲义，江西人。一个考（上）了翰林，沈仲义是户科督给事，这哥俩到之后打官司争家产，为争家产，告到蒙南直。蒙南值一看就给他们俩批下来了：

“乌鸦反哺，仁也。马不欺母，羊羔跪乳，礼也。蜘蛛网罗意为食，蝼蚁塞穴而避水，智也。鹿得草而鸣其群，蜂见花而聚其众，义也。鸡非晓而不鸣，雁非社而不至，信也。禽兽尚有五常，人为万物之灵，祖宗遗业何须争？而伤手足之大情，真不如禽兽之类也。”

批得多好啊！……

画面：老太监讲述。推定。特写。

旁白：

“兄通万卷，全无教弟之才，弟掌六科，岂有伤兄之理。沈仲仁，仁而不仁。沈仲义，义而不义。知过必改，再思可矣。”也许，这段旧公案对现代人也不无启示罢。

画面：老太监特写镜头。拉回近景。贾英华与老太监在殿内继续对话。

旁白：

当问及曾住在这儿的是珍妃吗？老人清晰地回答：

（同期声）

珍妃！

贾英华：这地面是原来的方砖吗？

孙耀庭：那时地面全是方砖。那会儿没有洋灰啊。

画面：东长街。广生左门前。镜头渐摇至门前，老太监手指着门槛回忆往事。

旁白：

当年，淘气的“宣统皇帝”，为学骑自行车，竟下令锯掉了宫内的门槛。至今，遗迹犹在。老人指着广生左门的门槛，说：这就是溥仪骑车时锯掉的哟。

画面：门槛特写。

御花园。老太监小憩近景。

旁白：

老人静静地坐于御花园一隅，静观着欢乐的人群。劝他喝点儿水，他不肯。这时，我们才知，老人为减轻负担，头一天便只吃蔬菜，不再喝水，而为了重游紫禁城的这一天喏！

三

画面：西长街和东长街。坤宁门。坤宁宫、交泰殿、乾清宫掠影。

旁白：

当我们漫步于西六宫和东六宫后，沿御花园往南便是位于中路的后三宫了。若从北往南数，依次是坤宁宫、交泰殿、乾清宫。早在明朝，这儿曾是皇后的寝宫，临到了大清，除了大婚三天权作洞房外，其他日子则成了名义上的正宫了。

实际上，这儿倒是清朝历代名符其实的祭祖场所。还没进坤宁门，老人就津津乐道地讲起了努尔哈赤祖先的故事。

（同期声）

孙耀庭：坤宁宫西房墙上，（供着）站着的王爹爹和王妈妈，就是卖豆腐的夫妇俩，从前呵……

旁白：

老人聊起了当年他陪皇后婉容来此祭祖的往事。坤宁宫西间里，揭开布帘，是两个站立的老年夫妇的画像。传说，这是努尔哈赤祖先的恩人——卖豆腐的王爹爹和王妈妈。想当年，一位姑娘在河里洗澡，吃了大鸟衔来的红果，就生下了小孩儿。当被遗弃之后，被这卖豆腐的夫妇俩赶开了守护在旁的乌鸦，将他捡了回来抚养成人。据说，这就是威震天下的努尔哈赤的祖先。直到清末，皇帝和皇后还要来此按期祭奠呢。

画面：老太监静坐在轮椅上。身后围观众多游客。

镜头摇过坤宁宫，西间里面布置。

适时插入努尔哈赤画像。

（同期声）

贾英华：“祭奠有什么仪式呢？”

孙耀庭：“就是磕头啊……”

旁白：

老人走近坤宁门。迈进门槛，便是交泰殿。

画面：镜头特写——抬着乘坐轮椅的老人迈过门槛。

旁白：

游人大多只知交泰殿是皇后在生日或元旦接受朝贺的地方，也许还听说过这里是珍藏“二十五宝”——也就是传国玉玺之地。然而，却未必知道殿旁这孤孤零零的石墩为何物。老人廖廖数语，遂道出了个中秘密。

画面：老太监乘坐轮椅缓缓推过来，手指着殿前的石墩讲述。

（同期声）

孙耀庭：就在这儿（插）着根木头杆子。这杆子上绑肉，让乌鸦来吃，那叫祭祖。

旁白：

原来，这就是祭祖用的俗称“祖宗杆子”的底座。昔日，祭祖时杆顶要绑上鲜肉，供乌鸦来食用，以报答乌鸦的护主之恩哪！

画面：老太监乘坐轮椅从殿上下来，漫步乾清宫前。老太监面部特写。

旁白：

老人那饱经沧桑的双眸，在凝视着沐浴了数百年风风雨雨的古城大殿。他仿佛陷入了往事的沉思。

画面：镜头摇过乾清宫等。

同时，右上角显现出老太监坐着轮椅行进。特写镜头。

渐渐扩大至全幅。从其身后渐渐推至乾清宫。特写定格。

旁白：

来，瞧这建筑精巧的乾清宫，那是由四十间富丽堂皇的宫殿结构而成。西侧的懋勤殿，是历来皇帝读书或批阅奏章之处。东侧的端凝殿，是辑藏皇帝冠、袍、带、履的地方。南侧的东端是皇子念书之地，而西端则被称之为“南书房”，是翰林才子为皇上“捉刀”的所在哟。

画面：轮椅在乾清宫前徐徐推过。定格在军机处前。

(同期声)

贾英华：这原来是什么地方啊？

孙耀庭：这是军机处啊！

画面：孙耀庭手指军机处说明牌，朗读。声音渐弱。

旁白（插入）：

你看，赫赫有名的军机处，就设在这一排小平房里噢。雍正七年，它就建立了。一直到了风雨飘摇的“小宣统”垮台前，它才寿终正寝。

音乐渐起。

画面：轮椅由南向北推行。

车轮碾动。特写。

旁白：

或许，从这老太监身下车轮的碾动，似乎可以想象到时代的车轮在滚动向前的痕迹……

画面：轮椅从端门、午门，渐渐推向天安门。

旁白：

环顾左右，他指着故宫大殿，说：

（同期声）

孙耀庭：“（故宫是）明朝修（建）的！”

画面：老太监乘坐轮椅行进途中。

穿午门，过端门，
老人来到天安门

旁白：

穿午门，过端门，老人走近天安门。从神武门到天安门，这仿佛对应着时代更迭的历程，不啻一个巨大的历史跨度！

画面：老人伫立在金水桥上。镜头收进上端的毛泽东画像以及老太监的完整形象。特写，推近，定格。

旁白：

朋友，如果您游历了紫禁城，没来得及咂摸咂摸滋味，谈不出个子丑寅卯的话。那么，让我们来倾听这位七十年后重游紫禁城的老太监，在金水桥上用凝炼的语言概括切身的感受吧：

（同期声）

孙耀庭：我一看，太好啦。真是“国正天心顺，官清民自安”哪！……

旁白：

说得多么好啊！“国正天心顺，官清民自安”。这是一条颠扑不破的古训。国泰民安，这是一幅多么美好的前景。世界期待着中国，这一条正在腾飞的东方巨龙！……

画面：背景映衬故宫。故宫九龙壁特写。

叠印老太监的特写镜头，渐渐推至整个画面。

古筝声，渐起。又渐弱。

屏幕渐渐推出：

故宫博物院监制

版权所有，翻制必究

丙子年七月十五日，第三稿

末代太监孙耀庭碑文

忘年挚友末代太监孙耀庭，于1996年12月17日逝世于北京广化寺。1999年清明节，孙耀庭的墓碑，终于竖立在其家乡天津静海西双塘村的墓地。遵照其生前遗嘱，我为其题写碑文并书丹。[①] 兹恭录如下：

嗟夫！哀溯滥觞，夫宦寺旧制，迄今历数千载矣。盖随皇权而嬗替，追封建而始终。

悼作古之忘年挚友孙老人，讳耀庭，考其为中国末代太监之最后一人。光绪廿八年十一月卅日生于津郊静海东柳木，公元一九九六年十二月十七日，于京城广化寺神迁鹤化。自幼家道贫敝，欲报父仇，八岁净身，

作者撰题的末代太监孙耀庭碑文

---

① 1996年12月17日，晚十八点五十分，中国最后一位太监——孙耀庭走过九十四载漫漫人生，在京城什刹海畔的广化寺逝世。

12月20日十二点整，孙耀庭老人的遗体在八宝山火化，十三点半，我和他的过继子长年亲手将其骨灰拣出。下午，我与众亲友一起护送孙老人骨灰抵其家乡——天津静海县西双塘村。次日上午，将其安葬在村西北的墓地里。

然而，此前孙耀庭老人立碑的遗愿却并非一帆风顺。我认定，无论遇到多少艰难险阻，老人的临终嘱托必须实现。我五赴静海，三进房山石窝选材刻碑。几经周折，历两年多斡旋，1999年清明节，孙耀庭老人的墓碑终于竖立于墓地。此时正值初春，万物复苏，大地萌绿。这座两米高的墓碑正面顶部镌有四字篆文——“末代太监”，正中间镌有竖行的五个隶书大字：孙耀庭之墓

这座墓碑背面镌刻的隶书碑文，追溯了太监制度始末，记述了中国最后一个太监孙耀庭的一生。其毕生经历，从某一特定角度折射了中国近百年的历史演化。

十五进紫禁城。初侍端康皇贵太妃、皇后婉容，后赴满洲国伺役于康德傀儡帝溥仪之侧。返京久居寺庙，僧侣钟磬为伴。值共和国任宗教干部，终而乐隐禅林。余暇细忆平生，尽述晚清遗史，鼎力助余成《末代太监秘闻孙耀庭传》，且亲笔挥毫作序。此书节译十五国文字，远播海外。

作者（右一）与中外媒体朋友为末代太监立碑

暮年重游紫禁城，详阐故宫轶闻，摄录存世，实难得之珍笈。其积毕生经鉴之联语："国正天心顺，官清民自安"，于京城广为流传。余曾捉刀为末代皇帝溥仪题写墓志，今又幸为末代太监孙老人撰书碑文，莫非天意乎？忆相识于暮春，临青冢而涕泗。黯然销魂者，悠悠余情也。曷其有既。

孙老人一生伴历史浮沉，观朝代兴替，若喻清水一滴，可映沧海之波澜。其仙去固属无疾而逝，然其寿终正寝，庶几为中国封建社会宫廷之躯体消亡最终标志。爰立贞石，以诏来者。

公元一九九七年清明节

北京贾英华敬撰并书于故宫

游　记　篇

司马迁故乡行

东去的列车从古城西安缓缓启程，车窗外断续闪掠过“八百里秦川”，将近一天便来到了令人神往的司马迁故乡——韩城。

莫看韩城地处关中一隅，其实商周时代，这里就是古韩国的发祥地。毫不夸张地说，古韩城宛如一颗璀灿明珠，始终闪耀于黄河之畔。

早在三千多年前，《诗经》所记载的“溥彼韩城”，就是指的这里。因其城北留有禹凿龙门的传说遗迹，古来以往又有龙门之称。据《太平寰宇记》所载，远在隋文帝时代，此地便正式设置韩城县。《星野志》形容其地势“危秦扼晋，实据山河之要”。显然，这是自古以来兵家必争之地。

韩城堪称历史悠久。这里既有闻名遐迩的千秋古迹，也流传着许多迷人的传说。著名戏曲《赵氏孤儿》和《法门寺》的故事，也源出于此。

众多历代名人的遗踪旧影，更足以使人目不暇接。诸如，汉武帝的行宫挟荔宫遗址；唐代大诗人白居易寓居的白公铺以及白公祠；韩信统兵袭魏之前，在此跃过黄河天险的芝川渡；李自成攻克长安称王建号后，在此地留下了从禹门口渡河北上而镌刻的石额（据说出自军师李岩之手）；唐初四杰之一的王勃，亦曾在此挥毫而就《夏日登韩城门楼序》这篇千古美文……

然而，尤为吸引我的则是司马迁墓祠。

毛泽东转请郭沫若题写墓碑

暮夜抵韩城，宿于西山脚下。窗外微露晨曦，待起身前往芝川镇，太阳已足有一杆子高了。

沿芝川镇向东南行进不过五六分钟，驻足高坡之上，司马迁墓祠蓦然显现眼前。只见墓祠耸立梁山秀峰之巅，环置于苍松翠柏之中，西邻群岭，北峙龙门，俯观九曲黄河浩荡东去，如襟带系绕山脚……

难怪大才子王勃，当年在此发出一声悠然浩叹——“临胜地，陟危楼，放旷怀抱，驰耳目上，思挽云霄……”凝视着掩映在翠绿丛中的司马迁墓祠，脑海里似又浮现出两千年前一幅悲壮的历史画卷。

终日潜心于著述《史记》的司马迁，突遭飞来横祸，因涉李陵事件牵连而惨受宫刑。面对令人痛不欲生的摧残与屈辱，司马迁“幽而发愤”，饱蘸血泪写出旷世惊俗的“史家之绝唱，无韵之离骚”——《史记》。仰望司马迁墓，耳畔阵阵松涛，似在倾抒太史公的千古悲愤与高尚情怀。

清风徐来，我伫立于梁山脚底。芝秀桥横亘河上，明澈的芝水绕山潺潺流去，清涟有声。相传，此石桥乃杨虎城将军于民国年间率兵驻此而重建。慢步走过石桥，只见一座木牌坊竖立面前，上边五个笔力遒劲的楷书大字——“汉太史公祠”，乃光绪十二年所重新摹写。穿过牌坊，攀一道石坡顺山而上，此处人称“司马坡”。

沿坡而行，途经三座平台即达司马迁墓祠。山上的平台，皆由砖石依傍山势砌成，每座平台之间均以石阶相连，两旁树木繁茂，左边是桑树，右侧为松柏。当地人解释说，桑，以示桑梓之地——司马迁故乡。松柏，则象征着司马迁的功德万古长青。

司马迁祠

拾阶而上，便来到第一座平台，巨大的牌坊端立此处，上书“高山仰止”。由此登阶十七层，即至第二座平台。抬眼而视，恰遇牌坊修葺，已近完工。高耸的石坊上，悬镌一通异常醒目的匾额——“龙门才子故里”。

若再攀几十级台阶，才可抵达最终的平台。这里最显眼的是一座砖制牌坊，乃清代康熙年间韩城县令翟士琪所修葺。牌坊两边镌刻着一幅对联：“圣人光道统，汉史竞经文”。横额六个大字——“耕牧河山之阳”，其出处，显然源于《太史公自序》。据说，此处现存手书即翟士琪亲笔真迹。

我兴致勃勃登上山顶，首先映入眼帘的是正门上三个横写的行楷大字：“太史祠”。若凭高俯览，远处的高山大壑、秦川风物，无不尽收眼底。环视祠院四周，无不采用青砖砌成半人高的堞墙，院内的两座主建筑——献殿、寝宫，气势雄伟、古朴庄严。诚如众人所知，司马迁祠始建于晋永嘉年间，北宋靖康四年复建寝宫，上千年以来，历经十七次修葺。1982 年 3 月，司马迁墓祠被国务院列为全国重点墓祠保护单位之首。足见，司马迁在中国历史上的显赫地位。如今，历史研究学者无不以“风追司马”是瞻。

树荫茂密的献殿前，历代碑石林立。遗憾的是，如今保存完好的仅六十四通。殿内南北两侧的大红牌匾，颇引人注目。1956 年重修后，韩城县委致信毛泽东主席，邀请其为之题词。毛主席随即转请中国科学院院长郭沫若题写。郭老欣然命笔，题诗勒石曰：

龙门有奇秀，钟毓人中龙。

学殖空前富，文章旷代雄。

怜才膺斧钺，吐气作霓虹。

功业追尼父，千秋太史公。

至今，这通一人多高的石碑仍竖立于祠内，成了各地游人必来观赏的一处遗迹。

传奇的司马迁侍妾墓志铭

在寝宫前，众多游客眼里无不闪烁出异样的神情。伴随导游的生动解说，人们发现面前忽然出现一通唐代著名书法家褚遂良手书的司马迁侍妾墓志铭。碑刻的字迹虽已模糊难辨，却依然能看清大意。这通碑刻讲述了唐代永徽二年九月间，褚遂良被贬同州的故事。

一天夜间，这位大才子静坐于西厅，“犹梦犹醒”中见一位靓丽女子高髻盛妆，前来哭诉。她声泪俱下，声称自己乃司马迁的侍妾，赵国平原县人，名叫隋清娱——十七岁始侍太史公，伴随他踏访名山大川，死后葬于长乐亭西。在诉说中，她不断哀叹，“代异时移”、“谁为我知?”“故不揣人神之隔”，恳请褚遂良为她撰写墓志铭。梦醒之后，褚遂良慨然而叹：

> 嗟尔，淑女不世之姿，事彼君子，弗终厥志，百千统一年，血食于斯。

一番长吁短叹之后，大书法家褚遂良遂提笔挥毫，为后人留下了这一通传奇式的墓志铭。

司马北望与“偷碑人”

欣然走入寝宫，只见一尊红袍长髯的司马迁坐像傲岸居于正中。塑像面部端庄威严，两眉入鬓，目光凛然，显现出刚正不屈、抱负超然的非凡气度。有趣的是，司马迁像虽然坐西朝东，头部却微向北方偏转，被人称之“司马北望”。历来对北望之说，看法不一。有人认为，这是北眺李陵，也有说是遥望苏武，以寄其敬佩之情。

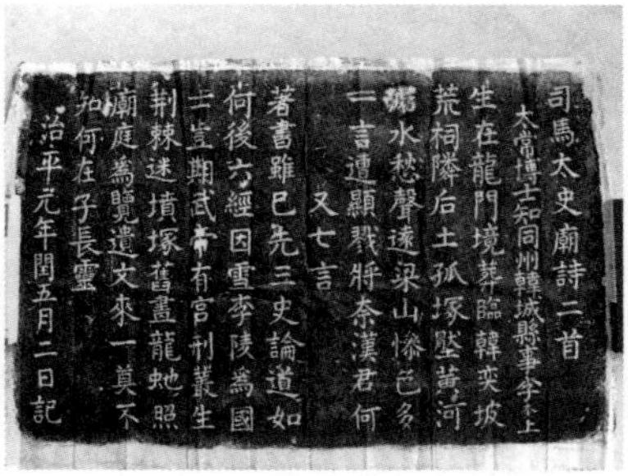

作者收藏的司马迁祠北宋治平元年碑拓

游历至此，我不由忆起著名剧作家田汉于上世纪六十年代初，访问此地所题的一首诗：

剧作龙门竟若何，一天星月少梁过。
雄才百代犹堪仰，鸿业千秋总不磨。
清水村中炉火稀，芝川桥畔血痕多。
传忠难得如椽笔，柏下苍茫望大河。

是呵，联想起鲁迅在《华盖集》曾发出感叹，“历史上都写着中国的灵魂”。也正如田汉诗中所言，凡把灵魂都交给祖国的人物，历史是不会忘记的。

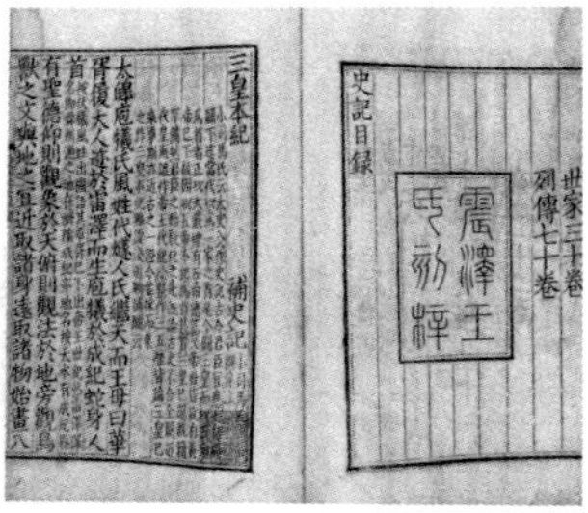

“藏之于名山，传之于后人”的《史记》

当地流传的一段佳话，完全可以证明鲁迅的断言。即使动乱年代亦如此。清代著名书法家，即“关中三李”之一的李因笃赞颂司马迁的诗碑，颇具重要历史价值。一位普通农民为防止被砸毁，偷偷把它藏匿家中保管，当祠墓修复时又主动献出，重新嵌于北墙上。可见，百姓多么尊崇一身正气、秉笔直书的司马史官呵！

穿过寝宫，后边便是司马迁墓，一望便知系元代所建青砖衣冠冢。若探究起来，此墓颇有来历，墓形呈圆状，四周雕镂着“文王八卦”图形，乃元代忽必烈当年亲自赐封的“八卦墓”。墓旁古柏凌风，傲兀挺拔，倒足可喻为司马迁刚正不阿的象征。

不能不提及，当地一通碑石上还记载了这样一则趣闻：《司马迁自序》中，称自己“生于龙门，耕牧河山之阳”。而以黄河为界的陕西、山西各有一处龙门，究竟司马迁出生于哪个龙门？历代史家多存歧议。乃至明代万历年间，两地老百姓居然为“争子长为其乡人”，而打起了旷日持久的官司，直至打到京城，最终由户部尚书出面断案，才使这场事涉两省讼争的风波平息下来。

而殿前另一通石碑刻上，镌载的另一则真实故事，也不禁使人深思。清朝康熙年间，当地一位七品县官越级上疏皇帝，恳请赐以司马迁谥号，被圣上痛加训斥一番。

相形之下，司马迁秉笔直书，把陈胜、吴广这些“败者贼”列入《史记》“世家”，无怪乎，引起农民起义出身的毛泽东主席的强烈共鸣——亲笔批注《史记游侠列传》一段话，遂被司马迁祠展列面世：

窃钩者诛，窃国者侯。侯之门仁义存，何知仁义？已享其利者感为有德……

漫步于祠内，回味着不同史观对于司马迁的认识。或许，从中不难体味打江山起家的毛泽东读史，堪称感慨至深，意味悠长。

当我缓步踱到献殿前，细看上边悬挂的大字楷书匾额“文史祖宗”的落款，竟是“徐村后裔同叩”，顿时感到愕然，连忙询问——司马后裔今何在？

“就在徐村呵。”年轻的女导游微笑着应答。

司马后裔今何在

听说徐村离此地仅几十里，兴奋得几乎一夜无眠。次日，晨曦微露，我就骑上借来的一辆自行车，匆匆赶往神秘的徐村。

土路坎坷不平，两旁尽是断峰陡壁，悬崖险沟，低头一望，令人咋舌。没骑几里地，自行车便骑不动了，只好扛上它，逢人问道。日上三竿，我满头大汗来到一处四边不连平原的高冈，眼前只有一条不算宽的土路接通“塬”，据说蜿蜒伸向一座不大的村落，这就是徐村。

走进村内，只见绿树成阴，四周一片静谧。听说我前来访问司马迁后裔，一位热情的年轻姑娘引我来到村里的最高龄长者——年近九旬的同文陞家里。落座之后，老人热情地介绍，徐村不过二百户人家，人口不过千人。他还笑着对我说：“虽为司马迁后裔，我却不姓司马，全村也没有一个姓司马的。”

听到这儿，我如坠云里雾中。然而，老人下边的一番话，才使我茅塞顿开。原来，司马迁的好友任安被腰斩后，狱卒无意间发现了司马迁的《报任安书》，遂奏报汉武帝。当汉武帝察觉司马迁对他素怀怨言，又在《史记》中“指秦喻汉”，便怒而焚烧了京师所存《史记》。谁知，这仅是《史记》的副本。

继而，当汉武帝得知真情，便想尽一切方法寻找正本《史记》。因司马迁在《报任安书》中声称，要将《史记》“藏之于名山，传之于后人”。于是，汉武帝认定《史记》正本很可能藏匿于韩城龙门山，便派人反复搜抄。这样，原在龙门寨居住的司马迁后裔被迫逃往高门，改姓同、冯——隐含司马二字。

稍一琢磨便可知，同字，是司字左边加一竖；冯，乃马字左边加两点。继元代大地震之后，司马迁后裔又从高门迁此，起名“续村”——承续司马之后的意思。到后来，渐渐念白了，便被称之为徐村。然而，村里却没有一户姓徐的人家。

至此，谜团顿释。说到此处，同文陛老人还兴奋地告诉我，村里前几年成立了“祭祖委员会”，每年清明节，他都柱着拐杖，步行三个多小时随村里人去祭奠祖先司马迁，一路敲锣打鼓，仪式隆重异常。当地人说，以往史书对司马迁后裔从未有过详细记载，皆出于保全《史记》和后裔不被迫害而隐姓埋名。其实，从《汉书》上便可以查到，西汉末年，王莽封司马迁后人为“史通子”，《汉书・杨敞传》还清楚地记载着：敞子恽，恽母，司马迁女也。同时又明确记载，司马迁的女儿是汉昭帝时丞相安平侯杨敞之妻。可见，司马迁后裔移居徐村，是确有历史依据的。

随后，按照老人指点，我又来到了祭祖委员会主任冯改过家里。冯主任不过四十来岁，显得精明干练。据他介绍，村里祭祖委员会于 1977 年成立，专辖纪念司马迁事务，年年组织村里人扫墓。谈到这儿，他颇动感情地说：“1956 年，司马迁被国际上列为世界文化名人，我为徐村人是世界文化名人的后世子孙，而深感荣耀。”

稍等了一会儿，祭祖委员会七名成员到齐后，我应邀和他们一起去拜谒位于村西北边的祖祠。路上，众人七嘴八舌地告诉我，自古以来，村里同、冯两家从不联姻，这里还竖有嘉庆二十二年立的一通石碑，上边镌刻着："维兹同族，世传司马"。此外，全村建有总祖祠，设七个分祖祠，分祠年久失修，多已倾塌。每年祭祖，总祠前必须摆两个供案，若冯姓不到，同姓则不能单独祭拜，此乃沿袭多年的族规。

且聊且行，说话之际，我随村民一起来到祖祠前。这座祖祠坐西朝东，石砌拱门上镌刻着"风追司马"四个楷书大字。殿门上书写着"汉太史遗祠"。殿中供奉着一座英气逼人的司马迁塑像。两侧分列太史公后裔长门——冯姓始祖冯庆、同姓始祖同茂的牌位。

作者拍摄的徐村"汉太史遗祠"

最引人瞩目的是，殿门南边斑驳的墙壁上嵌刻着一通高约 1.5 米、宽约 0.6 米的石碑。上边镌刻着"克绳祖武"四个篆书大字。碑文详尽记述了司马后裔世系的传承历史。仔细察看此碑，立于明嘉靖二十二年（1543 年）三月。早年间，祠前曾经竖写着这样一副对联：史笔壮山河英灵万代，拳忠光日月俎豆千秋。

颇显沧桑之感的古旧门楣上，书写着四字横额，即："德垂后裔"

而另一副对联，镌刻于另一处祠堂，其门额上开宗明义——四个楷书大字"汉太史裔"。而对联则写着：

族聚韩原枕山带河，一片地脉光先业。

姓分司马绍开永德，万卷书香启后昆。

令人遗憾的是，后一副对联由于历史悠远，已不复存在。归途，一位老汉感叹地说："司马祖祠能保存下来，已属不易了。"据说十年动乱中，一批戴着红袖章的年轻人铲平同姓的四世坟之后，又来到祖祠破四旧。谁料，村里的老人一声召唤，司马迁后裔齐聚祖祠前："拆祖祠，绝对不行！"村民一边用身体挡护，一边发出愤怒的呐喊。虽然壁龛被拆除，但祖祠保住了！

夕阳西下。在与徐村的父老乡亲握别之后，我循原路踏上了返程。远眺一望无际的黄土高原，盘点数千年的华夏历史，回首渐行渐远的司马故里，不由百感交集……

岁月荏苒，时世嬗衍。而司马迁的《史记》和他的坎坷传奇经历以及那如椽史笔，在中华文明的演进中，至今仍然予后人以启悟。

三义坟·中国《赵氏孤儿》·法国《中国孤儿》

无论谁迈入秦晋大地，大多都会听到一个脍炙人口的故事——“赵氏孤儿”。这个真实的故事发生在公元前600年至公元前570年间，距今已约二千六百年。然而，“孤儿”的遗迹迄今尚在，就连救孤的两位恩人——程婴、公孙杵臼也青冢犹存。

每逢初春清明时节，总有不少人络绎不绝来到这里缅怀和祭奠从未谋面的传奇古人。冬去春来，三义坟四周新枝吐绿，碧草风动，别有一番情趣。究竟是什么使得已越二千多年历史的故事，至今依然具有如此魅力？

三义坟和九郎山

在北峙龙门、九曲奔流的陕西韩城县城，西南方向二十五里之外，三座巨冢巍然矗立在堡安村砦子内。这便是当地堪称方圆数十里无人不晓的“三义坟”。

据当地清代县志记载，“堡安邨麓有巨冢三，相传为公孙杵、程婴、赵武墓”。——赵武即赵氏孤儿。三巨冢全部为砖石结构，如三足鼎立于一片宽阔的原野上。墓冢大小差不太多，皆约五米高，须四五个成人才能勉强合抱过来。赵武墓座落在最北面，圆形砖砌，墓顶呈拱式。墓碑上镌刻着六个隶书大字：“晋卿赵武子墓”。距此向南十几步远，公孙杵和程婴之墓东西并列。碑文分别镌书：“晋公孙义士杵臼墓”、“晋程义士婴墓”。这三座古老墓茔，周围皆成圆形，冢前各砌有一座小龛，以作上坟烧香之用。

若比起三义坟来，九郎山更是韩城人所津津乐道的一处古迹。传说，当地那座奇峻之山原名韩山，自从程婴在山内藏孤之后，遂被当地称之“九（救）郎山”。据《韩山赵文子祠铸钟记》所记载：“韩山俗称救郎山，又讹呼九郎山，相传为程婴当年藏匿赵氏孤儿处。山之腹，有‘赵文子祠’。遇岁旱，祷雨辄应，居民神之。”

世人传说最神奇的是，每逢天旱祈雨时，仪门村人去了最灵验。因为赵武生在彻庄，长于西少（西少梁），葬在堡安，而其舅在仪门，当地人往往戏谑地调侃说，“舅家的人可以强令‘九郎’下雨”。为纪念救郎之事，从前西少梁村和韩城县城北门内，都曾修建有规模颇大的九郎庙。可惜，如今唯余遗址可考。

伏尔泰笔下的《中国孤儿》

鲜为人知的是，《赵氏孤儿》这出戏，早在二百多年前便已传入法国并对欧洲文学产生重大影响，心灵是相通的，这在世界文学史上也不例外。乾隆元年（1736 年），法国作家杜尔德撰写《中国详志》，其中选入法国传教士伯莱玛尔所译《赵氏孤儿》节本。随后，这个译本被法国著名启蒙家、大文学家伏尔泰见到，大为赞叹不已。伏尔泰由此受到启发，遂依据《赵氏孤儿》所描写春秋战国时期的传奇故事——晋上卿赵朔逝后，程婴和公孙杵臼立其遗孤，为其族报仇，仅更换年代背景而创作了五幕戏剧本《中国孤儿》。

有趣的是，剧中内容并非忠实于原著而有所演绎。大意是宋朝灭亡之后，一位名叫盛悌的大臣，受宋主托孤遗命。其妻奚氏貌美，偶被成吉思汗看中，而奚氏以死拒之。当成吉思汗入主中原后，盛悌由于藏匿宋室后代被囚，即将问斩。为了宋朝的复兴大业，不惜将亲生之子献出顶替，保住了太子的性命。殊料，奚氏因怜子情深，透露了真相，夫妻二人都将以欺君之罪被处以极刑。

临刑前，成吉思汗再次胁迫奚氏嫁与他，否则命将不保，甚至危及其子和太子等三人性命，仍然受到奚氏断然拒绝。盛悌和奚氏夫妇二人虽处生死交关而忠贞不渝的民族气节和伟大人格，终于使成吉思汗为之折服，愧然收回成命。

法国著名剧作家伏尔泰根据《赵氏孤儿》创作了话剧《中国孤儿》

鉴于伏尔泰在文学界的崇高声望，《中国孤儿》的剧本一经问世，很快就被搬上了舞台。最初在日内瓦试演时，并没有引起世人的注意。出乎意料，1775 年 8 月 20 日，话剧《中国孤儿》正式在巴黎上演，获得了巨大成功。在观众一再要求下，先后在巴黎公演十六场，竟然场场爆满。此后，《中国孤儿》应邀在法国宫廷作御前表演，一时轰动了整个巴黎。

当世人纷纷询问伏尔泰时，他毫不讳言，甚至在刚刚问世的法文版《中国孤儿》一书的“前言”中公开申明，他创作此戏是由于阅读过伯莱玛尔教士所译《赵氏孤儿》，偶然激发出灵感所至。

“孤儿”回嫁与欧洲文坛的“中国热”

各界反响，犹如水泛涟漪。不久，一位法国著名评论家为此专门撰写了《赵氏孤儿的真实历史考与中国戏剧发展》的评论辑，当年即在巴黎出版，又骤然提升起《赵氏孤儿》的热度。紧接着，法国翻译家汝利恩对节译本《中国孤儿》进而补充，形成了完整的法译本。出乎世人所料，《赵氏孤儿》法译全本出版之后，竟然不胫而走，一时风行欧洲，意外掀起了一股“中国热”。

热度持续升温。彼时，除了法国伏尔泰改写成《中国孤儿》外，奥地利作家麦达斯克又撰写了一部《中国英雄》。1784 年，继《赵氏孤儿》出现德国译本，德国伟大诗人歌德还以此为素材创作出了《额尔彭罗》。谁也没有想到，在短短时间内，中国的《赵氏孤儿》居然在欧洲繁育了偌多孪生兄弟。

冷静下来之后，整个欧洲文学界都提出了思索——为什么《赵氏孤儿》具有如此强烈的感染力呢？正如伏尔泰在《中国孤儿》后记向中国人称颂的：“这反映了你们（中国）的人格。”——即中华民族“舍生取义”的忘我牺牲精神和民族气节。

可喜的是，伏尔泰的《中国孤儿》，在 1940 年 11 月又被翻译家张若谷译为中文。民国著名出版家王云五竭力克服纸张缺乏等困难，使此书在四川出版，成为风行一时的畅销书。令人惊诧的是，中国孤儿终又回归娘家，依然受到读者追捧。

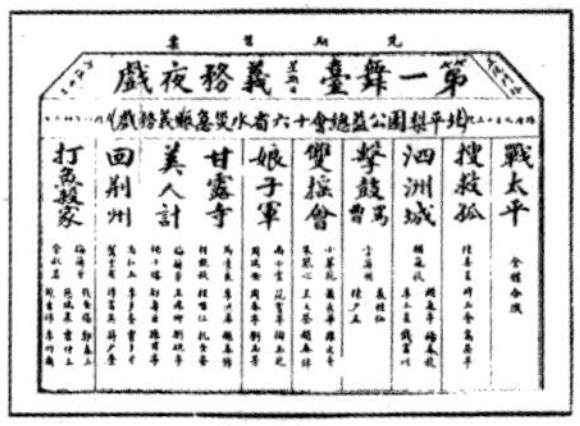

京剧《赵氏孤儿》成为民国期间主打戏目之一。图为民国戏单《搜救孤》

《赵氏孤儿》的流传和“回嫁”，足证中法两国及欧洲文学艺术交往源远流长，也实为中国戏剧发展史上的一段传奇佳话。

诗 文 篇

悼忘年挚友张震寰先生

顷闻忘年挚友张震寰仙逝，不胜悲痛。我虽与气功无缘，但素敬重震寰先生人品和博闻强记的学识。震寰先生一生戎马生涯，和平时期又参予“两弹”和银河巨型机等重大科研，不计个人得失，力破传统观念，竭全力探索人类未知科学——“不以群疑，而阻独见”，遂成为我国人体科学和气功研究科学创始人。

作者（右）到病房看望忘年友张震寰将军

无疑，科学的重要使命，乃探索未来。或许，随着人类认识不断进化，他为人类科学走出太阳系所作出的有益探索，会愈来愈受到重视。怀念之际，吟诗三首，以纪之。

一

闻君驾鹤神黯然，忆昔寒舍半日谈。[①]

夜叩扉门聆真谛，胜读万卷始悟禅。[②]

将军自幼囊莹雪，苦读匪懈染霜颜。

投笔从戎沐弹雨，天涯鏖战奏凯还。

---

① 五十年代初，闻我卧病，出院不久的震寰先生即前来看望，在寒舍竟交谈三个多小时，遂为我介绍张宝胜等几位气功医师，又赠我几份珍贵资料。此或缘分也。

② 此指张公住三〇一医院，邀我与友人夜间探视，攀谈甚欢。

披胄未及卸鞍马，又向西北射天峦。①
难得暮年舍颐养，谈功论道夜不眠。②
寒江笠翁独钓雪，天鉴无私唯清廉。③
敢窥太空探未知，朴真清淡识本原。④

银河浩渺慧心渡，敢携万钧逾光年。⑤
天遣汝来试投石，却尘净俗挽狂澜。
黎民长泣铭君志，众心相印抵千言。
宦海如云谁相似，布衣将军口碑传。⑥

二

此诗写罢，似言犹未尽。复涂藏头诗一首以悼之。

悼罢二友哀难平，张公仙逝又一重。⑦
震裂青云惊大漠，寰宇共祭诉悲情。⑧
将才难得称儒雅，军旅戎马慰平生。
千言难尽思君意，万民同悼恸苍穹。

---

① 系指“两弹”成功，在西北发射场亦有张公一份心血在内。

② 此处“禅”、“道”，皆指人体科学和气功研究科学。张公为此竭尽后半生心血。

③ 谓世人大多重名利，而张公则独钓“雪”——清白，清廉，实难得矣。

④ 张公后半生，始终与太空结“缘”。譬如发射“两弹”，亿万次银河机研制。据张公所言，人体科学与气功科学，亦是探讨人类走向太阳系以外的太空科学揭秘的重要方面，有助于研究人类本源。

⑤ 银河及光年语，系指上述所言亿万次银河巨型机研制事。

⑥ 张公离休之后，常身穿一袭旧军衣，以普通百姓身份与大众为伍。对比一些小官儿，如小人得志，则对百姓或下属颐指气使，动辄训斥，乃天壤之别。

⑦ 诗中二友，系指我两位忘年好友——溥杰先生和《我的前半生》执笔者李文达先生，先后逝世。哀思未尽，又逢张公仙逝。此谓，悲氛又一重。

⑧ 系指张公当年曾在大漠指挥试验“两弹”，其逝可惊大漠。

三

忆及与张公一席谈以纪，兼悼之。

天道忌盈君践行，[1] 卦终未济哭英灵。

澹泊明志思益志，菩提顿悟受无穷。

甲戌年四月十三日病中涂于京

① 古语谓之，天道忌盈。喻凡事终有余不尽。余借用，喻张公开创人体科学之研究，有待后继者以科学态度继之。

游张家界口占

甲戌夏末，病中应友人邀，游湘西张家界数日。但见奇峰秀石，幽涧清溪，翠柏鸟鸣，石木参天，恍恍如入仙境。顿觉心旷神怡，俗念消然。遂信口戏占古风数首。

一

人生最难却俗尘，[①] 一眺武陵欲消魂。[②]
仙境逍遥方三日，清风道骨恍若神。

二

人道秀色皆可餐，[③] 武陵绝代有神山。
朝丝暮鬓雕霜刻，[④] 万古湮染铸奇川。

三

兀立尘世羡仙缘，惊诧凌空叹无言。[⑤]
千峰竞奇餐秀色，万涧作酒聊醉眠。

---

① 下塌张家界，晨起即逢小雨如绵，洗涤峻峰绿水，凭栏远眺，顿觉神清气爽，有超尘脱俗之感。

② 张家界，又名武陵。

③ 人道秀色可餐。此处一游，尽览山水画卷如饱餐美景。

④ 忽见一山绿荫如画，而峰顶则枯草如鬓，迎风摇曳。顿觉人生短促，朝如青丝，而夕如染霜之鬓，遂出感慨之言。

⑤ 原以为至此仙山便诗兴大发。谁想，登临峰顶竟致口拙而无语，恨己低能若此。纪之。

摄影国画技法《张家界》

四

雾游幽径缥缈中，[①] 钟灵奇韵夺天功。

始信人世有鬼斧，雕凿大庸二千峰。[②]

五

武陵归来，似有不尽之言。“五岳归来不看山”，此言须改矣。余与一游医闲聊，谓之一场重疴之后，便超然许多，纵令不超然物外，总归对身外之物看淡些许。然，对逝去旧事，所念颇多，

---

① 雾中游张家界，距数米之外便不见人，始知恍如隔世是何意境矣。

② 张家界，又称大庸。

未能免俗。触景生情，藉以赠之，聊博一笑。

春光尽览蒽情伤，天涯寻梦夜未央。
五岳愧首难独对，一柱天南落穹苍。

霜林浅染白头雪，仙姝难觅世有双。
千秋犹妒倾国色，万载仰叹傲天香。

今世凌霄怀遗怨，来生醉死卧潇湘。
空谷幽兰常抱憾，仗剑刺锷僻大荒。

观壶口瀑布①

黄河奔涌壮千秋，惊涛怒卷一壶收。
浪激挟雷铸长剑，飞跃砥流视丸丘。

九曲狂飚蔚诗境，临渊叹绝百景休。
禹斧凿痕万古在，雄险奇峻亘神州。

1997 年 5 月口占于壶口瀑畔

① 观壶口黄河瀑布，余谓之四字：雄、险、奇、峻。

后　记

此是我第一部“随笔集”。面世之际，多少有些惴惴不安。

说句实话，此书定稿之前，曾先后增删多次。连书名亦几经修改，最初起名叫文辑，原打算搜罗往日的杂七杂八旧文结集，乃至将从未发表的诗词也遴选其中。然而，面对纸媒图书江河日下之势，如此讨人嫌的“倾盆大雨”的数十万废字，难免招致众骂或拍砖。

想来还是精简为妙，遂搜肠刮肚拾掇一些“鸡肋”，寻觅所历往事记述一二，诸如“杂忆皇城脚下”、“北京炸丸子·御膳·末代太监”等，且配以历史旧照。倘若对皇城旧事感兴趣的后人翻阅这些真实的陈谷子烂芝麻，对逝去的那些年代稍有印证，吾愿足矣。

大凡书中所记述人物，诸如溥杰、李淑贤、溥任、孙耀庭、李文达、冯牧等前辈，无不对我的“末代系列”给予过重大襄助，所叙其人其事则力求鲜为人知——如皇弟溥任的百年人生，并不为常人知晓。皆因这位溥仪的四弟，低调而久隐于京城，不常在世上亮相，记述其一生奇特经历，也许有助于了解末代皇族的前世今生。我的忘年挚友——溥仪的《我的前半生》执笔人李文达，真正身份乃历经坎坷的中共资深特工，当版权官司败诉之后，痛饮酒后昼夜失踪，一度几欲自杀，最终病逝于肝癌。作者另一忘年好友——末代太监孙耀庭曾“偷”得宫中御膳手艺，暮年披露秘诀并亲手烹炸送我尝吃。“莫逆”忘年挚友——溥杰在我为末代皇帝捉刀题写墓志犹豫之际，意外插了句话，遂一语定乾坤……

读过“末代皇帝系列”的读者，暨收看过《百家讲坛》的观众，曾屡屡提出想了解作者书外的真实经历。然而，我自十六七岁开始童工生涯——八年瓦工以及尔后的工作经历，想来不必在此浪费读者光阴惹人厌烦。而谨以业余写作为主线，希冀通过“随笔辑”使读者从中窥见我撰写“末代系列”缘起、《末代皇帝的后半生》问世前后以及我为末代皇帝和末代太监捉刀题写墓志和碑文的内幕、《末代皇帝的后半生》著作权案始末、意外淘得几部“奇书”——《我的前半生》未定稿、原版《清宫琐记》，乃至何为皇家金丝楠。此书即将付梓之际，我又增补了一篇追忆好友——“怪人”冯其利的文章，藉以寄托诚挚的怀念之情。以上这些札记，或许会给读者提供一些有趣的书外故事。

书中首次面世的珍贵纪录片《末代太监重游故宫》脚本，也欲藉此反映拍摄镜头背后的那些事儿。此书还辑入我早年追随书法大家郑诵先研学书法的愧疚追忆，搜集了我读书、写书和藏书的一些往事，六卷本《世界末代皇帝》书序以及在中南海“打工”的琐忆，还附缀几篇对于文学艺术、文物、诗书画等评论浅见，内容涉猎文史、摄影、书法、戏剧等领域。须提及书内琐忆及母亲的拙文，仅是一篇侧记，实难表述我对老母亲生前鼎力助我撰写“末代系列”暨怀念之情。或许通过这本随笔辑，更知作者其人，也不难发现我多角度的人生轨迹。

此书之所以选入我早年的游记《司马迁故乡行》、《三义坟·中国〈赵氏孤儿〉·法国〈中国孤儿〉》，实乃本人二十多岁徒步数十里实地踏勘及查阅典籍所得，意在谨记当初业余自费采访跋涉，唯历艰辛与执着才可能有收获——其感触不能不说始于这两篇游记。这对于我起步“末代研究”，启迪颇大。

至于书内收入早年浅陋短文“电字溯古”，其意在于不忘我近二十岁时曾尝试探索甲骨文，奔波近十年才勉强得以问世一篇短文的琐碎往事，倒也与我探究“末代”并非毫无关系——旨在自勉。另，选入一篇红领巾时代的追忆，且附三篇对中学生作文的评点，乃欲说明敝人内心并未老态龙钟，我心依旧——依然关注着青少年一代。

书尾所附怀念故交张震寰暨见景生情遂口占几首“古风”，虽显稚嫩却留下忘年交往以及偶游名胜的印记，姑作纪念。再，此辑恭录著名学者钱锺书、杨绛夫妇惠赠我书暨题款，意在以此作为鞭策。书中配有近百幅历史照片，或可作为已逝去的那段历史不可多得的注脚。

值此书出版之际，诚挚感谢新世界出版社总编辑张海鸥、责任编辑张世林、编辑部主任陈晓云所作努力。若无诸友勉励，此书无法面世。借此亦铭谢创作中提供过支持的王晓军等友人。忆及书中不少内容浮动着昔日各界友人的身影，始终未敢忘怀。顾影雪泥陋迹，谨作回看而已。

艺术陶冶心灵。图为贾英华与宜兴高级工艺师许玉琴合作紫砂壶——题写“唐韵”

兹记。

乙未年冬日，初稿。四月七日终稿于京